6

요마전설 6

초판 1쇄 인쇄 / 2015년 4월 8일
초판 1쇄 발행 / 2015년 4월 15일

지은이 / 김남재

발행인 / 오영배
책임편집 / 편집부
펴낸 곳 / (주)삼양출판사 · 드림북스

주소 / 서울시 강북구 도봉로 173
대표 전화 / 02-980-2112 팩스 / 02-983-0660
편집부 전화 / 02-980-2116 팩스 / 02-983-8201
블로그 / blog.naver.com/dreambookss

등록번호 / 제9-00046호
등록일자 / 1999년 3월 11일

ISBN 979-11-313-0258-3 (04810) / 979-11-313-0169-2 (세트)

* 지은이와 협의하에 인지는 생략합니다.
* 잘못된 책은 구입한 곳에서 바꾸어 드립니다.

이 도서의 국립중앙도서관 출판시도서목록(CIP)은 서지정보유통지원시스템홈페이지
(http://seoji.nl.go.kr)와 국가자료공동목록시스템(http://www.nl.go.kr/kolisnet)에서
이용하실 수 있습니다. (CIP제어번호: 2015010214)

ORIENTAL FANTASY STORY & ADVENTURE
요도 김남재 신무협 장편소설

요마전설

魔說
妖傳

6

dream
books
드림북스

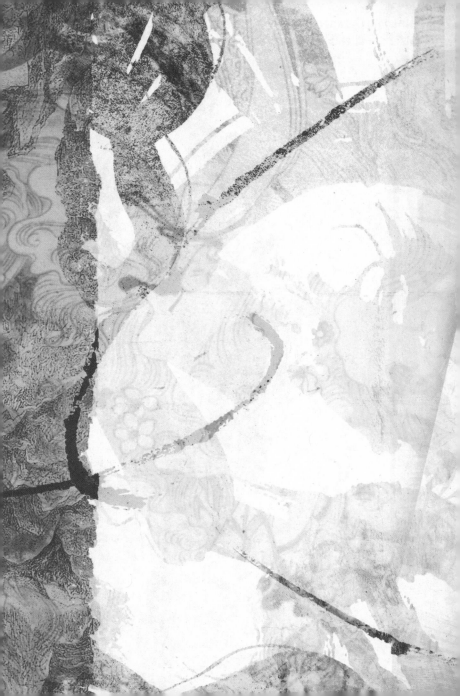

목 차

제1장. 소식
― 생각지도 못한 수확이군

妖魔傳說

　백호의 방에 월하린을 제외한 나머지 셋이 자리하고 있었다. 평소대로였다면 시끄러웠을 백호의 방이 무척이나 조용했다.

　그 이유는 전우신과 아운 때문이었다.

　둘은 아무런 말도 하지 않고 그냥 자리에 앉은 채로 시간을 보내고 있었다. 며칠 전부터 흐르는 이 침묵이 뭔가 이상하다고 생각했는지 백호가 말했다.

　"야, 두건. 너희 며칠 전부터 왜 이렇게 조용하냐?"

　"뭐가요?"

　"평소엔 내가 화를 내도 시끄럽게 떠들어 대더니 요새는 너무 조용하잖아. 너희 싸웠냐? 아, 아니지. 너희는 매번 싸우고도 시끄러운 놈들이잖아."

"아뇨. 안 싸웠는데요."

아운이 감정 없는 목소리로 대꾸했다.

그런 아운과 전우신을 보며 백호가 이해가 안 간다는 듯이 고개를 저었다.

"햐, 신기한 놈들이네. 싸웠을 때는 하루 종일 이야기하고 떠들어 대면서 안 싸우니까 오히려 말도 안 하고 조용하네."

백호의 말에 두 사람은 할 말이 없는지 침묵으로 일관했다. 화제가 자신들 둘로 넘어오자 전우신이 자연스럽게 다른 이야깃거리를 꺼냈다.

"궁주님께서 혼약 이야기를 물리셨다고 듣고 사실 조금 놀랐습니다."

"놀라긴 왜 놀라?"

"누가 봐도 좋은 자리지 않습니까."

"그게 좋은 자리야?"

"물론이죠. 다른 곳도 아닌 해남파입니다. 그 힘은 구파 일방에 미치지 못할지 모르나 그들이 지내는 해남도는 중원과는 어느 정도 떨어진 곳에 위치하고 있습니다. 적어도 해남도에서만큼은 그들을 거스르는 이들이 없으니까요. 궁주님의 사정상 해남파만큼 도움이 될 만한 곳이 어디 있겠습니까?"

전우신이 보기에 해남파는 월하린을 지킬 수 있는 최적의 조건을 지닌 문파였다. 거기다가 서원룡이라는 인물 또한 그리 나쁘지 않아 보이는 것이 월하린이 그곳으로 간다는 결단을 내려도 전혀 이상할 게 없다는 생각이 들 정도였다.

그런데 그녀의 대답은 거절이었다.

그 사실을 전해 들은 전우신은 월하린의 결정을 선뜻 이해할 수가 없었다.

어느 쪽이 그녀에게 더 이득이 되는가 냉정하게 생각해 본다면 정답은 정해져 있었기 때문이다. 오히려 그 정답과 정반대되는 결정을 내린 월하린의 선택이 의아할 뿐이었다.

전우신이 이상하다는 듯 말했지만 백호는 그게 뭐 그리 대수냐는 듯이 말했다.

"없긴 왜 없어? 이곳 백하궁이 있잖아."

"백하궁이 커져 가고 있는 건 사실이지만 해남파와 비교할 정도는……."

"뭐가 다른데? 해남파만 돈 있냐? 돈은 나도 많거든? 그리고 뭐 별 도움은 안 되지만 매화 너나 저기 있는 두건

놈도 있고 돈 계산 잘하는 총관도 있잖아. 그리고 결정적으로 이곳 백하궁에는 내가 있단 말이지. 꿀릴 게 어디 있냐?"

지고 싶지 않다는 듯이 백호가 큰소리를 쳤다.

하지만 그건 비단 허언만은 아니었다. 백호는 진심으로 그렇게 생각하고 있었다. 해남파의 힘이 어느 정도인지 모르겠지만 그녀를 가장 잘 지킬 수 있는 것은 바로 자신일 거라 자신했다.

전우신이 그런 백호를 향해 물었다.

"백호님은 궁주님께서 그런 결정을 내릴 걸 알고 계셨습니까?"

"당연하지."

백호가 태연스럽게 말을 받았다.

사실 아직까지도 그날 둘이 대화를 나누겠다며 자신을 쫓아낸 일에 앙금이 남아 있으면서도 백호는 아닌 척 말했다.

그날 월하린이 그에게 혼인을 하겠다고 말하고 떠날까 봐 혼자 얼마나 전전긍긍했는지는 차마 이루 말할 수 없을 정도였다.

허나 백호는 그랬던 자신의 모습은 싹 뺀 채로 아무렇지 않았었다는 듯이 행동했다.

내심 그런 자신의 모습이 찔렸는지 이번엔 백호가 화제를 돌렸다.

"그나저나 왜 지금 모이라고 한 거야?"

이들이 이렇게 백호의 거처에 모인 건 다름이 아니라 월하린의 연락 때문이었다. 그녀는 백호의 거처에서 보자고 이야기를 전했고 그 때문에 이곳에서 월하린을 기다리고 있었다.

백호의 질문에 전우신 또한 잘 모르겠다는 듯이 고개를 저었다.

"저도 들은 게 없습니다."

"두건 너도?"

"예, 저도 잘 모르겠는데요."

아운 또한 전우신이나 백호와 마찬가지로 이곳에 모이라고 한 이유를 알지 못했다. 그리고 이내 이들이 이곳에 모인 이유를 아는 유일한 사람인 월하린이 모습을 드러냈다.

그녀가 바쁜 걸음으로 안으로 걸어 들어왔다.

"엇? 다들 모였어요?"

"갑자기 무슨 일로 이렇게 다 모이라고 한 거야?"

"아, 별건 아니고 해남파에서 오신 분들께서 오늘 돌아가신다고 해서요."

"그런데?"

되묻는 백호를 잠시 바라보던 월하린이 이내 전우신과 아운을 향해 말했다.

"두 분께서 인근까지만 좀 안내해 주셨으면 하는데 괜찮으시겠어요? 아무래도 환자도 있고 하니 어느 정도 신경을 좀 써 드리고 싶어서요."

"둘이 말입니까?"

"네, 둘이요. 뭐 문제 있으세요?"

"……아닙니다."

전우신이 그리하겠다며 고개를 끄덕였다.

월하린의 눈이 이내 백호에게로 향했다.

"그리고 백호!"

"응?"

"당신은 꼭 나와요. 길 안내까지는 아니더라도 최소한 가는 길에 인사라도 해야죠."

"내가 왜?"

"청노가 그렇게 다쳤는데도 조용히 넘어가 줬잖아요. 그냥 얼굴이라도 비쳐요. 그거면 충분하니까."

"나 그놈들 별론데."

백호가 자그맣게 중얼거렸다.

번거롭게 가는 이들의 배웅까지 해 주고 싶지는 않았지만 월하린의 부탁도 있고 하니 백호 또한 어쩔 도리가 없었다.

그렇게 두 사람이 대화를 주고받을 때였다.

전우신이 물었다.

"언제쯤 간답니까?"

"이것저것 정리를 좀 해야 한다 하니 한 시진 정도는 걸리겠죠?"

"알겠습니다. 그럼 한 시진 후에 찾아뵙겠습니다."

말을 마친 전우신은 그대로 백호의 방을 빠져나갔다. 그리고 채 얼마 지나지 않아 아운 또한 자리에서 일어났다.

"저도 이따가 찾아오죠."

뒤이어 아운이 걸어 나가자 월하린이 턱에 손을 괸 채로 고개를 갸웃거렸다.

"두 사람 분위기가 왜 저래요? 싸웠대요?"

백호가 머리를 흔들며 대답했다.

"안 싸웠대. 근데 어떻게 된 게 안 싸운 놈들이 오히려 싸운 분위기야."

"풋, 그러게요."

백호의 말이 우스웠는지 월하린이 가볍게 웃음을 흘렸다. 그런 그녀를 곁눈질로 힐끔거리던 백호가 괜히 딴청을 부리며 물었다.

"근데 왜 거절했냐?"

"뭘요?"

"그 해남파인지 뭔지 하는 곳에서 온 놈이 혼인하자고 했잖아. 근데 왜 그걸 거절했냐고. 듣기로는 그놈이 이것 저것 많이 해 준다고 했다던데."

백호의 질문에 월하린은 잠시 아무런 말도 하지 않았다.

침묵이 길어지자 백호가 그녀를 바라봤다.

눈이 마주치자 월하린이 싱긋 웃었다.

"그냥 이곳이 좋아서요."

"겨우 그거야?"

"그거보다 더 큰 이유가 어디 있겠어요."

웃으며 말하는 월하린이 백호의 얼굴을 가만히 올려다보았다.

하고 싶은 말이 목구멍을 맴돈다.

하고 싶지만 할 수 없는 말.

'이곳에…… 당신이 있으니까요.'

*   *   *

한 시진은 순식간에 지나갔다.

단둘이서 방에 앉아 이것저것 떠들어 대던 백호는 월하린의 손에 이끌려 떠날 준비 중인 해남파의 무인들이 있는 곳으로 가야만 했다.

목적지에 도착하자 그곳에는 이미 모든 준비를 마친 해남파의 무인들이 자리하고 있었다.

서원룡이 먼저 월하린을 발견하고는 환하게 웃었다.

"오셨습니까, 월 소저."

"짐은 다 챙기셨어요?"

"예, 신경 많이 써 주신 덕분에 편히 쉬다 갑니다."

"아니에요. 얼마 신경도 못 써드렸는데…… 청노는 좀 괜찮으세요?"

"저 대신 개조한 마차를 타고 간다고 좋아하시더군요."

서원룡의 농담에 월하린도 가볍게 웃음으로 화답했다. 잠시 대화를 나누던 서원룡의 시선이 월하린의 옆에 멀뚱멀뚱 서 있는 백호에게로 향했다.

백호를 향한 서원룡의 시선이 묘하다.

'그녀가 좋아하는 사내라.'

그 사실을 알자 더욱 마음에 안 드는 건 어쩔 수 없는 노릇인가 보다. 괜히 미워 보이는 백호를 향해 서원룡이 픽 웃으며 말했다.

"그쪽도 왔군요."

"오늘 간다며? 잘 생각했다."

뻔뻔하게 말하는 백호의 모습에 서원룡이 가볍게 받아쳤

다.

"나도 당신을 보는 게 그리 유쾌하지는 않습니다."

말을 내뱉은 서원룡이 길게 숨을 들이마셨다. 하고 싶은 말은 많았지만, 해야 할 말은 그저 하나밖에 없었다.

"이야기 들어서 아시겠지만 거절당했습니다."

"알아."

"월 소저를 부탁하겠습니다."

"네가 하지 말라고 해도 할 생각이거든? 그러니 이래라 저래라 하지 말라고."

백호는 자신에게 그 같은 부탁을 하는 서원룡의 말이 마음에 안 들었는지 표정을 구겼다. 그런 백호의 모습에 서원룡이 희미한 웃음과 함께 중얼거렸다.

"당신이 부럽군요."

"부럽긴 뭐가 부러워?"

백호가 되물었지만 서원룡은 아무런 대답도 하지 않았다. 대신 그는 월하린에게 인사를 건넸다.

"이만 가 보도록 하겠습니다. 너무 늦으면 안 될 것 같아서요."

"조심해서 돌아가세요. 인근까지는 저희 쪽 사람들이 안내해 줄 거예요."

"배려 감사합니다."

말을 마친 서원룡이 포권을 취했다.

그는 아쉬움이 가득한 표정으로 몸을 돌려 걸어가다 발을 멈췄다. 서원룡이 다시금 왔던 길을 되돌아와 월하린의 건너편에 와서 섰다.

"만약에, 아주 만약에 말입니다. 당신의 마음이 변하신다면…… 언제든지 연락 주시지요. 십 년을 기다렸는데 또 십 년을 못 기다리겠습니까?"

웃으며 내뱉는 서원룡의 말에는 절절한 아쉬움이 담겨 있었다.

그 마음은 고마웠지만 그렇다고 해서 서원룡에게 다시금 그런 시간을 가지게 하고 싶지는 않았다. 힘들었지만 월하린은 오히려 그런 그의 말을 단칼에 잘라 버렸다.

"그럴 일은 없을 거예요. 그러니까 기다리지 마시고 좋은 인연 만나세요."

"하하, 이거 참 다시 차였네요."

서원룡 또한 알고 있다.

월하린이 자신을 위해 오히려 이처럼 확실하게 말을 해 줬다는 것 정도는. 알기에 오히려 아쉬움이 남는다. 그녀같이 속이 깊은 여인을 만나기가 쉽지 않다는 것을 잘 알기에.

아쉽다는 듯 서원룡이 중얼거렸다.

"이럴 줄 알았으면 월 대협께 조금이라도 더 빨리 소저를 만나게 해 달라고 조를 걸 그랬습니다. 작년에 뵈었을 때라도 그리했다면⋯⋯."

아무렇지 않은 말, 하지만 지금 그 말에 월하린의 얼굴이 굳어졌다.

"잠시만요. 지금 뭐라고 하셨어요?"

"월 대협에게 조를 걸 그랬다고⋯⋯."

"아뇨, 그거 말고요. 작년이요? 작년에 저희 아버지를 만나셨다고요?"

"아, 예. 해남도에 찾아오셔서 잠깐 뵈었습니다만. 그게 무슨 문제가⋯⋯."

"언제죠? 정확하게 언제쯤인가요?"

"아마 이맘때에서 조금 더 지났을 무렵인 것 같습니다."

기억을 더듬으며 서원룡이 대답했을 때였다.

두 눈을 크게 치켜뜬 채로 이야기를 듣고 있던 월하린이 부들부들 떨기 시작했다. 그런 월하린의 반응을 눈치챈 백호가 옆에서 물었다.

"왜 그래?"

"아버지가 사라진 게⋯⋯ 바로 작년이거든요."

"뭐? 그럼 네 아버지가 해남도에 있었다는 거야?"

"아마도 그러셨나 봐요."

말을 하는 월하린의 목소리가 심하게 떨려 왔다.

월천후를 찾기 위해 하오문을 통해서도 이것저것을 알아봤다. 중원에 모르는 것이 없다는 하오문조차도 잡지 못했던 월천후의 발자취.

그것을 생각지도 못한 곳에서 찾게 된 것이다.

전혀 찾을 수 없었던 아버지에 대한 단서를 듣자 월하린이 다소 흥분한 목소리로 캐물었다.

"아버지가 계속 해남도에 계셨나요?"

"아뇨. 한 보름 정도 머무르시다가 어딘가 급히 가 봐야겠다며 움직이셨습니다."

"어디 가신지는 아세요?"

"정확히는 모릅니다. 다만……."

서원룡은 천천히 기억을 더듬었다.

당시에 월천후는 무척이나 다급해 보였다. 그리고 또한 기뻐 보이기도 했다.

서원룡이 기억 한 자락에 있는 월천후와의 일을 끄집어냈다.

"소저를 치료할 약재를 찾은 것 같다 하시며 복건성(福建省) 쪽으로 가 봐야겠다고 하신 건 기억납니다."

"복건성이요?"

"예, 그 말을 남기시고 해남도를 떠나신지라 이후의 일은 저도 알지 못합니다."

이야기를 끝까지 들은 월하린은 떨리는 손을 어쩌지 못하고 주먹을 쥐었다 폈다를 반복했다. 그토록 그리워하던 아버지의 흔적을 찾았다.

물론 이것이 별다른 도움이 되지 않을지도 모른다.

하지만 아무런 정보도 없던 과거와 비교한다면 이건 천양지차라 해도 과언이 아니다.

아무런 것도 보이지 않던 어둠 속에서 조그마한 빛이 보이기 시작한 기분이다.

잠시 놀라 안절부절못하던 월하린은 이내 크게 심호흡을 하기 시작했다. 일전에도 아버지 일로 인해 자신뿐만이 아니라 백호도 위험에 빠지게 하지 않았던가.

다시는 그런 일이 있게 해서는 안 된다.

길게 숨을 내쉬며 마음을 안정시킨 월하린이 옆에 있는 백호를 올려다봤다. 그녀는 기쁜 감정을 감추지 못하고 말했다.

"백호, 잘하면 아버지를 찾을지도 몰라요."

"그렇게 좋냐?"

"물론이죠. 어쨌든 조그마한 단서라도 찾았으니 그들에게 연락을 취해 봐야겠어요. 해남도에서 복건성으로 가던 도중에 사라지셨을 확률이 높으니 그쪽을 집중적으로 조사해 보면 뭔가 나올 것도 같아요."

마음 같아선 당장이라도 달려가고 싶었지만 월하린은 침착함을 유지했다.

정보라면 자신보다 하오문이 훨씬 더 뛰어나다.

그들의 도움을 받는 것이 지금으로써는 현명한 선택이다.

월하린이 기쁨에 젖어 있는 바로 그때였다.

총관 진가문이 헐레벌떡 달려왔다.

이곳에 갑작스레 모습을 드러낸 진가문은 곧바로 월하린에게 다가갔다.

"구, 궁주님, 서찰이 한 장 왔는데 급히 확인해 보셔야 할 것 같습니다."

"서찰이요?"

진가문은 손에 들고 있던 서찰을 그대로 월하린에게 건넸다. 그리고 그 서찰을 건네받은 월하린의 눈동자가 일순 커졌다.

동그랗게 말린 서찰을 봉하고 있는 조그마한 종이.

그곳에는 무(武)라는 글자가 선명하게 박혀 있었다. 그리고 전 중원에서 이 같은 글자를 박은 채 서찰을 보내는 곳은 단 한 곳밖에 없다.

무림맹이다.

　　　　*　　　*　　　*

　서원룡의 해남파 일행이 떠나갔다.

　그들은 떠났지만, 그렇다고 해서 모든 일들이 끝난 건
아니었다. 아니, 오히려 그들이 떠나면서 많은 일들이 한
번에 몰아쳤다.

　월하린의 아버지인 월천후에 대한 소식, 그리고 생각지
도 못한 무림맹의 서찰까지 동시에 날아들었다.

　서원룡은 백하궁을 떠나며 월하린에게 선물이나 다름없
는 귀중한 정보를 줬다.

　갑자기 땅으로 쑥 꺼진 게 아닌가 의심될 정도로 아무
단서조차 없던 월천후에 대한 정보가 서원룡 덕분에 드디
어 손에 들어온 것이다.

　서원룡이 떠나기 무섭게 월하린은 백호와 함께 자신의
집무실로 향했다. 그녀가 품에서 무림맹에서 건네받은 서
찰을 꺼냈을 때다.

　월하린의 뒤를 쫄래쫄래 따라오던 백호가 물었다.

　"아버지 일은 역시 그놈들에게 맡길 거냐?"

　"네. 하오문에게 부탁해서 그 근방을 조사해 달라고 할
생각이에요. 이 일은 그들이 다른 어떤 정보를 가져온 이

후에야 조금 더 윤곽이 드러날 것 같아요."

마음 한편에서 아버지의 흔적을 찾았다는 데에 대한 기쁨과, 또 반대로 그럼에도 불구하고 아버지를 찾지 못하면 어떻게 할까 하는 두려움이 공존한다.

허나 분명한 것은 이 정보로 인해 그녀가 조금이라도 더 월천후에게 다가갈 수 있게 되었다는 것이다.

그런 월하린을 보며 백호가 옛날 생각이라도 났는지 피식 웃었다.

"제법이네. 예전엔 앞뒤 안 가리고 달려가더니."

"그때 당신을 다치게 하면서 스스로 생각했거든요. 다시는 그런 실수 안 하겠다고요."

월하린은 조급함을 버렸다.

자신이 나서서 일이 더 확실해진다는 보장이 없는 이상, 하오문을 믿고 기다려야 했다. 그들에게서 더 큰 정보가 오고, 그걸 통해 다른 사실을 알기 전까지는 직접 움직인다고 해도 큰 의미가 없었다.

"그럼 그 일은 그렇다 치고 그 서찰은 뭐냐?"

"글쎄요. 무림맹에서 직접 온 서찰이라니. 하북팽가 때문이 아닐까요?"

백하궁과 무림맹은 딱히 아무런 관계도 아니다.

그랬기에 이처럼·서찰이 온다는 것 자체가 낯설었고, 그

나마 가능성이 있는 건 얼마 전 있었던 하북팽가의 건이
다.

아마 그때의 일에 관련된 서찰일 게다.

백호가 옆에서 서두르라는 듯이 말했다.

"확인해 보면 되는 거잖아. 빨리 봐봐."

"알았어요."

재촉하는 백호의 모습에 월하린이 웃으며 서찰을 봉한
종이를 뜯었다. 천천히 서찰을 펼친 월하린이 그 안에 적
힌 첫 문구를 확인하는 순간이었다.

월하린이 놀란 듯이 두 눈을 크게 치켜떴다.

옆에서 가만히 그녀의 얼굴을 바라보던 백호가 물었다.

"왜 그래?"

"아, 아뇨. 그냥 이 서찰을 보낸 사람이 생각지도 못한
사람이라서요."

"누군데?"

"검성(劍星) 율무천(律武川). 무림맹주예요."

율무천은 대단한 자다.

비록 월천후가 있어 천하제일검이라는 별호는 얻을 수
없었지만, 그를 제하고는 검으로는 적수를 찾을 수 없는
당대 최고수라는 평을 받고 있었다.

그가 더욱 대단한 이유는 구파일방이나 오대세가 소속의

무인이 아니라는 거다. 무림맹을 지켜 왔던 수많은 맹주들 중 구파일방이나 오대세가가 아니었던 자는 율무천을 포함해 단 두 명뿐이다.

그만큼 그들을 제외한 이들이 무림맹주의 자리에 오르는 건 어려운 일이라는 거다.

그것을 가능하게 했다는 것만으로도 율무천의 무공 실력이 얼마나 빼어난지 가늠케 할 정도였다.

그런 율무천이 직접 서찰을 보내온 것이니 월하린의 입장으로서도 놀랄 수밖에 없었다. 하북팽가의 일이 어떻게 되었는지 알려주는 형식의 보고서가 아닐까 했는데 그것은 큰 착오였다.

그건 율무천이 월하린에게 보내는 서찰이었다.

"무림맹주가 왜?"

"잠시만요. 한번 읽어볼게요."

월하린은 서찰의 내용을 빠르게 훑어 내려갔다.

우선 시작은 예상대로 하북팽가에 대한 이야기가 간략하게 적혀 있었다.

월하린이 궁금해하는 백호를 위해 서찰의 내용을 읽어 내려갔다.

"하북팽가에게 팔 년의 봉문을 명한다. 그리고 이 일에 연루된 이들을 엄밀히 조사하여 공모자를 색출하기 위해 무림맹으로서는 최선을 다할 것이다.”

“팔 년 봉문? 고작?”

이야기를 듣던 백호가 말도 안 된다는 듯이 되물었다. 그리고 월하린의 생각 또한 백호와 마찬가지였다. 아무리 적어도 삼십 년 정도의 형벌이 내려질 거라 생각했다. 그런데 예상의 반의 반 정도밖에 안 되는 처벌이 하북팽가에게 떨어졌다.

팔 년이라는 시간은 무림 문파에게 짧은 시간은 아니다. 허나, 그렇다고 해서 그들이 지은 죄에 맞는 벌도 아니라는 생각이 들었다.

월하린은 이해가 안 간다는 듯이 고개를 저었다.

“말도 안 돼요. 명문정파로서 해선 안 될 사특한 일을 벌였는데 겨우 팔 년 봉문이라니…….”

“어떻게 된 거지?”

“……아마도 누군가 뒤에 있다는 소리겠죠.”

월하린은 말도 안 되는 처벌을 통해 하북팽가를 지켜 주는 모종의 세력이 있음을 알아차렸다. 그렇지 않고서는 이같은 솜방망이에 가까운 처벌은 불가능했으니까.

그리고 이런 결정조차 좌지우지할 힘이 있는 자들이라면 커다란 세력임은 분명했다.

“고생해서 잡아다 준 것도 별 소용없었네.”

"그래도 백호 당신 덕분에 이만큼이라도 그들을 묶어 둘 수 있잖아요? 최소한 그 팔 년 동안은 다시 우리를 건드리지 못할 거예요. 정말 그때 고생 많았어요."

월하린이 불만스러워 하는 백호를 다독였다.

그리고 그 칭찬에 백호는 언제 기분이 나빴냐는 듯이 히죽거리며 웃었다. 백호가 물었다.

"그게 다야?"

"아뇨. 이건 그냥 서두에 간단하게 상황을 설명한 거고 본 내용은 따로 있어요."

"본 내용이 뭔데?"

"검성께서 저를 보고 싶으시다네요. 정확히 말하면 이 서찰은 무림맹으로 오라는 초대장이에요."

"왜 오라는 건데?"

"형식상으로는 이번에 무림맹에서 큰 행사가 있으니 겸사겸사 구경도 오고, 이번 하북팽가의 일에 대해 치하하고 싶다고는 하는데……."

월하린은 말끝을 흐렸다.

서찰의 내용만 보고 곧이곧대로 믿을 정도로 그녀는 어수룩하지 않았다. 분명 그녀를 부른다는 것 자체가 어떤 이유가 있어서임이 분명하다.

정말로 단순하게 자신들의 공을 치하하고자 자리를 만들

만큼 무림맹주라는 자리가 한가하지는 않을 터. 분명 서찰 안에는 없는 또 다른 본심이 있을 것이다.

그게 무엇인지 모르는 상황, 허나 다른 이도 아닌 검성의 초청이다.

거절을 하는 것 또한 쉬운 일이 아니다.

월하린이 깊은 고민에 빠져 있을 때였다.

"뭐 문제라도 있는 거야?"

"다른 속셈이 있을 텐데 그게 뭔지 모르겠어서요. 가야 할지 아니면 어떻게든 핑계를 대면서라도 자리를 피해야 할지 감이 안 서네요."

"피할 순 있는 자리고?"

"무림맹주가 직접 초대한 거니 그것도 쉽진 않죠."

"너 그 인간한테 뭐 잘못한 거 있냐?"

"아뇨. 그런 건 없는데 그건 왜요?"

"그럼 뭐 걱정할 거 있나 싶어서. 네가 잘못한 것도 없다며? 그럼 피할 필요 없잖아? 당당한데 뭐가 문제야?"

백호가 간단하게 내뱉었다.

하지만 그 간단한 말이 월하린에게는 큰 도움이 됐다. 백호의 말이 맞다. 잘못한 것도 없고, 피할 이유도 없다.

피하기 힘든 자리고 무림맹주 또한 다른 속셈이 있을 거라는 것 정도는 짐작하고 있다.

알지만 그게 뭐가 중요하단 말인가.

홀로서기를 시작한 지금, 피한다고 해서 모든 게 해결되지는 않는다.

월하린이 웃으며 고개를 끄덕였다.

"그러게요. 그렇게 간단한 걸 왜 고민했을까요?"

"넌 종종 너무 생각이 많아서 탈이야."

"맞아요. 제가 좀 그렇긴 하죠. 하지만 괜찮아요. 앞으로도 단순한 당신이 옆에서 이렇게 도와주면 되잖아요."

월하린의 말에 백호가 머리를 긁적거렸다.

쉬이 대답하지 못하던 그는 이내 뭔가 기분 나쁘다는 듯이 말했다.

"야, 근데 단순하다니? 뭔가 좀 억양이 그런데……."

"좋은 의미예요, 좋은 의미."

월하린이 백호의 팔목을 잡은 채로 웃었다. 그리고 백호는 그런 그녀의 미소를 마주하는 순간 욱했던 감정이 천천히 사그라졌다.

"며칠 후에 무림맹에 가야 된다니까 준비들 해."

백호의 그 한마디에 서원룡을 인근까지 안내하고 돌아온 전우신과 아운이 놀란 표정을 지어 보였다. 아까까지 전혀 듣지 못했던 이야기를 전해 들은 탓이다.

전우신이 물었다.

"무림맹은 갑자기 왜 갑니까?"

"맹주인지 뭔지 하는 작자가 초대를 했다더군."

"검성께서 말입니까?"

전우신이 믿을 수 없다는 듯이 되물었다.

갑자기 무림맹에 가게 된 것도 놀랄 일이거늘, 그 이유가 다른 것도 아닌 검성 율무천의 초대 때문이라니.

검성의 초대라는 말에 전우신은 흥분을 감추기 어려웠다. 화산파 최고의 후기지수로 손꼽히던 전우신조차도 멀리에서 그를 본 것이 전부였다. 허나, 정말 검성의 초청을 받은 것이라면 그와 가까이서 대면할 수 있는 기회가 아니던가.

그것은 전우신에게 큰 영광이었다.

검성이라는 별호답게, 그는 검의 극의를 이룬 인물이다. 검을 쓰는 전우신에게 검성은 선망의 대상이었다.

전우신이 그토록 좋아하고 있을 때였다.

반대로 놀랐던 아운의 표정은 서서히 굳어지고 있었다. 항상 웃고 다니던 그의 얼굴에서 웃음기가 사라졌다.

차갑게 변한 얼굴에서는 알 수 없는 적의마저 느껴졌다.

아운이 중얼거렸다.

"꼭 가야 됩니까? 무림맹은 가고 싶지 않은데요."

"월하린이 가기로 정했다."

백호가 딱 부러지게 말했다. 그 말투에서는 이것은 월하린이 정한 것이니 가타부타 토를 달지 말라는 기색이 역력했다.

그 사실을 잘 알기에 아운은 괜한 자신의 입술만 씹어 댈 뿐이었다.

"······."

뭔가 불만스러운 표정이 가득한 아운을 본 백호가 짜증 섞인 목소리로 말했다.

"따라오기 싫으면 오지 말든가. 누가 따라 오랬냐? 너희들이 알아서 우리 쫓아다니는 거지."

백호의 말에 아운이 침묵했다.

평소였다면 자기를 놓고 어딜 가려고 하냐며 따라붙었을 그가 아무런 반응도 보이지 않자, 전우신은 이상한 눈으로 아운을 바라봤다.

가느다란 눈이 슬며시 드러나며 아운은 주먹을 강하게 움켜쥐었다.

그가 길게 숨을 내쉬며 대답했다.

"······아닙니다. 가야죠."

말을 마친 아운이 자리에서 일어났다. 그가 짧게 인사를 하며 입을 열었다.

"먼저 나가보죠."

말을 마친 아운이 몸을 돌려 그대로 백호의 방을 빠져나가 버렸다. 그가 나가자 백호가 의자에 기댄 채로 전우신을 향해 말했다.

"두건 저 자식 요새 왜 저래?"

"저도 잘 모르겠습니다."

"평소엔 떨어지라고 해도 그렇게 붙어 다니던 놈이 무림맹은 왜 안 가려고 저러는 거야."

"원래 정파를 싫어하긴 하지만……."

아운이 평소에도 정파를 탐탁지 않아 하긴 했지만 무림맹에 가자는 말에 생각 이상으로 그는 불쾌한 표정을 지어 보였다.

"아, 마음에 안 드네. 확 그냥."

백호가 자리에서 일어나려고 할 때였다. 전우신이 황급히 백호를 말렸다.

"뭔가 고민이 있는 것 같습니다. 백호님이 조금만 참으시지요."

"넌 맨날 싸우면서도 항상 보면 저놈 편 들어주는 것 같다? 내가 어떻게 할까 봐 걱정이라도 되냐?"

"제가요?"

전우신이 전혀 모르겠다는 듯이 반문했다.

그런 그를 향해 백호는 귀찮다는 듯이 손을 휘휘 저었다. 나가보라는 듯한 백호의 손짓에 전우신 또한 자리에서 일어나 바깥으로 걸어 나왔다.

밖으로 나온 전우신의 눈에 멀어져 가는 아운의 뒷모습이 보였다.

"대체 왜 저러지. 분명 뭔가 있는 것 같은데."

항상 자신의 감정을 안으로 잘 감추는 아운이다.

그런 그가 감추지 못할 정도로 대 놓고 적의를 불태운다는 게 느껴질 정도였다. 정파를 모두 싫어하는 건 이미 알고 있었지만 예전엔 이 정도 수준이 아니었다.

아운의 멀어져 가는 모습을 걱정스레 바라보던 전우신이 이내 황급히 고개를 저으며 중얼거렸다.

"진짜 뭐하는 거지? 누가 보면 내가 정말 저놈 걱정하는 줄 알겠네."

제2장. 무림맹
– 그자는 늙은 너구리예요

무림맹의 한 지부.

현진각이라 적힌 조그마한 현판이 달린 이곳에는 두 명
의 젊은 사내들이 뭔가를 처리하고 있었다. 서류들을 분류
하여 이것저것 넘기는 이 업무는 그리 중요한 임무가 아니
었다.

현진각은 무림맹 내에서도 하급 무인들이 업무를 보는
장소로, 정말 자잘한 일들을 처리하는 곳이다.

그리고 그런 사내들과 반대편에 있는 조그마한 탁자에
한 노인이 자리하고 있었다. 노인은 보통 키에 후덕한 인
상을 하고 있었다. 새하얀 백발에 흰 수염은 그의 나이를

짐작케 했다.

노인이 평온한 표정으로 가만히 차를 홀짝이고 있을 때였다.

끼이익.

문이 열리는 소리와 함께 현진각으로 빛이 스며들었다. 누군가가 찾아왔음에도 불구하고 일을 하는 젊은 두 사내는 소리가 난 곳을 바라보지도 않았다. 그리고 그건 노인 또한 마찬가지였다.

뚜벅뚜벅.

발걸음 소리가 노인에게로 향했다.

그리고 이내 그 소리가 멈추었다.

노인은 상대 쪽을 향해 고개도 돌리지 않은 채로 찻잔에 든 차에 다시금 입을 가져다 댔다. 찻잔을 탁자에 내려놓으며 노인이 마침내 입을 열었다.

"허허, 이곳은 어찌 알았는가."

"집무실에 안 계시다 해서 조금 알아봤어요. 그러니 이곳에 계신다고 하더군요."

"이런, 비각주의 눈은 피할 수가 없군."

노인의 옆에 모습을 드러낸 건 다름 아닌 무림맹 서열 사 위 비각주 은설란이었다. 그녀를 향해 시선을 돌린 노인의 눈에 묘한 빛이 감돌았다.

노인이 웃으며 말했다.

"이곳을 들켰으니 또 장소를 옮겨야겠군. 아, 장소를 옮겨도 비각주가 마음먹으면 일각이면 알아내려나?"

"그걸 아신다면 이제 차는 집무실에서 드시는 걸 추천해 드릴게요. 맹주님."

은설란과 마주한 노인, 그가 바로 무림맹의 맹주이자 검성이라 불리는 율무천이었다.

살집이 있고 후덕해 보이는 인상, 그렇지만 그런 겉모습과는 달리 그는 무척이나 예리하고 치밀한 자다.

율무천이 여전히 자리에 앉은 채로 물었다.

"뭐 그거야 내가 알아서 할 일이고. 그나저나 비각주께서 어쩐 일로 날 찾아왔는가? 전에 하북팽가 일은 분명 원하는 대로 처리된 걸로 아는데."

"그 일은 감사드려요. 맹주님의 선처 덕분에 하북팽가는 적절한 벌을 받을 수 있게 됐어요. 사실 하북팽가 정도 되는 문파를 수십 년 넘게 봉문하는 건 손해니까요."

"글쎄…… 그건 자네의 생각이 아니고?"

"호호. 맹주님도 동의하신 것 아니셨나요? 전 그렇게 아는데요."

웃으며 마주하는 은설란을 보며 율무천 또한 그저 웃음으로 화답했다. 웃으며 말하고 있지만 둘 사이에는 묘한 기류가 계속해서 흘렀다.

율무천이 찻잔을 옆으로 드르륵 밀고는 은설란을 올려다봤다. 주름살 가득한 그의 얼굴은 평온해 보였다. 하지만 웃고 있던 눈을 살며시 치켜뜨는 바로 그 순간 마주 선 은설란만이 느낄 수 있는 거센 파도와도 같은 기운이 그녀에게 밀어닥쳤다.

그럼에도 불구하고 은설란이 꿋꿋이 버텨 낼 수 있는 건 그만큼 그녀가 고수라는 걸 뜻했다.

율무천이 말했다.

"나랑 그 이야기를 하러 찾아온 건 아닐 테고, 찾아온 목적이 무엇인가?"

"아, 하나 소문을 들어서요."

은설란이 무슨 말을 할지 율무천은 단번에 알아차렸다. 그렇지만 그는 태평한 표정으로 오히려 되물었다.

"소문이라니? 뭘 말인가?"

"이번 무림맹 행사에 손님들을 초대하셨다고 들었는데 아닌가요?"

"거야 매번 있는 일 아닌가. 그게 뭐 대단한 거라고."

"물론 그렇죠. 저도 다른 문파에 대해서는 크게 드릴 말씀이 없어요. 다만."

"다만?"

"백하궁이요. 그들을 초대하셨다던데 사실인가요?"

비밀스럽게 일을 진행시켰거늘 벌써 그 사실을 알아 버린 모양이다. 하지만 율무천은 크게 놀라지 않았다. 어차피 비각주라면 이 정도 정보는 쉽사리 알아낼 것이라는 걸 애초부터 알고 있었다.

그가 담담하게 고개를 끄덕였다.

"그러네. 뭐 문제 있는가?"

"뭐 문제랄 건 없고 그저 그들을 초대한 맹주님의 저의가 궁금해서요."

"저의라고 할 게 있나. 그저 이번 하북팽가의 일을 그들이 막아준 덕분에 우리 무림맹 또한 최악의 경우를 면하게 되었으니 고마움을 표하고자 해서 불렀을 뿐이네."

"정말 그뿐인가요?"

"그럼 그들에게 뭐 다른 게 있겠는가?"

"……좋아요. 그럼 그리 알고 물러가도록 하죠."

"그러게. 아, 그리고 내 하나 부탁해도 되겠는가?"

"하시죠."

은설란이 대꾸했을 때다.

율무천이 찻잔에 다시금 손을 가져다 대며 웃었다.

"차 마시는 시간에만큼은 좀 찾아오는 걸 자제해 주게. 그것도 이런 중요하지 않은 일 가지고는 말일세."

가벼워 보이는 말, 하지만 말을 내뱉는 율무천에게서 다시금 강한 기운이 밀려왔다. 은설란이 그 기운을 받아 내고는 짧게 답했다.

"생각해 보도록 하죠."

말을 마친 은설란이 몸을 돌려 현진각을 빠져나갔다. 웃고 있던 율무천이 가볍게 찻잔을 어루만졌다. 그리고 그 순간 놀라운 일이 벌어졌다.

찻잔 안에 있던 찻물이 천천히 허공으로 떠올랐다.

방울방울로 변한 찻물이 율무천이 주먹을 강하게 움켜쥐는 순간 사방으로 터져 나갔다.

율무천이 아무런 일도 없었다는 듯이 서류를 분류하고 있는 두 젊은 사내에게 짧게 말했다.

"이곳은 들켰으니 자리를 옮겨야겠군."

그 한마디에 여태까지 말없이 일에만 몰두하던 두 사내의 모습이 사라졌다.

그렇게 율무천이 안에서 움직일 때였다.

바깥으로 나간 은설란은 자신의 거처를 향해 발걸음을 옮기고 있었다. 그리고 갑작스럽게 뒤편에서 한 건장한 사내가 모습을 드러냈으니, 그는 바로 현무였다.

은설란은 난데없는 현무의 등장에도 전혀 놀라지 않았다. 그가 귀신처럼 모습을 드러내는 것에 익숙해진 탓이다.

소리도 없이 나타난 그가 은설란에게 말을 걸었다.

"정말 맹주가 아무런 이유 없이 그들을 부른 것 같아 보여?"

"그야 모르죠."

맹주는 절대 아무런 이유 없이 뭔가를 벌이는 자가 아니다.

다만 백하궁을 부르는 것이 진짜 목적인지, 아니면 그 행동 자체가 다른 무엇인가를 벌이기 위해 자신들의 눈을 속이려는 또 다른 계책인지 모르겠다는 거다.

은설란이 걸음을 멈추고 뒤를 돌아봤다.

무림맹주가 있던 현진각.

정말 그 속내를 알기 어려운 상대다.

"늙은 너구리의 속내는 정말 알 수가 없군요."

결코 약점을 드러내지 않기에 상대하기 더 어려운 인물이 바로 율무천이다.

무림맹주에 대해 생각하던 은설란이 이내 기억해 냈다는 듯이 현무를 향해 말했다.

"그들이 온다면 당신도 백호라는 자와 만나게 되겠군요."

"아마도 그렇게 되겠지."

"그래도 되겠어요?"

"그건 왜 묻지?"

"당신이 조금 불편해하는 것 같아서요."

"어차피 만났어야 할 놈이다. 피한다고 해서 피할 수 있는 놈도 아니고."

"그 말 진심이죠?"

"거짓말을 할 이유가 있나?"

말을 내뱉는 현무가 짧은 자신의 머리카락을 만지작거렸다. 만나고 싶지 않았지만, 그렇다고 해서 피하고 싶은 마음도 없다.

시간이 많이 흘렀고, 현무 또한 예전의 자신이 아니다. 현무가 슬쩍 하늘을 올려다봤다.

'네가 온다면 피하지 않는다, 백호.'

*　　　*　　　*

무림맹이 위치하고 있는 호북성 무한이 무척이나 붐볐다. 원래부터 거대한 마을인 무한이 최근 들어 더욱 큰 성세를 이루고 있었다.

그건 다름 아닌 무한을 찾는 각양각색의 정도 무인들 덕분이었다. 그들은 곧 있을 무림맹의 행사에 참여하기 위해 이곳으로 몰려든 것이다.

　정도회(正道會)라 이름 붙여진 이 행사는 삼 년에서 오 년 정도의 주기로 무림맹주의 권한하에서 이루어지는 모임이다.

　많은 정도 문파들이 초대되어 모이고, 이 정도회 자리에서 많은 논공행상(論功行賞)들이 이루어지기도 한다. 정도회에는 대부분의 정도 문파들이 모이니만큼 그 자리에서 상을 받는 것은 무척이나 큰 명예이기도 했다.

　항상 밝기만 했던 정도회. 허나 이번에는 분위기가 조금 묘했다.

　그건 역시나 하북팽가의 일 때문이었다.

　상이 아닌 괜한 불똥이 튀는 건 아닐까 하는 걱정이 드는 건 어쩔 수 없는 노릇이다.

　많은 이들이 걱정과 기대를 안으며 모여든 무한에 한 대의 마차가 들어서고 있었다. 그리고 그 마차 뒤편으로는 일련의 무인들이 뒤따랐다.

　백하궁의 일행들이었다.

　마차 바깥으로 고개를 내민 백호는 연신 주변을 두리번거리다 이내 뒤편에 있는 월하린을 향해 들뜬 목소리로 소리쳤다.

　"야야, 여기 봐봐. 먹을 것들이 엄청나게 많은데?"

수많은 노점들과 음식점들에 요리되어 있는 고기들이 백호의 코를 자극했다. 백호가 신기하다는 듯 주변을 둘러보는 것만큼 마차를 지나쳐 가는 많은 이들 또한 힐끔거리며 백호를 바라봤다.

그의 새하얀 머리는 눈에 띄어도 너무 띄었다.

사람들이 자신을 보는 것은 아랑곳도 하지 않으며 백호가 중얼거렸다.

"이거 돌아가기 전에 다 먹어 봐야겠는데."

"여기 있는 이 많은 걸 다요?"

옆자리에 앉아 있는 월하린이 밖에 있는 노점들을 보며 그게 가능하겠냐는 듯이 물어봤다. 그러자 백호는 걱정 없다는 듯이 월하린에게 호언장담했다.

"뭐 어려운 일이라고. 하루 이틀이면 될걸?"

말을 마친 백호가 마차 안으로 고개를 집어넣으며 의자에 몸을 기대어 앉았다.

백하궁이 있는 섬서성과 이곳 호북성은 바로 옆에 붙어 있었다. 그래서 이곳 무림맹이 있는 무한까지 오는 데 그리 긴 시간은 걸리지 않았지만, 사실 백호에게 이런 마차 여행은 무척이나 지겨운 일이었다.

마음 같아서는 무림맹까지 달려가고 싶은 그였지만, 백호의 속도에 맞출 수 있는 자가 여기 누가 있겠는가.

그랬기에 백호는 어쩔 수 없이 모두와 함께 마차를 타고 이동할 수밖에 없었다.

마차 안은 방금 전 백호가 떠들어 대기 전까지 무척이나 조용했다. 언제나 시끄럽게 굴던 아운이 무림맹으로 가게 된 이후부터 급속도로 말수가 줄어든 탓이다.

아운은 조용히 창밖을 바라보며 뭔가를 생각하는 것처럼 보였다.

슬쩍슬쩍 창밖의 동태를 살피던 월하린이 이내 입을 열었다.

"무림맹에 거의 다 와 가나 봐요. 무인들의 숫자가 아까보다 훨씬 많이 보이는 걸 보니."

"그거 듣던 중 반가운 소리네."

마차를 타는 데 질린 백호가 안도한 듯 받아칠 때였다. 유일하게 무림맹에 와 본 적이 있던 전우신이 바깥을 확인하고는 말했다.

"제 기억이 맞다면 저기서 옆으로만 돌면 바로 무림맹이 보일 겁니다."

그리고 전우신의 말대로 마차가 길을 돌아서기가 무섭게 정면에 커다란 크기의 입구가 모습을 드러냈다. 그곳이 바로 이들의 목적지인 무림맹이었다.

마차는 순식간에 무림맹의 입구에 도달했다.

정도 무림을 대표하는 단체답게 무림맹의 외부는 화려했다. 커다란 입구에는 십수 명의 무인들이 경비를 서고 있었고, 또 입구가 아닌 곳곳에도 많은 이들이 외부인의 침입을 막고 있었다.

입구를 막고 있던 무인이 마차로 다가와 짧게 포권을 취하며 말했다.

"마차에서 내리셔서 신분과 방문 목적을 말씀해 주시지요."

사내의 말투는 공손하면서도 무척이나 딱딱했다.

무림맹 수문위사의 말을 들은 일행들이 하나둘씩 마차에서 걸어 내렸다. 뛰어난 외모를 지닌 이들이 하나씩 마차에서 내리자 무림맹을 드나들던 많은 이들의 이목이 집중됐다.

이들을 대표해서 전우신이 수문위사에게 다가가 자신들의 정체를 밝혔다.

"백하궁에서 왔고, 초대를 받고 왔습니다."

"초대요?"

사내가 잠깐 머뭇거리다가 뒤쪽을 바라봤다. 그런 이야기를 들은 자가 있느냐는 듯한 표정에 다른 이들 또한 가만히 고개를 저었다.

정확히 알기 위해 사내가 말했다.

"안에 확인을 좀 하려 하는데 잠시만 기다려……."

"들여보내세요."

수문위사는 뒤편에서 들려온 목소리에 고개를 돌렸다. 그리고는 이내 목소리의 주인을 확인하고는 황급히 예를 갖췄다.

사람들 사이에서 천천히 모습을 드러내는 여인.

비각주 은설란이었다.

예를 갖췄던 수문위사가 곧 그녀에게 조심스럽게 말했다.

"확인된 것이 없는데 그냥 들여보내도 되는 것인지요?"

"맹주님의 특별 손님이니 그냥 들여보내도록 해요."

은설란이 딱 잘라 말하자 수문위사는 옆으로 비켜섰다. 다른 이도 아닌 맹주의 손님이고, 비각주 은설란이 나서서 그걸 증명하고 있다.

안에 확인하는 것보다 몇 배는 확실한 상황이다.

수문위사가 비켜서자 월하린은 다른 일행과 함께 무림맹 입구를 통해 걸어 들어왔다. 그녀와 은설란의 시선이 마주쳤다.

천천히 다가온 월하린이 포권을 취했다.

"덕분에 지체하지 않고 들어올 수 있었어요. 감사드립니다."

"별말씀을요. 맹주님의 손님은 제 손님과 마찬가지죠."

"실례지만 존함이 어찌 되시는지요?"

"은설란이라고 해요. 비각의 대주직을 맡고 있죠."

"아……."

월하린이 놀란 눈으로 은설란을 바라봤다.

어찌 그녀를 모를 수 있겠는가. 무림맹 최강의 무력 단체인 비각의 주인이자 최고의 여고수 중 하나로 손꼽히는 인물이다.

생각보다 너무나 아름다운 모습에 살짝 놀라긴 했지만 이내 월하린은 예를 갖췄다.

"존함은 많이 들었어요. 이렇게 뵙게 돼서 영광입니다."

"아니에요. 월 대협의 여식을 이리 뵙게 되니 저야말로 영광이죠."

짧게 말을 주고받은 월하린이 그녀를 물끄러미 바라봤다. 그러고는 잠시 망설이던 월하린이 은설란을 향해 물었다.

"저 혹시 저희…… 어디선가 본 적이 있었나요?"

"초면으로 알고 있는데요. 왜 그러시죠?"

"아뇨. 이상하게 낯이 익은 것 같아서요."

월하린이 이상하다는 듯이 말했다.

하지만 그런 그녀를 향해 은설란이 화사하게 웃으며 화

답했다.

"제가 좀 평범하게 생겨서 그런 착각을 하셨나 봐요."

"설마요."

마흔이 훌쩍 넘었음에도 불구하고 이십 대에 견주어도 모자라지 않은 미모를 지닌 여인이다. 어찌 그런 여인을 평범하다 할 수 있겠는가.

짧게 인사를 마친 은설란이 이내 다른 이들에게 시선을 돌렸다. 그녀의 시선이 백호에게서 멈췄다.

"한눈에 알겠네요. 당신이 백호군요. 제가 아는 사람한테 그쪽 이야기 많이 들었어요."

"네가 아는 사람이 누군데?"

겉모습만 보고 아무렇지 않게 반말을 내뱉는 백호를 향해 월하린이 슬며시 눈짓을 할 때였다. 그런 백호의 말투에 전혀 상관없다는 듯이 은설란이 웃음을 터트렸다.

"말투까지 비슷하네요. 초면에 상대에게 아무렇지 않게 반말을 하는 모습까지요."

"……뭐?"

"당신도 알 거예요. 현무, 그가 이곳에 있거든요."

현무가 이곳에 있다는 말에 백호의 표정이 묘하게 변했다.

"이곳에 현무가 있다고?"

백호가 되묻자 은설란이 고개를 끄덕였다.

"네, 그 사람이 당신하고 아주 가까운 사이 같던데. 아닌가요?"

"가깝긴. 그냥 아는 놈일 뿐이지."

퉁명스럽게 말을 내뱉긴 했지만 백호의 얼굴에는 뭔가 꺼림칙한 감정이 감돌았다. 가능하면 다른 요괴들과는 얽히고 싶지 않았던 탓이다. 그런데 이곳에 현무가 있다니.

이곳 무림맹에 현무가 있을 거라고는 생각도 하지 못했다. 청룡이나 주작, 현무 모두가 인간과 어울리며 살아가지 않았었던 탓이다.

더군다나 현무는 개중에서도 가장 몸을 감추고 살아가던 놈이다. 그가 이토록 사람이 많은 무림맹에 있을 거라고 어찌 상상이나 했겠는가.

무림맹에 현무가 있다는 말에 잠시 입맛을 다시던 백호가 은설란에게 물었다.

"그놈 지금도 안에 있냐?"

"네. 어디 다녀올 곳이 있다곤 했었는데 아마 지금쯤 왔을걸요. 그런데 그건 왜 물으시죠?"

"아아, 잠깐 좀 보려고 하는데 어딜 가면 볼 수 있지?"

백호의 말에 은설란이 놀랍다는 듯이 두 눈을 크게 떴다. 그녀가 말했다.

"현무를 만나러 가려는 건가요?"

"그게 그렇게 놀랄 일이야?"

"아뇨. 그게 그렇게 놀랄 일은 아니지만…… 그가 틀려서요."

"그가 틀리다니?"

"현무가 말했거든요. 당신은 절대로 자신을 먼저 찾지 않을 거라고요. 그 사람이 한 말은 항상 맞았는데 이번에 당신이 첫 예외가 된 건 알아요?"

은설란의 말에 백호는 별다른 대꾸도 하지 못했다. 분명 예전의 백호였다면 그랬을 것이다. 예전의 자신이었다면 먼저 다른 이를 찾아가는 건 있을 수도 없는 일이었다.

그렇지만 지금의 백호는 조금 달랐다.

청룡의 일이 있었기에 백호가 직접 나서서 그의 의중을 들어볼 생각이었던 것이다. 그런 사실이 못내 불쾌했지만 백호는 입맛을 다시며 말했다.

"어쩌다 보니 놈한테 용무가 생겨서 말이야. 딴소리는 됐고, 그놈 어디 있냐?"

"원한다면 안내해 주죠. 무림맹 내부를 외부인인 당신이 멋대로 돌아다닐 수는 없으니까요. 괜찮으시죠, 궁주님?"

은설란이 가볍게 웃으며 월하린을 향해 시선을 돌렸다. 그런 그녀를 바라만 보고 있던 월하린이 황급히 고개를 끄덕였다.

"아, 저는 당연히 괜찮죠."

"궁주님께서도 허락하셨으니 그럼 전 이분을 현무에게 안내해 주도록 하죠. 그리고 일을 마치는 대로 궁주님이 있는 곳으로도 안내해 드릴 테니 우선 편히 쉬고 계세요."

"배려 감사해요."

월하린이 포권을 취하며 슬쩍 은설란의 표정을 살폈다. 웃고 있는 얼굴, 그렇지만 또 속내를 가늠하기 힘들다.

상대는 비각주다.

여인이고 얼굴은 웃고 있다 하지만 결코 만만한 상대는 아니었다. 무림맹에서도 손꼽히는 고수인 그녀였기에 문득 불안감이 든 월하린이 백호를 향해 전음을 날렸다.

『그 현무라는 분도 요괴죠?』

『내가 아는 거 보면 당연히 요괴지.』

『……그렇군요.』

『왜? 또 내가 안 돌아올까 봐 걱정되냐?』

백호의 말에 월하린이 입가에 웃음을 머금었다.

물론 그런 마음이 아예 없다고 하면 거짓말이다. 주작을 만났을 때도, 청룡과 조우했을 때도 왠지 모를 불안감에 휩싸였었다. 그렇지만 안다. 백호가 떠나지 않겠다고 약속한 이상 당분간은 반드시 그 말을 지킬 거라는 것 정도는.

그녀가 걱정하는 건 단지 백호가 떠나는 것만이 아니었다.

월하린이 재차 전음을 보냈다.

『혹여나 다칠까 봐 걱정하는 거예요.』

『다치긴 누가 다쳐. 그놈들 다 내 아래라니까?』

백호가 걱정하지 말라는 듯이 호언장담을 했다. 그런 백호의 자신만만한 태도를 보며 월하린이 알겠다는 듯 고개를 끄덕였다.

짧게 전음을 주고받은 월하린은 이내 백호에게 조심하라는 전음을 날렸다.

『백호 당신과 함께하는 저 여인, 조심해요. 생긴 건 저렇게 보여도 무림맹 서열 사 위에, 최고의 무력 단체인 비각을 이끄는 수장이에요.』

『이 인간이?』

『네, 그러니까 조심해요.』

월하린은 전음을 마치고는 슬며시 백호의 눈을 마주했다. 둘은 가볍게 고개를 끄덕였고, 이내 누군가가 다가와 월하린과 백하궁의 인원들을 안내했다.

그들이 떠나자 자리에 남아 있는 백호를 향해 은설란이 대수롭지 않게 말했다.

"전음도 끝난 거 같은데 이만 가죠?"

"……."

"왜요? 설마 모를 줄 알았어요?"

웃으며 말하는 은설란을 보며 백호는 월하린이 떠나면서 남긴 말을 되새겼다. 그녀가 말한 대로 이 여인은 보통 인물이 아니었다.

백호는 자신의 생각을 숨기지 않았다.

"어떻게 알아차렸지?"

"그 정도 눈치도 없이 이 강호에서 칼 밥 먹으면서 버틸 수 있었을 것 같아요? 그것도 이런 여인의 몸으로 말이죠."

아무렇지 않게 말하고 있었지만 그 말에는 많은 의미가 내포되어 있었다. 여인이고 사내고가 문제가 아니다.

무림맹 서열 사 위라는 자리에 올랐다는 건 그만큼 많은 것들을 견뎌냈다는 걸 의미했다. 지옥과도 같았던 수많은 난관들. 그 모든 걸 넘어섰기에 이 자리에 있을 수 있다.

그런 그녀였기에 눈칫밥만으로도 두 사람이 전음을 주고받는 것 정도는 쉽게 알아차릴 수 있었다.

"어쨌든 이만 가요. 현무 그 사람이 자신의 생각이 틀렸다는 걸 알면 어떤 표정을 지을지 궁금하거든요."

"그러지."

백호는 고개를 끄덕였다.

이 강한 인간 여인에게도 관심이 갔지만, 지금 그보다 중요한 것은 현무였다. 은설란과 한번 싸워 보고 싶은 마음을 억지로 참으며 백호는 그녀의 뒤를 쫓아 걸었다.

은설란이 무림맹 내부를 걷자, 놀랍게도 사람들이 알아서 길을 비켜섰다. 그만큼 그녀의 권력이 이곳 무림맹 내에서 적지 않음을 의미했다.

양옆으로 비켜서며 예를 취하는 이들을 보며 백호가 혀를 내둘렀다.

"당신 제법인가 보다? 다들 그쪽만 보면 비켜서는 걸 보면."

"누군가가 이렇게 당신에게 머리를 조아리는 걸 좋아하나 봐요?"

은설란이 슬쩍 속내를 떠보려는 것처럼 물었다.

그리고 그런 질문을 던졌던 은설란은 백호의 대답에 당황해 버렸다.

"응."

"……솔직하네요."

"난 누가 나한테 기어오르는 건 질색이거든. 이렇게 알아서 피해 준다면야 나야 좋지."

백호가 주변을 휘휘 둘러보며 대꾸했고, 그런 그를 향해 은설란이 말했다.

"원한다면 이런 힘 정도는 얼마든지 줄 수 있는데……
어때요, 구미가 당겨요?"

은설란이 말을 내뱉고는 옆에 서 있는 백호를 올려다봤
다. 망설임 없이 이런 힘이 좋다고 대답했던 백호였기에
이번 대답 또한 비슷할 거라 생각했다.

하지만 틀렸다.

"아니."

싫다고 딱 부러지게 말하는 백호를 향해 은설란이 눈을
동그랗게 떴다.

"그게 좋다면서요?"

"물론 좋지. 그렇지만 남이 주는 그런 힘 따위는 안 받
아. 하고 싶으면 내가 그렇게 만들면 되니까. 그러니 되도
않는 조건 내걸며 나한테 생색내려 하지 마."

"정말…… 재미있네요. 당신한테 궁금증이 생길 정도예
요."

짧은 만남 속에서도 은설란은 백호에 대해 이것저것 알
수 있었다. 남에게 휘둘리기 싫어하는 성격이 분명했고,
강단도 있다.

그리고 솔직하면서도 멍청하지 않다.

은설란이 앞을 바라봤다. 커다란 정원에 있는 이 층 누
각과, 그 누각 아래에 펼쳐져 있는 커다란 연못이 무척이

나 잘 어우러진 장소.

이곳이 다름 아닌 현무가 있는 곳이다.

은설란이 아쉽다는 듯이 말했다.

"당신에 대해 더 알고 싶지만 그 기회는 아무래도 다음
으로 미뤄야겠군요."

말을 마친 은설란이 누각을 가리켰다. 그녀가 말을 이었
다.

"저기 그가 있어요."

"그럼 가 보지."

"그럼 또 보죠. 현무와 이야기가 끝나면 제 수하 하나가
당신을 백하궁 무리가 있는 곳으로 안내해 줄 거예요."

말을 마친 은설란은 해야 할 것이 있다는 듯 몸을 돌려
걸어 나갔다. 현무와 백호가 만나 무슨 대화를 나눌지 내
심 궁금하긴 했지만 그녀는 알고 있다.

자신이 결코 현무의 눈과 귀를 속일 수 없다는 것 정도
는.

그녀가 걸어가던 와중에 슬며시 고개를 돌려 백호의 뒷
모습을 바라봤다. 여러 가지 저 사내에 대해 조사해 봤지
만 신기하게도 아무런 것도 알아낼 수가 없었다.

허나 이거 하나만은 확실하다.

'적으로 만들면 귀찮은 자가 분명해.'

적이 될지 아군이 될지는…… 두고 봐야 알 일이다.

*   *   *

이 층 누각은 제법 그 높이가 높아, 연못 주변을 한눈에 내려다보기 좋은 구조로 만들어져 있었다. 그 누각 이 층에 있는 조그마한 탁자에 회색 머리카락의 사내 현무가 자리하고 있었다.

현무는 언제나 임무를 마치고 쉴 때 찾는 이곳이 좋았다.

조용했고, 사람들의 인적도 없다.

굳이 다른 이들과 섞이는 걸 좋아하지 않는 현무에게 이곳은 안식처였다.

뚜벅, 뚜벅.

계단을 밟고 올라서는 발걸음 소리가 들렸지만 현무는 고개조차 돌리지 않았다. 이 걸음 소리의 주인이 누구인지 이미 알아차린 지 오래였다.

허나 알면서도 현무는 쉬이 믿기 어려웠다.

이 발걸음의 주인이 자신을 먼저 찾았던 일이 과연 단한 번이라도 있었던가?

없다.

결코 자신이 먼저 누군가를 찾아가는 자가 아니라는 걸 현무는 너무나 잘 알았다. 그런데 놀랍게도 그랬던 자가 지금 이곳 누각을 올라서고 있었다.

그리고 이내 그 발걸음의 주인이 모습을 드러냈다.

현무는 눈으로 보고서도 쉬이 믿기지 않는 얼굴로 상대를 응시했다.

새하얀 백발과 강렬한 시선이 현무에게 와 닿는다.

이건 꿈이 아니라 현실이었다.

"백호……."

"여어."

백호가 가볍게 손을 들어 보였다.

백호는 놀란 현무의 눈빛을 무시한 채로 천천히 다가와 맞은편 의자에 걸터앉았다. 손이 닿을 정도로 가까운 거리에 이르자 그제야 현무는 정신을 추슬렀다.

"네가 먼저 날 찾을 줄은 몰랐다."

"뭐 일이 좀 있어서. 나야말로 네가 이렇게 사람 많은 데서 지낼 거라고는 생각도 못 했는데?"

"나도…… 일이 좀 있어서."

"그래?"

팔짱을 끼고 있던 백호가 품에서 당과 주머니를 꺼내어 들었다. 그러고는 말없이 주머니 안에 있는 당과를 입에 머금었다.

　백호의 행동 하나하나를 바라만 보던 현무는 그런 그를 보며 당황스럽다는 듯이 물었다.

　"지금 뭐 하는 거냐?"

　"뭐가?"

　"지금 먹는 거 당과 아니냐?"

　"맞아. 그게 왜?"

　"단 거 싫어했던 걸로 기억하는데."

　"참내. 주작이랑 똑같은 이야기하고 있군. 요새는 좋아한다. 됐냐?"

　백호가 그게 뭐 그리 대수롭냐는 듯이 말을 내뱉었지만 현무는 그 말에서 다른 부분에 더 귀를 기울였다. 현무가 나지막이 중얼거렸다.

　"……역시 주작과 만났었던 건가?"

　"일전에 백하궁 개파식 때 찾아왔었어."

　주작이 섬서성에 모습을 드러냈었던 걸 알고서 어느 정도 예상하고 있었던 일이었지만 백호를 통해 직접 확인하니 마음이 그리 유쾌하진 않았다.

　현무가 물었다.

　"주작이 무슨 말이라도 하던가?"

　"그냥 우리들끼리 다시 뭉치자 뭐 이런 이야기?"

"그래서?"

"거절했지. 난 지금이 더 재밌거든."

백호의 말에 현무는 아무런 말도 하지 않고 그를 바라봤다. 의자에 기대어 앉은 백호를 응시하던 현무가 입을 열었다.

"먼저 우리를 찾은 적 없던 네가 날 찾아온 이유가 뭐지?"

"하나 묻고 싶은 게 있어서."

백호의 말에 현무가 고개를 끄덕였다.

"물어봐."

"얼마 전에 청룡 그놈을 봤거든?"

"그래서?"

"놈이 하는 짓거리를 보니 아마 이번 천년지약 때는 나에게 다시 도전할 것 같아."

천 년마다 한 번씩 찾아오는 도전의 시기.

백호에게 굴복했던 세 명의 요괴들이 다시금 그에게 도전할 수 있는 기회의 날이 다가오고 있었다. 이야기를 듣고만 있는 현무를 향해 백호가 물었다.

"그래서 묻는데 너도 덤빌 생각이냐? 만약 그렇다면……."

"불쾌하군. 그런 걸 일일이 보고해야 하나?"

현무의 말에 백호가 표정을 팍 구겼다.

좋게 이야기하던 백호의 몸에서 서서히 요력이 흘러나왔다. 백호의 입술 사이로 날카로운 이빨이 서서히 모습을 드러냈다.

그 모습에 현무는 자신도 모르게 움찔했다.

분명 지금이라면 자신이 이길 수 있다 생각하면서도 백호의 이런 서슬 퍼런 모습을 마주하게 되면 어느새 이렇게 움츠러들고야 만다.

백호가 불쾌한 목소리로 말했다.

"내 말 안 끝났다 현무. 좋게 이야기하니 지금 주제를 모르는 모양인데, 너나 청룡이나 너무 건방지게 구는군. 내가 누군지 잊은 건 아니겠지?"

"……."

"덤비든 말든 그건 네 마음이야. 나 또한 그걸 말릴 생각도, 그리고 그거에 대해 알고 싶지도 않다. 난 미리 경고 하나 하려고 온 것뿐이다."

"경고?"

그게 뭐냐는 듯이 현무가 되물었다.

백호가 그런 현무와 눈을 마주한 채로 입을 열었다.

"잘은 모르겠지만 너와 청룡이 이렇게 인간들이랑 얽혀 사는 걸 보아하니 뭔가 꿍꿍이가 있는 모양인데, 그 일에 내 주변의 인간들이 휘말리게 하지 마. 천년지약도 마찬가지야. 덤비려면 나한테만 덤벼. 난 피하지 않고 받아 줄 테니까 말이야. 허나 천년지약을 핑계 삼아 나와 관련된 인간들을 건드린다면……."

말을 마친 백호가 서서히 손가락을 탁자에 박아 넣었다. 탁자를 뚫으며 백호의 손톱이 길어지기 시작했다.

투웅.

탁자가 그대로 쪼개져 양옆으로 쓰러져 버렸고, 그 상태 그대로 두 요괴는 서로를 바라보고 있었다.

백호가 손톱으로 현무의 심장을 가리키며 히죽 웃어 보였다.

"천년지약이고 뭐고 전부 다 죽여 버릴 거야."

제3장. 금룡광도
— 가만있어

무림맹 내 백하궁의 처소는 연성각으로 정해졌다. 연성각에 머무는 건 비단 백하궁뿐만이 아니었다. 무림맹의 행사인 정도회가 열리니만큼 수많은 문파들이 이곳 무림맹에 집결해 있다.

그 탓에 연성각에는 백하궁뿐만이 아니라 여타의 유수 정도 문파들이 자리를 잡은 상태였다.

하지만 백호는 이곳 연성각이 그리 마음에 들지 않는 모양이었다.

식사를 하기 위해 식당으로 향했거늘, 이미 자리는 만석에 가까웠다. 빈자리를 찾기 위해 둘러보던 백호가 짜증 섞인 목소리로 투덜거렸다.

"뭐 이렇게 인간들이 득실거려?"

"정도회 때문에 워낙 많은 이들이 모인 탓에 섞여서 공간을 마련하고 있는 모양입니다."

"그럼 이곳에 그 구파일방이나 오대세가라는 놈들이 다 모이는 거냐?"

"아뇨, 그들은 다른 곳에 따로 거처가 있지요."

"뭐야, 그럼 그놈들은 따로 거처를 마련해 주고 우리는 이런 곳에 몰아넣은 거냐?"

"맞는 말씀이긴 합니다만 어쩔 수 없습니다."

"뭐가 어쩔 수 없어."

"사실 백하궁 정도의 세력이면 이보다 한참 아래 숙소에 배정돼야 정상입니다. 그나마 이곳 연성각은 나름 이름 꽤나 있는 문파들에게만 내주는 자리입니다."

전우신이 대충 상황을 설명했다.

그의 말대로 지금의 백하궁의 위상은 그리 높지 않다. 섬서성의 상권을 잡아 가며 나름 그 세력을 크게 키우고는 있다 하지만 만들어진 지 그리 오래되지 않는다.

역사 또한 중요시하는 이들에게 백하궁의 입지는 무척이나 낮았다.

그랬기에 원래대로라면 이보다 한참 급이 떨어지는 장소

에 배정받았어야 할 것을 무림맹주의 덕분으로 그나마 이곳 연성각에 자리할 수 있었던 것이다.

허나 그렇게 무림맹주가 힘을 써준 이곳 숙소조차 백호는 마음에 들지 않았다.

"참내, 해 줄 거면 더 좋은 곳으로 해 줘야지 이게 뭐야? 그 맹주라는 작자 별 힘도 없는 모양이네."

"백호, 누가 듣겠어요."

월하린이 불만스레 말하는 백호를 말렸다.

다른 곳도 아닌 이곳 무림맹에서 맹주인 율무천에 대해 안 좋은 이야기를 할 순 없는 노릇이었다. 그나마 다행스럽게 누구도 백호의 이야기에 귀 기울이는 자는 없었던 모양이었다.

백호에게 짧은 설명을 마치고 빈자리를 찾던 전우신이 이내 손가락으로 한 방향을 가리키며 말했다.

"저곳으로 가면 될 것 같습니다."

외진 곳에 있는 빈자리를 보며 아운이 중얼거렸다.

"그나마 역겨운 정파 놈들 냄새 덜 나는 곳이겠군."

"말을 해도……."

말을 내뱉던 전우신이 이내 입을 닫았다.

최근 들어 말다툼조차 하지 않게 되어 버린 둘이다. 허나 싸우지 않기에 오히려 둘 사이는 더더욱 냉랭해 보였다.

이상할 정도로 삐딱하게 구는 아운의 태도에 전우신도 화가 있는 대로 난 상태였기 때문이다.

그렇게 아무런 말도 없이 일행들은 식당의 구석 자리로 발걸음을 옮겼다. 그들의 등장에 식당의 공기가 일순 뒤바뀌었다.

이곳에 있는 이들이라면 모두 무림에 몸담은 자들.

그런 이들이었기에 지금 모습을 드러낸 백호 일행을 알아보지 못할 리가 없었다. 최근 정도 문파들 사이에서 가장 시끄러운 사건인 하북팽가의 일과 밀접한 연관이 있는 백하궁의 등장에 좌중의 시선이 집중됐다.

그런 시선을 알면서도 이들은 태연하게 자리에 가서 앉았다.

자리에 앉은 이들을 향해 시비가 다가왔고, 전우신이 언제나처럼 음식을 주문했다. 백호가 먹을 고기류들과, 간단한 몇 가지를 시킨 전우신이 자신들에게 향하는 시선을 등진 채로 말했다.

"확실히 하북팽가 일이 시끄럽긴 시끄러운 모양입니다."

"그만큼 큰일이긴 했으니까요. 그나저나 시선들이 너무 따가워서 고개도 못 돌리겠는데요."

"내가 어떻게 해 줄까?"

당장이라도 자리를 박차고 일어날 것 같은 백호의 말에 월하린은 황급히 그를 만류했다.

"괜찮으니까 그냥 앉아 있어요. 그나저나 다녀온 일은 잘됐어요?"

"잘될 게 있나. 그냥 간단하게 내 할 말만 다 전하고 왔지."

현무에게 자신이 할 말만 남기고 쌩하니 돌아온 백호였다. 백호와 현무가 무슨 말을 나눴는지 모르는 월하린은 내심 그 둘 사이의 이야기가 궁금했지만 아무런 것도 묻지 않았다.

백호는 배가 고픈지 주린 배를 어루만지며 물었다.

"그나저나 우린 여기서 뭐하면 되는 거냐?"

"행사에 참여하고 뭐…… 그러다 보면 연락이 오겠죠?"

월하린이 애매하게 말끝을 흐렸다.

무림맹주의 서찰을 받고 이곳에 오긴 했지만 아직 명확하게 상황이 정해진 상태는 아니었다. 딱히 약속은 한 건 아니지만 무엇인가 목적이 있다면 무림맹주에게서 먼저 연락이 올 것은 자명한 노릇.

월하린은 마음 편히 기다리기로 결정을 내린 상태였다.

잠시 이야기를 나누는 사이 주문했던 음식 중 고기 하나가 먼저 날아들었다. 백호는 냄새가 마음에 들었는지 군침을 삼키며 말했다.

"어디 얼마나 맛있는지 한번 볼까."

말을 마친 백호가 단숨에 고기를 먹기 시작했을 때였다. 식당의 입구 쪽에서 일련의 무리가 모습을 드러냈다. 그들의 등장에 식당에 있던 자들 중 많은 이들이 자리에서 일어나 인사를 건넸다.

"허 대협 오셨습니까."

"허 대협!"

식당 내부에 있는 이들의 환대를 받으며 모습을 드러낸 것은 중년을 넘어서 노인이 되어 가는 한 사내였다. 반 정도 희끗하게 변해 버린 머리카락과, 큰 키.

사내다워 보이면서도 인자해 보이는 얼굴.

문 쪽을 바라보게끔 앉은 백호와 월하린은 갑작스레 등장한 그자의 모습을 볼 수 있었다.

백호가 반쯤 고개를 숙여 고기를 집어 먹으며 물었다.

"뭐가 이렇게 소란스러워?"

"글쎄요. 저도 누군지 잘 모르겠는데요."

월하린 또한 고개를 갸웃했다.

어느 정도 무림에 대한 많은 지식을 지니고는 있다 하지만 실제로 만나 본 이들은 그리 많지 않다. 그랬기에 월하린 또한 얼굴을 보는 것만으로는 상대를 알아보기가 어려웠다.

더군다나 그들에게서 소속 문파를 알아볼 만한 장식 또한 보이지 않았던 탓이다.

백호와 월하린이 갑자기 식당에 모습을 드러낸 자를 살필 때였다. 마찬가지로 식당 내부를 휘이 둘러보던 그자의 눈에 백하궁의 모습이 들어왔다.

그가 반갑다는 듯이 웃으며 걸음을 옮겼다.

백호는 음식을 먹으며 중얼거렸다.

"이쪽으로 오려나 본데?"

"그러게요."

"난 괜히 말 섞기 귀찮으니 네가 알아서 좀 해 줘."

백호는 음식 먹는 걸 방해받기 싫다는 듯이 말했고 그런 그를 보며 월하린이 피식 웃음을 흘렸다.

둘의 이야기가 끝날 무렵 가까운 곳으로 그가 도달했다.

"백하궁이 맞으시오?"

"네, 제가 백하궁주 월하린이라고 해요."

자리에서 일어난 월하린이 짧게 예를 취했다. 그러자 그 노인이 자신의 정체를 밝혔다.

"허규(許圭)라고 하외다."

그가 자신의 이름을 밝혔을 때였다.

고개조차 돌리지 않고 이 일에 끼지 않고 있던 아운의 젓가락이 일순 멈추었다. 그리고 가늘게 뜨고 있던 실눈이 부들부들 떨리기 시작했다.

떨리는 건 비단 눈뿐만이 아니었다.

젓가락을 든 손도, 탁자 아래에 있는 발까지 전신이 작게 떨려 온다.

아운이 천천히 고개를 뒤로 돌리며 위쪽을 올려다봤다. 그리고 허규라 자신을 밝힌 자의 얼굴을 보는 순간이었다.

아운이 젓가락을 꽉 움켜잡았다.

머리가 새하얗게 변했고, 오직 한 가지 생각만이 뇌리를 가득 채웠다.

바로 그 찰나였다.

꽈악.

누군가의 손이 아운의 무릎에 와 닿았다. 놀란 아운이 고개를 돌렸고, 그곳에는 전우신이 있었다. 아운의 옆에 앉아 있던 전우신이 그의 무릎을 누른 것이다. 그러고는 심각한 얼굴로 작게 고개를 저었다.

아운의 머리로 전우신의 전음이 파고들었다.

『가만있어.』

그 한마디에 아운은 떨리던 몸을 억지로 진정시켰다. 자신도 모르게 아운은 손에 들고 있던 젓가락으로 이 허규라는 자의 목에 박아 넣으려 했고, 그걸 바로 옆에 있던 전우신만이 알아차린 것이다.

전우신이 한 번 막아준 탓에 아운은 정신을 차릴 수 있었다. 냉정은 되찾았지만 밀려들었던 분노는 가시지 않았다.

'허규……!'

아운이 자신도 모르게 이를 부득 갈았다.

그런 그의 행동을 다른 이들이 알아차리지 못할 리 없었다. 허규 또한 이를 가는 소리에 아운을 향해 시선을 돌릴 때였다.

벌떡.

아운이 자리에서 일어났다.

"전 먼저 돌아가 있죠."

더 이곳에 있어서는 안 된다는 걸 알았기에 아운이 자리에서 일어난 것이다. 그리고 채 대답도 듣기 전에 그가 쌩하니 걸어 나갔다.

갑자기 사라져 가는 아운을 혼자 보낼 수 없다 생각한 전우신도 황급히 몸을 일으켰다.

"저도 가 보겠습니다. 담소들 나누시지요."

포권으로 예를 취한 전우신은 그대로 아운의 뒤를 쫓아 뛰어갔다.

상황이 갑자기 묘하게 흐르자 인사를 하러 왔던 허규가 당황스러운 표정을 지어 보였다. 그러자 월하린이 황급히 말을 이었다.

"몸이 좀 안 좋다고들 하던데 그래서 그런가 봐요. 그나저나 허 대협이시라면 혹시 일도문(一刀門)의 문주이신 금룡광도(金龍狂刀) 선배님이신가요?"

"허허, 그렇소."

허규 또한 월하린의 말에 분위기를 바꾸어 웃으며 대꾸했다.

일도문은 구파일방이나 오대세가를 제하고 손으로 꼽을 정도로 거대한 세력을 지닌 문파다. 그리고 그곳의 문주인 금룡광도 허규 또한 무림에서 이름 꽤나 알려진 도의 고수다.

허규가 자신이 찾아온 이유를 짧게 말했다.

"지금 연성각을 내가 관리하고 있소. 그래서 인사차 들른 것인데……."

갑자기 뛰쳐나간 이들이 향한 곳을 바라보며 허규가 그저 웃어 보였고, 월하린은 미안하다는 표정으로 그를 응시했다.

*　　　*　　　*

"아운!"

"……."

"야, 귓구멍 막혔냐!"

전우신은 자신의 말을 무시하고 걸어가는 아운의 어깨를 잡아 힘으로 그를 돌려세웠다. 그렇지만 아운 또한 가만히 있지만은 않았다. 자신의 어깨를 움켜잡았던 전우신의 손을 그가 거칠게 뿌리쳤다.

아운이 짜증 섞인 목소리로 입을 열었다.

"뭐하는 짓이야?"

"뭐하는 짓이냐고? 그건 내가 할 말 아니냐?"

전우신이 기가 차다는 듯이 거칠게 말을 받아쳤다.

옆에 앉아 있다가 아운의 감정적 변화를 느꼈기에 망정이지 그렇지 않았다면 무슨 일이 벌어졌을지 상상하기조차 끔찍하다.

전우신이 격앙된 목소리로 말했다.

"대체 무슨 짓을 할 생각이었던 거냐?"

"내가 뭘?"

"시치미 떼려는 거야? 너 내가 만약 말리지 않았다면 그 젓가락으로 뭘 하려고 한 건데?"

"……."

"내가 바보인 줄 아냐? 넌 그자를 죽이려 했어."

전우신의 말에 아운은 아무런 대꾸도 하지 않았다. 아운이 입술을 꽉 깨물고는 고개를 수그렸다. 그가 고개를 수그린 채로 천천히 말했다.

"혼자 있고 싶다. 그냥 가라."

"그냥 가긴 어딜 가라는 거야. 네가 또 사고라도 치면 어떻게 하라고. 미치지 않고서야 이곳 무림맹에서 정파 무인을 죽이려고 하다니 너 제정신이야?"

"제정신이냐고? 아니, 제정신이겠냐? 죽일 수 있던 놈을 죽이지 못했는데 내가 제정신이겠냐고!"

아운이 참지 못하고 버럭 소리쳤다.

고개를 들지도 못한 채로 땅만 바라보며 외친 그의 목소리가 주변을 울렸다.

하지만 사람의 인적이 없는 장소였기에 그런 아운을 이상하게 보는 이는 없었다.

그런 아운을 향해 전우신이 어이없다는 듯 말을 이었다.

"정말 미쳤구나? 요새 막 나가는 건 알았지만 아무리 그래도 무림맹에서 정파 무인을……."

뚝.

말을 내뱉던 전우신의 목소리가 천천히 사그라졌다. 고개를 숙인 아운의 얼굴에서 뭔가가 뚝뚝 떨어져 내리는 걸

봤기 때문이다.

전우신의 얼굴이 당혹스러움으로 물들었다.

뚝뚝 떨어지는 저건 다름 아닌 눈물이다.

아운이 고개를 들어 올렸다. 그의 두 눈에서 뜨거운 눈물이 흐르고 있었다. 볼을 타고 흘러내린 눈물이 턱 선을 타고 연신 바닥을 적셨다.

그런 아운을 마주한 전우신은 아무런 말도 하지 못했다. 항상 실없이 굴어 대던 아운의 우는 모습이라니 상상도 해 본 적이 없었다.

그렇게 눈물을 흘리는 아운이 감정에 복받친 목소리로 입을 열었다.

"알아, 새끼야. 네가 말하지 않아도 안다고. 죽이고 싶어도 죽이지 못하고 죽여선 안 된다는 것도 알아."

"너…… 왜 그래?"

"그냥 더러워서 그런다. 비겁한 술수로 부모님을 죽인 그놈을 눈앞에 두고도 어찌할 수 없는 내 신세가. 이 새끼야."

아운의 말에 전우신이 놀라 표정을 굳혔다.

그리고 그 말을 내뱉은 아운은 주먹을 꽉 움켜쥔 채로 고개를 치켜들었다. 아운의 얼굴을 타고 다시금 눈물 한 줄기가 구슬프게 떨어져 내렸다.

반 시진이 지났다.

무척이나 긴 시간 동안 아운은 커다란 돌에 앉은 채로 고개를 숙이고 있었고, 그런 그의 옆에 선 전우신은 자리를 떠나지 않았다.

어두운 밤처럼 깊어져 가던 침묵을 깨며 아운이 힘겹게 입을 열었다.

"아…….".

"이제 괜찮아?"

"더럽게 창피하네. 넌 눈치도 없냐? 내가 이러고 있으면 좀 가 주고 그래야지. 대체 언제까지 그 자리에서 죽치고 있을 거야."

"내가 가면 너 혼자일 거 아냐."

"……내가 애냐?"

퉁명스레 말을 내뱉긴 했지만 아운은 내심 전우신이 고마웠다. 만약 자신 혼자였다면 이 쌓였던 울분을 어떻게 표출했을지 장담할 수 없었기 때문이다.

전우신이 있었기에 화를 쏟아낼 수 있었고, 그 덕분에 치밀어 올랐던 분노도 어느 정도 잠잠해질 수 있었다.

아운이 고개를 들었다.

그가 어색한 듯 볼을 손가락으로 긁었다.

슬쩍 시선을 피하며 아운이 말을 이었다.

"야, 오늘 일은 그냥 못 봤다 생각해 줘라."

"그러지."

전우신이 순순히 고개를 끄덕였다.

하지만 아운은 전우신의 그런 반응이 더 신경 쓰이는 모양이었다.

"너 왜 이렇게 고분고분하냐?"

"기억하기 싫은 일 아냐? 그러니 그러지."

"뭐 그렇긴 하다만."

"궁금한 게 있는데 무림맹에 오고 싶어 하지 않았던 건 설마 그자 때문이냐?"

"그래. 정도회라면 일도문이 참석하는 건 당연했으니까. 그리고 이런 자리라면 허규 그 새끼가 빠질 리가 없거든. 구파일방이나 오대세가와 연줄을 쌓을 수 있는 좋은 기회이니 열 일 제쳐 놓고라도 왔을걸?"

말을 내뱉는 아운의 두 눈동자가 차갑게 빛났다.

그 눈에는 수많은 감정이 담겨 있었다. 분노, 아련함, 그리고 깊은 슬픔까지.

그런 아운을 바라보던 전우신이 조심스레 말했다.

"백하궁으로 먼저 돌아가는 게 어때?"

"왜? 나 떼어 놓고 무슨 짓을 하려고."

"멍청한 자식이 지금 그런 말할 때냐? 무슨 일인지 잘 모르겠지만…… 네 부모님의 원수라며. 그런 자와 또 마주치면 너만 힘들 거 아냐."

전우신의 말이 맞다.

이곳에 있다가 다시금 허규와 마주친다면 그때도 이번처럼 잘 넘어갈 수 있을지 자신할 수 없다. 마음 같아서는 당장이라도 이곳 무림맹을 뛰쳐나가고 싶었다. 하지만 그건 불가능했다.

자신의 그런 행동은 분명 사형인 도효굉이 두고 보지 않을 것이다.

아마 이 일을 핑계 삼아 자신을 칠 게다.

그랬기에 아운은 물러설 수도 없었다.

"아니, 난 이곳에 있어야 할 이유가 있어."

"하여튼 고집은."

전우신이 짧게 말을 내뱉었지만 그것에 대해 더 길게 이야기하지는 않았다. 지금 아운의 마음이 무척이나 복잡하고 심란한 것을 알고 있는 탓이다.

아운이 조용히 서서 자신의 옆을 지켜 주는 전우신을 올려다봤다.

무표정한 얼굴, 하지만 그 안에 담겨 있는 배려심.

아운이 입을 비죽거렸다.

"전우신."

"왜?"

"난 네가 싫다."

"뜬금없이 뭔 소리야? 그리고 싫어하는 걸로 치자면 내가 더 널 싫어하거든?"

전우신이 지지 않으려는 듯이 받아쳤다.

그런 전우신을 바라보며 아운은 픽하고 웃었다. 그리고 천천히 입을 열어 진심이 담긴 목소리로 말했다.

"고맙다."

"방금 전엔 내가 싫다더니 이번엔 또 뭐가 고맙다는 거냐?"

"내가 멍청한 짓을 하지 못하게 해 준 거. 네가 없었다면 아마 난 실패가 뻔한 복수를 하려 했겠지."

아까 화를 참지 못해 움직였다면 허규에게 부상 정도 입히는 건 가능했을지 모른다.

허나 그뿐이다. 허규는 만만한 무인이 아니다. 그 거리에서 암습을 했다 해도 놈을 죽였을 확률은 일 할조차 되지 않는다.

기껏해야 어느 정도 깊은 부상을 입히는 선에서 멈췄으

리라.

그리고 그 이후엔?

아마 아운은 곧바로 뒤에 있는 수많은 정파의 무인들에게 제압당했을 게다. 그리고 일이 그렇게 됐다면 백하궁 또한 곤란해졌으리라.

전우신은 아운의 말에서 진심을 느꼈다. 그랬기에 오히려 퉁명스레 말을 받았다.

"알면 됐어. 그러니 다신 그런 짓 하지 마."

"그건 장담 못 하겠네. 그래도 이 은혜는 반드시 갚아야 하니 최대한 참아 보지."

아운이 장난스레 말하며 앉아 있던 돌에서 몸을 일으켰다.

그가 껑충 아래로 뛰어내리고는 천천히 손을 들어 자신의 이마를 쓰다듬었다. 허규를 만난 이후부터 계속해서 이마가 쿡쿡 쑤신다는 생각이 든다.

이것은 착각일까? 아니면…….

전우신은 이마에 있는 두건을 어루만지는 아운을 바라보며 물었다.

"그런데 진짜냐? 일도문 문주가 네 원수라는 거."

"왜? 못 믿겠냐?"

"아니, 내가 알기로 일도문주가 흑천련과 충돌한 적이

없다고 알고 있어서.”

“킥킥, 당연하지. 그런 겁쟁이가 흑천련과 싸울 수나 있겠냐? 그놈은 겉보기만 그럴싸하게 포장된 겁쟁이거든. 내 부모님이 흑천련 소속일 거라 생각했나 본데 아니야.”

“그럼?”

전우신이 되묻자 아운은 잠시 침묵했다.

아주 오랫동안 누구에게도 하지 않았던 이야기다. 이 이야기를 시작한다는 건 아팠던 과거를 상기시켰기에 그간 꾹 입을 닫았던 것이다.

그런데 아운은 이상하게 지금 앞에 있는 전우신에게 그 모든 걸 이야기하고 싶었다.

아운이 말했다.

“용검문(龍劍門)의 문주, 그게 우리 아버지셨어.”

“용검문? 용검문이라면⋯⋯.”

용검문이라는 이름을 들은 전우신의 표정에 놀란 기색이 역력했다. 용검문은 십몇 년 전쯤 사라진 문파다. 하남성에 위치해 있었고, 그리 커다란 문파는 아니었지만 문주를 비롯해 몇몇의 뛰어난 고수들을 배출한 곳이다.

하지만 전우신이 놀란 이유는 바로 이 용검문이 정파였기 때문이다.

전우신이 아운을 바라보며 물었다.

"거긴…… 정파잖아?"

"맞아."

아운은 대수롭지 않게 대꾸했지만 전우신은 쉬이 벌어진 입을 닫기가 어려웠다. 그토록 정파를 증오하던 아운이 용검문주의 아들일 거라고는 생각도 하지 못했으니까.

"왜 놀랍냐?"

"조금. 설마 네가 정파였을 거라고는 생각도 못 했거든."

"그렇게 놀랄 필요 없어. 나도 그날 이후 내가 정파였던 걸 깨끗이 잊었으니까. 그러니 앞으로도 날 사파의 일인으로 생각해 줘."

자신을 정파의 일인으로 생각한다면 그만큼 끔찍한 일도 없을 게다. 아운이 자신의 이마를 가리고 있던 두건에 손을 가져다 댔다.

아운은 몇 번이고 망설였다.

하지만 이내 마음을 정했는지 매듭 부분을 천천히 잡아당겼다.

스르륵.

아운의 이마에 매어져 있던 두건이 손을 따라 흘러내렸다. 그리고 드러난 아운의 이마에는 커다란 상처가 남겨져 있었다.

인(人) 자가 비스듬히 눕혀져 있는 모양으로 나 있는 상처는 무척이나 오래되어 보였다. 전우신이 당황한 듯이 중얼거렸다.

"그 상처는……."

"허규, 그 새끼한테 당한 상처."

아운의 말에 전우신은 재차 놀란 표정을 지어 보였다. 일도문이 자랑하는 도법 중 하나인 인의예청도법(人義禮淸刀法)이라는 것이 있다.

그 검공에 당하게 되면 저것과 흡사한 상처가 남는다는 말은 들어 본 적이 있다.

"그때 내 나이가 열 살이었거든. 상처를 너무 오래 방치했었는지 지워지지도 않더라. 그리고 이 상처를 볼 때마다 항상 구역질 나는 기억이 생각나서 말이야. 그래서 이렇게 두건을 쓰고 다녔지."

"네가 정파를 그토록 싫어하던 이유도 그놈 때문이었나?"

"그놈의 영향이 크긴 하지만 그게 전부는 아냐. 그저 입으로는 정의를 외치던 정파라는 족속들의 추악한 면모를 보게 돼서랄까?"

가볍게 웃으며 말하고 있었지만 아운의 말투에는 가시가 있었다.

그리고 그런 아운에게 전우신이 다가섰다.

전우신이 아운의 이마에 난 상처를 바라보며 안타까운 듯이 중얼거렸다.

"아팠겠군."

"……그때는 죽을 듯이 아팠지. 하지만 이젠 괜찮아."

전우신의 그 한마디에 아운은 자신도 모르게 황급히 이마에 두건을 두르며 감추고야 말았다.

다시금 두건을 두른 아운이 전우신을 바라보며 차가운 목소리로 말했다.

"정파 놈들이 외치는 정의? 정말 그런 게 있었다면 허규 저놈이 저렇게 잘살면 안 되는 거 아냐?"

반쯤 악에 받친 듯이 외치는 아운의 말에 전우신은 아무런 말도 하지 못했다. 그리고 그런 전우신을 향해 아운이 말을 이었다.

"놈은 우리 아버지와 어머니, 그리고 우리 문파의 모든 식솔들을 죽였어. 그리고 웃긴 게 뭔지 아냐?"

"뭔데?"

"그 새끼가 우리 아버지의 벗이었다는 거다. 벗이라는 작자가……."

아운은 쉽사리 말을 잇지 못했고, 그런 그를 바라보던 전우신이 착잡한 목소리로 물었다.

"대체…… 무슨 일이 있었던 거냐?"

*　　　*　　　*

"하하하!"

시원한 웃음소리가 연무장을 울렸다. 중년의 사내의 얼굴에는 행복함이 가득했다. 그 이유는 바로 눈앞에 있는 사내아이 때문이었다.

자신의 자식을 바라보는 중년 사내의 얼굴에 절로 미소가 흘러나왔다.

그리 크지 않은 조그마한 덩치다.

하지만 그런 몸에서 풍겨져 나오는 기운이 보통이 아니다. 아직 뛰어난 내공을 지니기에는 너무나 부족한 나이.

그럼에도 불구하고 검을 휘두르는 자세는 절도가 있었고, 확실한 검로가 눈에 그려진다.

검을 들고 휘두르던 소년이 모든 걸 끝내고 멈추어 섰다. 소년이 웃으며 중년 사내에게 달려갔다.

"어때요, 아버지?"

"훌륭하구나. 정말 대단해."

"정말 잘했어요?"

"그럼, 물론이고말고."

사내는 소년의 머리를 쓱쓱 쓰다듬었다.

자신의 자식이어서 하는 말이 아니라 실로 뛰어난 재능이다. 고작 열 살밖에 되지 않은 아이가 가문의 무공 중 하나인 등룡검법(騰龍劍法)을 그럴싸하게 흉내 내는 건 분명 쉬운 일이 아니다.

뛰어난 재능도 재능이지만, 이토록 열심히 뛰며 검을 휘둘러대는 아들의 모습이 귀여웠는지 사내의 얼굴에 머문 함박웃음은 가실 줄을 몰랐다.

허나 이내 사내는 주변을 두리번거리며 짐짓 겁먹은 표정으로 소년에게 말했다.

"오늘 이렇게 아버지랑 검 들고 훈련한 거 절대 어머니한테 말하면 안 된다? 알지?"

"에이, 그것도 모를까 봐요?"

평소 나이 어린 소년이 진짜 검을 휘두르는 걸 마뜩잖아하는 어머니다. 그랬기에 두 부자는 약속이라도 하는 것처럼 손가락을 내걸었다.

손가락을 내걸었던 사내는 이내 조그마한 소년을 번쩍 들어 올려 어깨에 올렸다. 목마를 태워주자 소년은 신이 나는지 양팔을 휘휘 저어댔다.

"어허, 조심해야지. 그러다 떨어지겠다."

핀잔 어린 말에도 소년은 웃었다.

따사로운 햇빛이 서쪽으로 천천히 걸리고 있는 시간. 맛있는 음식 냄새가 코끝에 스며들었다.

저물어가는 태양을 향해 걸어가던 사내가 어깨에 앉아 있는 소년에게 물었다.

"넌 커서 뭐가 될 생각이냐?"

"저요?"

소년이 잠시 대답하기 쑥스러운지 머뭇거리다 이내 환하게 웃으며 답했다.

"그 어떠한 것에도 굴하지 않고 신념을 지켜 나갈 수 있는 정의를 지닌 중원 최고의 협객이요!"

"허허, 이거 우리 아드님께서 아주 대단한 꿈을 지녔군. 하지만 걱정 말거라. 넌 반드시 그렇게 될 수 있을 테니까."

"진짜죠?"

"물론이지. 네가 누구 아들인데!"

사내의 대답과 함께 옆쪽에서 한 여인의 목소리가 들려왔다.

"여보!"

"이크! 네 엄마다."

성이 난 것 같은 외침에 사내는 당황한 듯이 움츠러들었고, 그런 그 둘을 향해 한 여인이 다가오고 있었다. 두 사람을 장난스레 노려보며 여인이 다시금 소리쳤다.

"용아운! 너 또 진검 휘둘렀지! 너, 아버지랑 짜고 거짓말할 생각하지 마. 이미 손에 검 들고 있는 거 딱 걸렸으니까."

어머니의 고함에도 행복한 듯 웃고 있는 이 소년, 정의로운 협객을 꿈꾸던 열 살의 아운이었다.

제4장. 아운
— 자네를 믿네

아운의 아버지인 용천주(龍天柱)는 용검문이 있는 하남에서 나름 이름이 알려진 고수였다. 용검문 자체가 그리 커다란 문파는 아니었지만, 꽤나 오랜 시간 하남을 지켜온 유서 깊은 곳이기도 했다.

특출한 고수를 많이 배출하지 못했던 용검문이지만 당대에 이르러서는 제법 실력 있는 무인들을 하나씩 만들어 내기 시작했고, 그들의 우두머리 격이 바로 용천주였다.

그는 중소문파인 용검문을 도약하게 만들 뛰어난 인물로 평가 받았다.

성격이 온순하지만 불의를 보면 참지 않고, 약한 이들을 위해 두 손을 내미는 그는 어찌 보면 정파 무림인의 표본이라 할 수 있을 정도였다.

최근 용천주는 무척이나 바빴다.

그건 다름 아닌 하나의 사건 때문이었다.

하남에 위치하고 있는 금원장과, 일천상회라는 두 상단의 창고가 털린 사건이다. 그들의 창고가 단 하룻밤 사이에 약속이라도 한 것처럼 동시에 괴인들의 습격으로 인해 약탈당했다.

창고에는 수많은 금괴들이 있었고, 그 타격은 두 상단의 존폐를 가늠하게 할 정도로 엄청났다.

일천상회의 회주와 친분이 있었던 용천주는 이 일을 전해 듣고 당장 조사에 착수했다. 하지만 흔적도 남기지 않고 사라진 괴인들을 찾는 건 불가능한 것처럼 보였다.

그렇게 그 사건이 벌어진 지 한 달가량이 흐른 날이었다.

갑자기 용검문에 손님이 찾아왔다.

일도문의 문주 허규였다.

허규는 열 명 정도의 수하만 대동한 채로 이곳 용검문에 도착했다. 허규가 도착했다는 말에 당장에 대문까지 달려간 용천주가 그를 맞았다.

"정말 오랜만일세, 허규."

웃는 용천주를 향해 허규 또한 미소로 화답하며 말했다.

"이게 얼마 만인가? 한 이년쯤 됐나?"

"얼굴 잊어버리겠군그래. 왜 이리 격조했는가."

"이제 서로 중책을 맡다 보니 예전처럼 보는 게 쉽지 않으이."

"어쨌든 우선 안으로 들게. 이야기는 안에서 하지."

"그럼세."

허규가 고개를 끄덕였다.

그러고는 뒤따르는 수하들을 두고는 홀로 용천주와 함께 나란히 서서 그의 집무실로 향했다. 집무실에는 미리 차가 준비되어 있었다.

자리에 앉기가 무섭게 용천주는 허규의 찻잔에 차를 채웠다. 찻잔을 건네받은 허규가 차향을 맡으며 감탄성을 토해 냈다.

"차향이 좋군."

"자네가 좋아하던 몽정감로차(蒙頂甘露茶)라네."

"그걸 아직도 기억하는가?"

"당연하지. 내 자네와 몇 년을 함께 붙어 다녔는데 이거 하나 기억 못 하겠는가."

둘은 어릴 때 같은 스승 아래에서 학문을 배웠던 사이였다. 유년기 시절을 거의 함께 했다 해도 과언이 아닐 정도로 가까운 사이.

하지만 한동안 서로 각자의 문파를 맡고 지내며 연락이 뜸했다가 오늘 이렇게 다시금 만나게 된 것이다.

몽정감로차를 가만히 홀짝거리던 허규가 찻잔을 내려놓고는 용천주를 바라봤다.

"그나저나 무슨 일인가? 반드시 만나야 할 일이 있다기에 내 당장에 달려왔거늘 무슨 일이라도 있는 겐가?"

"……있지."

"허어, 혹시나 했는데 정말 무슨 일이 있었던 게로군."

"부탁할 게 하나 있네."

"부탁?"

"그러네."

"그 부탁이라는 게 무엇인가?"

허규가 물었다. 그러자 용천주가 찻잔을 손가락으로 쓱쓱 만지다가 말문을 열었다.

"한 달 전쯤 금원장과 일천상회가 털린 일에 대해 자네도 알고 있을 걸세."

"물론이네. 증거도 없어서 자네가 골치 꽤나 아플 것 같더군."

"맞아. 그랬지."

"허허, 그 일에 대해 도움이 필요했던 거로군. 그리 어려운 일도 아니거늘 뭘 그리 뜸을 들이는가! 우리 사이가 어디 보통 사이던가? 그 일에 대해 알아보는 정도라면 얼마든지……."

"왜 그랬나?"

웃으며 말을 내뱉던 허규의 얼굴 표정이 천천히 굳어갔다. 그리고 그런 허규를 똑바로 바라보며 용천주가 입을 열었다.

"다 알아 버렸네. 그 두 곳에 손을 댄 게 자네지?"

"그게 무슨 소리인가."

허규는 애써 시치미를 뗐다. 하지만 그런 허규의 연기에 속을 용천주가 아니었다. 이미 그는 확실한 증거를 가지고 있었으니까.

용천주가 허규를 향해 말했다.

"자네라면 잘 알지 않은가. 내가 확신도 없이 이렇게 오랜 지기인 허규 자네에게 실례가 될 법한 말을 할 이가 아니라는 것 정도는."

확신 어린 힘 있는 말투에 허규는 더는 시치미를 떼는 게 무의미하다는 걸 알아차렸다. 그가 침통한 표정으로 입술을 깨물었다.

말을 꺼내는 게 쉽지 않았다.

긴 침묵이 이어졌다. 그리고 결국 허규는 입을 열었다.

"……어떻게 알았는가?"

"일천상회에서 훔쳐 간 금괴의 일부분에 문양이 박혀 있었다네. 그걸 자네가 처리했다는 걸 알게 됐고."

훔쳐간 금괴를 처리하는 과정에서 결정적인 증거가 발각되어 버린 것이다. 상황이 이리되자 허규는 주먹을 쥐었다 폈다를 반복했다.

손아귀에 땀이 흥건하게 배기 시작했다.

아무런 말도 하지 않은 채 안절부절못하는 허규를 용천주는 안타깝게 바라봤다. 애써 태연한 척하려 했지만 흔들리는 그의 마음이 보이는 듯해서다.

용천주가 그런 그를 향해 말했다.

"아직 늦지 않았네. 내가 아닌 자네 스스로 이번 일의 진상을 밝히게."

"아, 안 되네! 그렇게 되면 우리 일도문은 끝장일세! 자네도 알지 않은가. 내가 일도문을 이렇게 키우기 위해 얼마나 노력했는지를."

"내 어찌 그걸 모르겠는가, 허규."

"그, 그러니 내 이렇게 부탁함세."

말을 마친 허규가 갑자기 자리에서 일어나 무릎을 꿇었다. 그가 간절한 표정으로 용천주를 올려다보며 말했다.

"이번만, 제발 이번만 그냥 못 본 척 넘어가 주게. 난 이

돈이 있어야 하네. 이 돈이 있어야 일도문을 더 키울 수 있단 말일세. 자네도 알지 않은가. 문파를 하나 경영하는 데 얼마나 많은 것들이 필요한지를 말이야."

"……어서 일어나게."

용천주는 무릎을 꿇고 있는 허규를 일으켜 세웠다.

마음이 아팠다.

오랜 지기의 이런 모습에 어찌 마음이 흔들리지 않을 수 있겠는가. 하지만 용천주는 허규의 부탁을 들어 줄 수 없었다.

허규를 지켜 주고 싶은 마음도 분명 있었지만, 그는 옳지 않은 일을 했다.

금원장과 일천상회가 이번 일로 흔들리게 되면서 그곳에 돈을 맡겼던 상인들, 그리고 심지어는 하루하루 입에 풀칠만 하면서도 자식들을 결혼시키려 한푼 두푼 모은 백성들의 피땀 어린 노력까지 모두 무너져 내렸다.

어찌 사사로운 개인의 정을 지키고자 수천이 넘는 가난한 백성들의 눈물을 모른 척할 수 있단 말인가.

허규를 일으켜 세운 용천주가 주먹을 꽉 움켜쥐었다. 들끓는 마음, 하지만 무엇이 옳은지 잘 알았기에 용천주의 마음은 변하지 않았다.

"미안하네. 난 변함없이 자네가 이 일을 밝히고, 가져갔던 돈들을 다시 돌려줘야 한다고 생각하네. 그리고 나는 내가 아닌 자네가 직접 이 일에 대해 밝혔으면 해."

"자네……."

"직접 이번 일을 고하고 반성한다 하면 그 처벌이 많이 줄어들 걸세. 그리고 내 약속하지. 자네를 결코 혼자 있게 하지 않겠네. 내 반드시 자네를 돕겠네. 일도문을 다시 일으켜 세우는 것 또한 내 모든 힘을 다해서 도울 게야."

용천주가 허규의 두 손을 꽉 쥐었다.

그의 말에는 진심이 담겨 있었다. 허규가 아무런 대꾸도 하지 않고 고개만 숙이고 있자 용천주가 그를 다독이듯 말했다.

"걱정하지 말게. 내가 어떻게든 잘 이야기해서 일도문에도 큰 피해가 없게 하겠네. 그러니 용기를 내게. 잘못된 걸 바로잡는 용기가 필요할 때네, 허규."

"생각할…… 시간을 줄 수 있겠나?"

"물론이지!"

용천주는 힘겹게 말하는 허규를 향해 크게 고개를 끄덕였다. 당장에 그가 얼마나 큰 고민에 빠졌을지 굳이 듣지 않아도 안다. 그런 상황에서 생각해 보겠다는 것만으로도 이미 충분히 희망적이라는 생각이 들었다.

허규가 힘겹게 말을 이었다.

"힘들군. 조금 쉬고 싶네."

"바깥에 있는 내 수하가 쉴 곳으로 안내해 줄 걸세."

"알겠네. 내 그럼 다시 찾아오지."

말을 마친 허규가 몇 걸음 움직이다 갑자기 몸을 멈추어 세웠다. 그가 몸을 돌려 용천주에게 말을 걸었다.

"이보게, 용천주."

"왜 그러는가?"

"이 일에 대해 아는 사람이 누가 또 있는가?"

"자네 스스로 이야기하기를 바랐기에 아직 그 누구에게도 이야기하지 않았네. 그런데 그건 왜 묻는 겐가?"

"아니, 그냥 고마워서 그러네. 자네 덕분에 내 스스로 생각할 시간을 가질 수 있게 돼서 말이야. 그럼 이만 가겠네."

"푹 쉬면서 천천히 생각하고 나를 찾아오게. 마음만 결정하면 내 얼마든지 자네의 편이 되어 도와주겠네."

"그러지."

힘없는 표정으로 웃어 보이며 허규는 천천히 방을 빠져나왔다. 바로 그때였다. 슬프고 괴로워 보이던 허규의 표정이 놀랄 정도로 빠른 속도로 차갑게 변했다.

'내 스스로 이번 일에 대해 고하라고?'

부드득.

이가 갈렸다.

어떻게 일도문을 이 자리까지 오게 했던가. 그런데 고작이런 일 때문에 그간의 고생을 모두 물거품으로 만들란 말인가?

그건 절대 있어서는 안 될 일이다.

어떻게든 지키고야 만다.

일도문도, 그리고 점점 커져 가는 자신의 명성도.

설령 그 어떠한 희생이 있다고 할지라도 말이다.

사람들이 모두 잠들었을 무렵인 축시(丑時) 무렵. 잠에 빠진 것처럼 미동도 없이 눈을 감고 있던 허규가 눈을 부릅 떴다.

눈을 치켜뜬 그가 침상에서 일어섰다.

호롱불 하나 없는 방 안은 깜깜했다.

침상에 걸터앉은 허규가 낮은 목소리로 입을 열었다.

"준비는?"

"끝났습니다. 명을 내리시지요."

"다 죽여야 한다. 애고 노인이고 가리지 않고 모두 죽여. 단 한 명도 살아 나가선 안 된다."

일도문과 자신의 명성에 흠집이 나기를 원하지 않았던 허규는 선택을 한 것이다. 오랜 지기인 용천주를 제거하기로.

괴한이 답했다.

"명 받듭니다."

"두 명만 놔두고 나머지는 외당을 정리해. 두 명은 나와 함께 내당으로 간다."

다른 자들이라면 몰라도 용천주만큼은 직접 처리해야만 했다. 그는 이곳 용검문 최고의 고수이자, 이 모든 일을 명확히 알고 있는 유일한 자였으니까.

두 눈으로 직접 최후를 확인하지 않으면 안심이 되지 않았다.

"그리하겠습니다."

"가라. 반 시진 안에 모든 일을 마무리 짓는다."

"옙."

짧게 말을 받은 괴한은 그대로 어둠 속으로 사라졌다. 괴한이 사라지자 허규는 침상 옆에 두었던 도를 강하게 움켜쥐며 침상을 박차고 일어났다.

그가 바깥으로 걸어 나오자 그곳에는 두 명의 수하가 기다리고 있었다.

복면은 쓴 그들이 예를 취하려 하자 허규는 손을 저으며 앞장서서 걸음을 옮겼다.

'시간이 얼마 없다.'

이왕 일을 벌였으니 깨끗하게 처리해야 했다.

혹시나 이번 일에 대해 발각된다면 허규에게 미래는 없었다.

그가 차가운 밤공기를 가르며 내당을 향해 빠르게 다가가고 있을 무렵 또 다른 누군가도 그곳으로 걸음을 옮기고 있었다.

그 발걸음의 주인은 다름 아닌 아운이었다.

아운은 손에 검을 든 채로 신이 나서 내당으로 달려가고 있었다.

얼마 전부터 새로 익히기 시작한 가전무공이 막혀서 전전긍긍이었는데 드디어 그곳을 뚫어내는 데 성공했다.

어머니 몰래 밤새 무공을 익히고 있었다는 것도 잊은 채 아운은 신이 나서 이 사실을 아버지에게 자랑하려고 달려가고 있는 것이었다.

그리고 그런 아운보다 조금 빠르게 허규와 그의 수하들이 내당에 도착했다.

내당의 입구에 서자 허규가 가볍게 고갯짓을 했고, 두 명의 수하가 빠르게 담을 넘어 조심스레 안으로 걸음을 옮겼다.

스르륵.

잘 훈련된 그들은 아무런 소리도 없이 용천주의 방 안으로 잠입하는 데 성공했다.

방은 어두웠고, 그곳에는 용천주와 그의 아내인 조소령이 잠에 빠져 있었다. 목표물을 확인한 두 괴한은 서로 눈빛으로 의사를 교환하고는 손에 들린 비수를 높게 치켜들었다.

그러고는 이내 그 비수를 빠르게 목표물인 용천주의 심장과 목에 동시에 꼽아 넣었다.

그 찰나!

번쩍.

눈을 감고 있던 용천주가 두 눈을 부릅뜨더니 곧바로 덮고 있던 이불을 휘둘렀다. 날아들던 두 개의 비수를 단번에 쳐 낸 그가 이불과 함께 날아올랐다.

타앙!

벽에 걸려 있던 검이 뽑혀져 나옴과 동시에 새하얀 검광이 사방으로 흩날렸다.

차차창!

짧은 비수로 간신히 공격을 받아 낸 괴한들이 빠르게 건물 바깥으로 뛰쳐나갔고, 잠에 빠져 있던 조소령도 갑작스러운 소란에 놀라 잠에서 깼다.

"여, 여보. 이게 무슨……."

"자객인 듯하니 내 뒤에 있으시오, 부인."

짧게 말을 마친 용천주가 검을 든 채로 바깥으로 걸어 나갔다. 그리고 이내 눈앞에 있는 상대를 바라보며 표정을 굳혔다.

"설마, 자네……."

다른 이도 아닌 허규가 자신을 기습했던 두 명의 괴한과 함께 그곳에 있었다. 놀란 표정으로 서 있는 용천주를 향해 허규가 말했다.

"이게 내 대답일세. 친구."

허규의 그 한 마디에 용천주의 낯빛이 흐려졌다.

믿었던 지기였다. 그랬기에 이번 일에 대해서도 세간에 전혀 알리지 않은 채 홀로 마음에 꽁꽁 품고 그에게 기회를 준 것이기도 했다.

허나 그런 믿음이 오히려 용천주에게 칼이 되어 돌아왔다.

수십 년간 함께한 추억과 믿음이 깨어져 버린 거울이 되어 떨어져 내렸다.

하지만 분노와 슬픔은 한순간이었다.

용천주의 표정이 싸늘하게 돌변했다.

절친한 벗의 배신에 정신이 나갈 법도 하련만 용천주는 한 문파의 수장답게 빠르게 냉정을 되찾았다.

이렇게 늦은 밤 수하들을 이끌고 자신을 죽이려 했다.

그런 자를 설득할 이유도, 가능성도 없다는 걸 그는 잘 알
았다.

"자네의 대답은 잘 들었네. 그러니 이제 내가 대답할 차
례인가?"

파앙!

긴말은 필요 없었다.

곧바로 도약한 용천주의 검이 허공을 가르며 떨어져 내
렸다. 수십 개의 검기가 일사불란하게 모습을 드러내며 그
날카로운 기운을 사방으로 흩뿌렸다.

팡팡팡!

"큭!"

허규를 따라왔던 괴한들은 그 공격을 받기 어려웠는지
뒷걸음질 쳤다. 허나 허규는 그런 용천주의 공격을 가볍게
받아 냈다.

그 또한 도를 든 채로 용천주를 향해 달려들었다.

챙챙!

용천주의 검과, 허규의 도가 어지러이 얽히고 들었다.
한 호흡을 내쉬는 짧은 순간에도 수십 번에 달하는 충돌이
이어졌다.

채앵! 챙!

둘이 서로의 목숨을 노리는 것처럼 맹렬하게 싸우다 일

순 양쪽으로 떨어져 나갔다.

용천주가 피가 흘러내리는 볼을 손등으로 스윽 닦아 내며 중얼거렸다.

"더 강해졌군."

"자네도."

말을 받는 허규 또한 목덜미에 난 상처를 손바닥으로 가볍게 쓸었다. 둘의 실력은 실로 호각지세였다. 단순하게 일대일로 붙는다면 그 결과가 언제 나올지도 가늠하기 어려울 정도의 상대다.

하지만 용천주를 죽이러 온 허규가 일대일의 대결을 이어갈 리가 없었다. 그의 뒤편에 있는 두 명의 수하. 그들을 데리고 온 목적 자체가 바로 이런 일을 예상해서다.

둘의 싸움이 길어지면 이번 일에 대해 발각될지 모른다. 그랬기에 허규는 빠르게 용천주와의 일을 마무리 지어야만 했다.

『내가 공격하는 순간 너희 둘 중 하나는 바로 뒤편에 있는 놈의 아내를 공격하도록 해라. 놈의 신경을 흐트러트려야 한다.』

그리 유쾌한 일은 아니었지만 이미 오래된 친구까지 죽이기로 마음먹은 마당에 무공을 모르는 여인을 공격하는 건 대수롭지 않은 일이었다.

전음을 날린 허규가 곧바로 용천주를 향해 도를 움직였다.

부웅!

바람을 파고들며 날아드는 도가 곧바로 용천주의 가슴팍을 노렸다.

팡!

두 병기가 맞닿는 순간 기회를 엿보고 있던 두 명이 다른 방향으로 움직였다. 한 명은 용천주에게로, 그리고 다른 한 명은 멀찍이 서서 이 싸움을 보고 있던 조소령을 향해 달려들었다.

그런 이들의 움직임을 파악한 용천주가 황급히 한쪽 손을 움직였다.

"이놈이!"

내력이 담긴 일장이 달려들던 괴한의 옆을 파고들었다.

콰드득!

기괴한 소리와 함께 쏟아진 장력이 괴한의 갈비뼈를 전부 박살 내며 그대로 목숨을 앗아가 버렸다. 그렇게 아내를 지키긴 했으나, 문제는 그 짧은 틈이었다.

번쩍!

황급히 손을 휘둘러 날아드는 검을 쳐냈다.

그렇지만 채 방비하지 못한 탓에 손에서 피가 터져 나왔

고, 그 찰나를 놓치지 않고 용천주와 병기를 맞대고 있던
허규가 움직였다.

몸을 낮춘 그의 도가 빠르게 배를 가르고 지나갔다.

"커억."

차가운 쇠붙이가 배를 훑고 지나가자 용천주는 피가 흐
르는 손으로 상처를 움켜잡으며 뒷걸음질 쳤다. 뒤쪽으로
조금 움직여 몸이 두 동강 나지는 않았지만 상처가 너무 깊
었다.

쉬지 않고 피가 철철 흘러넘쳤고, 손으로 막지 않고 있
으면 당장이라도 몸 안에 있는 장기가 쏟아져 나올 것 같은
치명상이다.

그의 두 눈동자의 핏줄이 터지며 붉게 변해 갔다.

"허규……!"

"쯧쯧, 그러게 나에게 빈틈을 보이면 어떻게 하나."

마치 안타깝다는 듯한 말투, 허나 그 말투 한편에서는
이번 일을 잘 끝낼 수 있을 것 같다는 일말의 안도감이 느
껴졌다.

파앗!

용천주는 쏟아지는 피를 팔뚝으로 억지로 막으면서도 검
을 놓지 않았다. 그는 허리를 구부정하게 한 채로도 그의
검은 계속해서 허규를 겨누고 있었다.

그런 용천주를 바라보던 허규가 짧게 말했다.

"이렇게 되긴 했지만 난 자네를 정말 좋아했다네. 그거 하나만은 알아주게."

"그럼…… 내 하나만 부탁하지."

"부탁?"

"내 가족들은 살려 주게."

"이 친구가……."

허규가 눈을 꾹 감았다. 그러고는 이내 천천히 그 눈을 뜨며 안쓰럽다는 표정으로 말했다.

"자넨 참 못된 사람이야. 가는 와중까지 날 천하의 나쁜 놈으로 만들고 말이야. 날 봤는데 어찌 살려 둘 수 있겠는가. 안 그런가?"

"이이!"

분에 찬 듯 용천주가 이를 갈았다.

허규의 실력을 잘 아는 용천주로서는 지금 이런 부상을 입고 그를 상대할 수 없음을 잘 알았다. 그랬기에 어떻게든 가족이라도 살리려 했지만 그런 그의 마지막 부탁조차도 허규는 냉정하게 거절했다.

"편히 보내 드리도록 해라."

허규의 명에 살아남은 수하 하나가 용천주에게 다가갔다.

바로 그때였다.

"아버지!"

무공을 완성했다는 설레는 맘으로 부모님을 찾았던 아운이 이곳에 들이닥쳤던 것이다. 열 살의 어린아이었지만 아운은 단번에 지금 이 상황을 파악해 냈다.

아운의 두 눈동자에 분노가 맴돌았다.

그의 등장에 허규가 머쓱한 표정을 지어 보였다.

"아들인가? 많이 컸군그래."

"당신은 우리 아버지의 친구 아니었어요? 그런데 왜 이런……."

"친구지. 친구인데…… 저 녀석을 놔두면 이 아저씨가 죽어서 말이야. 둘 중 하나는 죽어야 하니 어쩔 수가 없구나."

말을 하는 허규가 뒷짐을 진 채 슬쩍 아운을 향해 한 걸음 다가갔다. 손에는 도를 감춘 채로 아운에게로 다가간 것이다.

그 모습을 본 용천주가 많은 피를 흘려 새하얗게 변한 얼굴로 소리쳤다.

"내 아들을 건드리지 말게!"

허나 그렇다고 해서 멈출 허규가 아니었다.

한 걸음이 곧바로 두 걸음, 세 걸음으로 변하며 거리를 좁혀갔다.

파라락.

빠른 움직임으로 허규가 아운과의 거리를 좁혔다.

그리고 그 순간 먼저 선공을 펼친 건 놀랍게도 아운이었다. 가벼이 생각하며 다가서던 허규를 향해 아운의 검이 움직였다.

아버지에게 자랑하고자 했던 가전무공인 경천검법(驚天劍法)이었다.

아무렇지 않게 손을 내지르려던 허규의 팔뚝을 검이 베고 지나갔다. 그리 깊지 않은 상처였지만 길게 찢겨진 상처에서 피가 스멀스멀 기어 올라왔다.

의외의 일격에 당황한 허규가 잠시 팔을 거두고는 상처가 난 부위를 천천히 바라봤다.

주르륵.

피가 흘러내리는 건 본 허규의 얼굴에 비웃음이 서렸다.

"아무리 방심했다지만 어린놈이 제법이구나."

"아버지를 놔줘요!"

외치는 아운의 얼굴은 새파랗게 질려 있었다.

검을 좋아하는 아이었지만 실제로 사람을 찔러 본 것은 지금이 처음이다. 어린 나이로 감당하기에 그것은 커다란 두려움이었다.

허규가 도를 옆으로 치켜들었다.

"네 아버지를 봐서 편히 보내주마."

지지 않겠다는 듯이 아운 또한 이를 앙다물고 노려보았
지만 사실 둘이 상대가 될 리가 없었다. 방심하지 않았다
면 아운이 제아무리 발악을 해 봐도 허규의 옷깃조차 베는
건 불가능했다.

그리고 그때를 맞춰 용천주의 앞으로도 허규의 수하가
다가왔다.

그가 검을 치켜들었다.

용천주는 파리해진 안색으로 그를 똑바로 노려봤다.

허나 용천주의 시선이 향한 곳은 자신을 죽이려 드는 자
가 아니었다. 그 뒤편에 있는 자신의 아들 용아운, 그리고
허규를 향해 있었다.

허규의 도가, 자신을 향한 검과 동시에 날아들었다.

그리고 그 순간 용천주는 손에 들린 검을 손바닥으로 튕
겨 냈다. 용천주의 검은 정확하게 아운을 향해 날아드는
허규의 도로 향했다.

파앙!

허규의 도는 사실 아운의 심장을 노리고 날아들고 있었
다. 그렇지만 옆에서 날아든 용천주의 검이 진로를 바꿔
버렸다. 옆으로 밀려난 검이 아운의 이마를 훑고 지나갔

다.

"아악!"

짧은 단말마와 함께 아운은 피를 흩뿌리며 뒤로 쓰러졌다. 갑작스러운 상황에 허규가 놀라 검이 날아온 곳을 바라봤다.

그리고 그곳에서는 이제는 가슴이 완전히 찢긴 채로 버티고 서 있는 용천주가 있었다.

자신에게 날아드는 검을 고스란히 받으며 아들을 위해 검을 날린 용천주. 당장이라도 숨이 끊어져도 이상할 것 없는 상황에서 그가 손을 앞으로 뻗은 채로 한 걸음, 한 걸음 다가왔다.

수하가 당장이라도 목을 치려는 듯이 행동하자 허규가 잠시 고개를 저었다.

어차피 이제 용천주의 숨이 다했음을 직감적으로 느꼈다.

비틀거리며 달려온 용천주가 허규 앞에 쓰러져 있는 아운을 안다시피 하며 바닥에 쓰러졌다. 가슴과 배가 찢겨진 상태였기에 간신히 막고 있던 피가 울컥 터져 나왔다.

용천주는 쓰러져 있는 아운을 감싸 안았다.

아운의 몸은 용천주의 피로 전신에 피칠갑을 한 꼴이 되어 버렸다. 진한 피 냄새가 불편했는지 허규가 살짝 표정을 구겼을 때다.

"……나로 모자라 내 아들까지 죽이다니! 허규, 천벌을 받을 것이다!"

"죽어서 받도록 하지."

허규가 담담하니 대답했다.

그 말을 끝으로 용천주는 천천히 아운의 머리 옆으로 자신의 얼굴을 나란히 눕혔다. 허망한 감정을 담고 있던 그의 눈동자가 천천히 감겼다.

그 모습을 본 허규는 고개를 돌렸다.

오랜 지기를 죽인 게 그리 유쾌하지는 않았다. 하지만 일은 확실하게 매듭지어야 했다.

허규의 시선이 한순간에 남편과 아들을 잃으며 정신을 놔 버린 여인에게로 향했다. 그가 수하를 향해 명했다.

"저 여자도 깨끗하게 죽여."

명을 마친 허규가 내전을 빠져나갔다. 그리고 곧 짧은 여인의 비명 소리가 내전을 가득 채웠다.

그렇게 용검문의 식솔들은 단 하룻밤 만에 모두 죽어 버렸다. 그리고 용검문의 쇄락을 알리기라도 하려는 것처럼 허규는 그곳에 불을 질렀다.

혹시 모를 증거까지 완벽하게 제거하기 위해서다.

타오르는 용검문을 바라보던 허규, 그는 곧 수하들을 이끌고 그곳을 떠났다.

허나 허규는 몰랐다.

그 타오르는 불꽃 안에서 천천히 걸어 나오는 소년 하나가 있었다는 것을.

아버지의 피를 전신에 뒤집어쓴 아운이었다.

허규의 도에 아운은 죽지 않았던 것이다. 그리고 이 모든 것은 용천주의 행동들 때문이었다.

사실 아운은 허규의 도에 맞자마자 잠시 혼절했다가 곧 정신을 차릴 수 있었다. 그렇지만 이미 그때는 용천주가 다가와 그를 감싸 안고 있을 때였다.

『움직이지 말거라. 죽은 척, 죽은 척해라.』

검을 날려 아운의 목숨을 살린 용천주는 자신의 피를 일부러 아운에게 잔뜩 덮어씌우며 허규의 마음에 빈틈을 만들었다.

만약 그가 아운이 살아 있는지 확인만 한다면 생사를 알아내는 건 어렵지 않았다.

허나 용천주의 계략은 적중했다.

피범벅이 된 아운을, 허규는 너무 쉽게 죽었다 판단해 버렸다. 더군다나 분노하며 아들을 죽였다 외치는 용천주의 모습에 허규는 생사를 확인하지 않는 우를 범해 버렸다.

물론 그 와중에 오랜 지기를 죽인 것에 대한 조금의 죄

책감이 있었기에 가능했던 일일지도 몰랐다.

아운은 정신을 차렸지만 꼼짝도 하지 못했다.

어떻게든 어머니를 구하겠다고 움직이려 했지만 용천주의 손이 그의 팔목을 꽉 잡았다.

『용아운. 냉정해야 한다.』

아운은 당장이라도 눈물이 터져 나오려 했다. 허나 그런 모습을 허규에게 보여선 안 됐기에 용천주는 아운의 얼굴을 손으로 감쌌다.

『울지 말거라. 애비 눈에 네가 죽는 모습까지 남기는 불효를 범할 생각이냐?』

용천주는 숨을 헐떡였다.

죽어 가는 와중에 남은 모든 내력을 쥐어짜며 억지로 전음을 보내고 있었다. 당장이라도 숨이 넘어갈 것 같은 상황, 죽은 듯이 누워 있는 아운을 바라보며 용천주가 천천히 볼을 쓰다듬었다.

『살거라, 반드시 살아야 해.』

아운은 입을 꾹 닫은 채로 입술을 깨물었다.

피로 뒤덮인 탓에 그런 미세한 변화를 허규는 알아차리지 못했다.

얼굴을 감싸고 있던 용천주가 입가에 미소를 머금으며 아운의 이마를 어루만졌다.

『그래, 그래야지. 그래야 내 아들이지.』

용천주가 천천히 손을 떨어트리며 마지막 전음을 날렸다.

『건강하게 자라다오. 언제나 웃으며 사는 행복한 사람이 되어야 한다. 사랑한다, 내 아들…….』

툭.

얼굴을 어루만지던 손이 떨어져 내렸고, 그 소리와 함께 이내 어머니의 비명 소리가 귓가에 울렸다. 아운은 당장이라도 소리 내어 울고 싶었다. 그렇지만 아운은 그러지 않았다.

참았다.

아버지의 마지막 말을 지키기 위해 어떻게든 참았다. 터지려는 감정을 억눌렀고, 이내 용검문이 불꽃에 휩싸인 이후에야 그 핏물 속에서 기어 나왔다.

핏물을 뒤집어쓴 아운은 불타는 자신의 가문을 바라보며 무릎을 꿇었다.

"……으으으!"

소리 높여 고함이라도 지르고 싶었지만 아운은 그저 양 주먹만 강하게 쥔 채로 부르르 떨 뿐이었다. 그리고 이내 그가 자리에서 일어났다.

돌아선 아운의 표정은 무척이나 섬뜩했다.

피로 전신을 물들인 채로 그는 웃고 있었다.

'울지 않을게요. 언제나 웃을게요, 아버지. 그리고 반드시 그놈을…… 제 손으로 죽이겠습니다.'

아운은 그렇게 불타는 가문을 뒤로한 채 어딘가를 향해 걸음을 옮기기 시작했다.

*　　　*　　　*

"뭐 그러다가 흑천련에 들어가게 된 거지."

"……."

"뭘 그리 심각한 표정을 짓고 있냐?"

아운은 딱딱한 표정으로 서 있는 전우신을 보며 오히려 장난스럽게 말했다. 하나 전우신의 표정은 풀릴 줄을 몰랐다.

그런 전우신의 표정을 보고 있자니 아운 또한 마음이 불편했는지 짧게 소리쳤다.

"내 이야기는 끝! 믿을 거면 믿고 말 거면 말고."

"믿는다."

"그쪽은 정파고 난 사파인데?"

"그게 뭐가 중요해. 내가 아는 넌 멍청하고 예의 없는 놈이긴 하지만 거짓말을 할 놈은 아니잖아."

"그건 모르는 거 아닌가?"

아운은 일부러 분위기를 밝게 만들려는 것처럼 굴었다.

누구에게도 하지 않았던 이야기를 털어놓으니 마음 한 편이 시원했다. 그러면서도 동시에 왜 하필 저놈에게 이런 말을 했나 살짝 후회가 들기도 한다.

그렇지만 아마 과거로 돌아간다 해도 아운은 똑같은 선택을 할 것이다.

아운이 실눈을 한 채 웃으며 말했다.

"동정하지는 마라. 너한테 동정 받고 싶지는 않으니까."

"안 해. 멍청아."

전우신이 퉁명스레 말했고, 아운은 그제야 됐다는 듯 발걸음을 옮겼다.

"이제 마음이 한결 나아졌으니 이만 간다. 나중에 보든지 하자. 아, 사고는 안 칠 테니 걱정하지 말고."

"……그래."

"그럼 이만~"

일부러 밝게 소리를 친 아운은 휘파람을 불며 점점 멀어져 갔다. 그리고 그런 아운의 뒷모습을 전우신은 일그러진 표정으로 바라만 보고 있었다.

전우신은 그곳에 가만히 선 채로 쉽사리 발걸음을 떼지 못하고 있었다.

그렇게 오랜 시간이 지나고, 가만히 서 있던 전우신이 갑자기 빠른 걸음으로 움직이기 시작했다.

전우신이 향한 곳은 백호의 거처였다.

식사 시간이 지난 지 꽤 됐기에 이곳에 있을 거라 생각한 전우신의 생각은 정확하게 들어맞았다. 식사를 마치고 온 백호와 월하린이 그의 거처에 자리하고 있었다.

전우신이 방 안으로 들어서자 백호가 잘 왔다는 듯이 입을 열었다.

"야! 아까 두건 그 새끼 왜……."

"궁주님, 백호님."

백호는 자신의 말을 자르는 전우신의 행동에 표정을 구기며 그를 바라봤다. 그리고 전우신이 그런 두 사람을 번갈아 바라보다가 입을 열었다.

"죄송한 일을 벌일 것 같아서 미리 말씀 좀 드리려고 합니다."

"갑자기 그게 무슨 소리예요?"

월하린이 눈을 동그랗게 뜨고 되물었을 때였다.

길게 숨을 내쉰 전우신이 답했다.

"정말 이번 딱 한 번만 막 나가겠습니다."

제5장. 무림맹주
— 한 번쯤 보고 싶었다네

정도회는 닷새에 걸쳐 이루어지는 커다란 행사였다. 그 기간 동안 정파의 많은 이들은 무림맹에 한데 모여 서로 간의 안면도 익히고, 또 비무 대회에서 각 파의 무공을 뽐내기도 했다.

그리고 그 비무 대회라는 말에 백호는 눈을 빛내고 있었다.

"비무 대회는 언제 열리는 거야?"

"정도회가 내일이고, 비무 대회는 둘째 날부터 열린다고 하니 이틀은 기다려야 될 것 같은데요?"

"아무나 가서 구경할 수 있는 거지?"

"그렇긴 한데 그게 그렇게 좋아요?"

"당연하지."

백호가 크게 고개를 끄덕였다.

청룡과의 만남 이후 무공에 대해 더욱 집중하고 있는 백호였다. 그런 그였기에 이 비무 대회는 좋은 경험이 될 것이다.

백호는 해남파의 남해삼십육검마저도 눈으로 보고 훔칠 정도의 재능을 지녔다. 그런 그에게 이 비무 대회는 좋아하는 음식을 골라 먹는 것과 다름없었다.

눈으로 보고, 익히고. 그것만으로도 백호에게는 커다란 도움이 될 것이다.

"이렇게 많은 무공을 접할 기회가 흔하겠냐? 문파의 무공은 비밀스럽게 익힌다면서. 이렇게 보여주면 말짱 헛수고일 텐데 인간들은 이럴 때 보면 은근히 어리석단 말이야."

이해가 안 간다는 듯 백호는 말했지만 그런 그를 향해 월하린은 웃어 보일 수밖에 없었다.

세상에 그 누가 무공을 펼치는 것만을 보고 그것을 배우는 것이 가능하단 말인가. 오직 백호만이 가능한 일이었다.

백호가 궁금하다는 듯 물었다.

"이곳 무림맹이 정파 무인들의 집결지라 했던가?"

"아무래도 그렇다고 봐야겠죠? 정파 무인들은 대부분 무림맹 소속이라고 봐야 옳을 테니까요. 구파일방이나 오대세가 모두 무림맹이라는 이름하에 함께 움직이곤 하거든요."

"흠. 그럼 매화 그놈이 있던 곳의 우두머리도 여기 있는 건가?"

"화산파 장문인 말하는 거죠? 특별한 일이 없다면 아마 오시지 않았을까 싶은데."

"그런 인간들도 비무 대회에 나오나?"

"아뇨, 장문인이시니 비무 대회에 참석은 안 하시겠죠. 대부분 신진 고수들이나 중견 고수들이 많이 참여해요."

내심 화산파 장문인 주기진의 무공을 견식해 보고 싶었던 백호였기에 그는 아쉬운 표정을 지어 보였다. 더군다나 월하린의 말대로라면 이곳에는 주기진과 비등한 고수들이 제법 많이 있을 터였다.

그들을 하나하나 붙잡고 한 판 붙어 보는 게 백호의 무공 증진에 가장 효과적이겠지만, 그건 불가능한 일이다.

늘어지게 하품을 하던 백호가 힐끔 창밖을 바라봤다.

잘 꾸며진 정원을 가득 채우고 있는 나무들은 각기 색색의 나뭇잎을 자랑했다. 나뭇잎들을 보고 있자니 가을이 절

반쯤 지났음이 느껴졌다.

월하린은 바깥을 바라보고 있는 백호를 발견하고는 물었다.

"왜요? 심심해요?"

"응. 왜 재미있는 거라도 있어?"

"심심하면 좀 걸을까 해서요."

"걷는다고 뭐가 재밌냐?"

"싫으면 됐고요."

월하린의 말에 백호는 자신도 모르게 자리에서 벌떡 일어나며 고개를 저었다.

"그래도 방 안에 있는 것보다는 낫지. 나가자."

"그럴까요?"

월하린도 웃으며 의자에서 몸을 일으켜 세웠다.

둘은 그렇게 방을 벗어나 천천히 잘 꾸며진 길을 걸었다.

아무래도 백하궁이 아닌 무림맹이다 보니 바깥출입을 최대한 자제한 채로 며칠을 보냈다.

월하린은 백호의 옆에 붙어서 한 걸음씩 걸으며 뭐가 그리도 좋은지 계속 웃고만 있었다. 커다란 나뭇잎들을 볼 때마다 깡충거리며 그 위를 밟아 대는 월하린을 백호는 말 없이 바라만 봤다.

월하린이 자신이 밟은 나뭇잎을 보고 환하게 웃으며 백

호를 향해 말했다.

"이거 봐요, 백호. 제 발보다 더 커요."

자신을 향해 즐겁다는 듯이 말하는 월하린을 보며 백호는 이상한 감정에 휩싸였다. 백호가 심각한 표정을 지은 채로 말했다.

"갑자기 너를 깨물어 버리고 싶은데. 왜 이러지?"

"네?"

월하린이 놀라 백호를 올려다봤다.

그러고는 이내 두 손을 저으며 장난스럽게 말했다.

"잡아먹으려는 건 아니죠? 제발 그것만큼은 봐줘요."

"인간을 안 먹은 게 언제부터인데 그런 소리야. 그냥 갑자기 이가 근질근질한 게 좀 그렇다 이거지."

백호가 퉁명스레 말하고는 다시금 걸음을 옮기자, 월하린은 옆에서 다시금 깡충거리며 백호를 쫓았다. 그리고 그런 그녀를 바라보는 건 백호 하나만이 아니었다.

무림맹에 있는 수많은 사내들의 시선이 그녀에게로 향했다.

지나쳐 가는 사내는 어린아이고, 노인이고를 떠나서 모두 한 번쯤은 그녀를 바라볼 수밖에 없었다.

그만한 아름다움이 있었고, 천진난만한 미소는 절로 사람들의 시선이 향하게 만들 수밖에 없을 정도로 치명적이다.

월하린은 바닥에 있는 나뭇잎에 집중한 탓에 별반 신경

안 쓰는 듯했지만 백호는 달랐다. 백호는 모두가 그녀를 바라보는 게 못내 마음에 들지 않았다.

그랬기에 백호는 그녀를 바라보는 수많은 남자들과 일일이 눈싸움을 해 대야만 했다.

그 대상이 어린애든 노인이든 따지지 않고 말이다.

눈에 힘을 잔뜩 준 채, 부리부리한 눈동자로 사방을 흘겨 대는 백호의 얼굴을 본 월하린이 그에게 물었다.

"왜 그래요?"

"응? 뭐가?"

"눈에 힘 잔뜩 주고 뭘 그렇게 두리번거리나 해서요."

"아, 그냥 귀찮은 파리 놈들 좀 떼어 내느라고."

"파리요?"

월하린이 주변을 두리번거렸다. 이런 날씨에 파리라니.

그녀가 파리를 찾기라도 하는 것처럼 시선을 돌려대자 백호가 황급히 말을 돌렸다.

"그나저나 뭐 이렇게 감시하는 눈이 많아."

"무림맹이니까요."

아까 자신들의 거처를 떠났을 때부터 주변에서 느껴지는 수많은 눈초리들. 개중의 대부분이 월하린을 향하는 그런 시선이었지만, 그 속에는 감시하는 이들의 눈동자도 있었다는 걸 백호는 알고 있었다.

지붕 위에도, 벽 건너에도. 나무는 물론이고, 심지어 연못 속에 몸을 감추고 있는 놈들까지 느껴진다. 쉽사리 알아차리기 힘든 은신이었지만 백호는 그리 어렵지 않게 이들의 존재를 알아차렸다.

깊은 잠에서 깨어난 지 아직 채 일 년도 되지 않았지만 이미 백호의 무공 실력은 중원에서 그 적수가 얼마 되지 않을 정도로 성장해 있었다.

더군다나 요괴인 그의 동물적인 감까지 더해져 이런 은신 정도로 백호의 눈을 속이는 건 불가능했다.

감시하는 이들로 화제를 돌리는 데 성공한 백호는 계속되는 눈싸움이 피곤한지 인적이 드문 길로 그녀를 이끌었다.

사람들이 별로 없는 길로 들어서자 그제야 백호는 평안을 되찾았다.

평소처럼 여유 가득한 얼굴로 돌아선 백호는 당과를 먹으며 월하린과의 시간을 조용히 보내고 있었다. 그리고 이내 조그마한 다리 부분에 이르렀을 때 그들의 눈에 한 노인의 모습이 들어왔다.

조그마한 다리에 앉아 긴 낚싯대를 드리우고 있는 노인은 다소 통통한 몸을 한 인물이었다.

물고기를 잡기 위해 가벼이 낚싯대를 휘두르는 그 모습에 백호는 싸한 전율을 느꼈다.

'고수다.'

무공을 펼친 것도 아니다.

그저 낚싯대 하나를 허공으로 휘젓고 있을 뿐이었지만 그것이면 충분했다.

나무로 만든 낚싯대이거늘 노인의 손에 들린 그 순간부터 그건 그저 단순한 가지가 아니었다. 그것은 태산조차도 반으로 가를 수 있는 천하의 명검처럼 느껴졌다.

그런 말도 안 되는 걸 가능케 하는 것은 바로 그 노인의 기운이었다. 백호가 멈추어 선 채로 미동도 하지 않고 있을 때였다.

"허허, 거 언제까지 그곳에서 구경만 하실 생각인가."

그 기운을 느꼈던 건 비단 백호뿐만이 아니었다.

월하린 또한 노인의 모습을 육안으로 확인하는 순간부터 이미 그가 엄청난 고수라는 걸 느끼고 있었다.

노인의 말에 월하린이 먼저 황급히 입을 열었다.

"실례지만 노 선배님은 누구신지요?"

"허허, 이곳 무림맹에 와 놓고 집주인의 얼굴도 모르는 군."

그 한마디에 월하린은 노인의 정체를 알아차렸다.

무림맹주 검성 율무천!

월하린이 급히 예를 갖췄다.

"무림맹주님을 뵈어요. 몰라 뵈어서 죄송합니다."

"이런! 내 농담을 한번 한 걸세. 그걸 가지고 이렇게 사과하면 내가 오히려 무안하지 않은가."

율무천이 너털웃음을 터트렸다.

그러고는 이내 시선을 돌려 월하린을 바라보며 짧게 인사를 건넸다.

"나 또한 만나서 반갑네. 천하제일인의 여식, 월 궁주."

둘이 서로에게 인사를 건네고 있을 때 백호는 두근거리는 심장을 억누른 채로 율무천을 바라보고 있었다. 처음 그를 봤을 때부터 느꼈던 강인함, 그것이 그의 정체를 알고 나자 더욱 증폭됐다.

무림맹주라면 이곳 무림맹의 주인이 아니던가.

그가 얼마나 강할지에 대한 궁금증이 참기 힘들 정도로 밀려든다.

율무천이 여전히 낚싯대를 든 채로 말을 이었다.

"초대해 놓고 이제야 얼굴들을 보는군. 눈 붙일 틈도 없이 바빠서 말이야. 만나기가 쉽지 않더군."

눈 붙일 틈조차 없다는 말과 다르게 율무천은 여유롭게 낚싯대를 드리우고 있었고, 자신의 속내를 감출 줄 모르는 백호는 곧바로 그런 생각을 드러냈다.

"잠잘 틈 없는 사람치고는 여유 있어 보이는데요?"

"허허, 그건 오해일세. 그저 잠시 짬이 나서 이렇게 낚시를 하러 나온 것뿐이거늘. 정말 우연히도 자네들을 만난 걸세."

"우연이라."

백호가 히죽 웃었다.

그 말을 곧이곧대로 믿을 바보가 어디 있겠는가.

이 넓은 무림맹에서, 그것도 정도회를 코앞에 둔 마당에 무림맹의 맹주가 한가하니 이곳에서 낚시나 하고 있을 이유가 있겠는가.

애초부터 무림맹주는 자신들이 이곳으로 향한다는 걸 숨겨진 감시자들을 통해 전해 받고 기다리고 있었던 게 분명했다.

율무천 또한 말은 그리했지만 백호의 묘한 말투에 별다른 반응을 보이지 않았다.

율무천은 백호를 향해 말했다.

"백발이라…… 외모도 범상치 않은 게 어딜 가나 눈에 띄겠구먼."

"그런 소리 많이 듣습니다."

"자신감 가득한 청년이로군. 그 모습이 마치 월 궁주, 자네 아버님의 젊었을 때를 보는 듯하군."

월하린이 눈을 동그랗게 뜨며 물었다.

"제 아버지요?"

"그래. 저 친구와는 좀 종류가 다르긴 하지만 월천후 그는 무척이나 자신감 있는 사내였지."

절친한 사이는 아니었지만 율무천과 월천후는 꽤나 오래 알아 왔다. 천하제일인이 되기 전 어렸을 때의 월천후의 모습이 기억난다.

그자는 언제나 자신만만한 사내였고, 그런 모습에 많은 이들이 매료됐었다.

무림의 배분으로만 치자면 월천후보다 율무천이 위이긴 했으나, 그는 이미 그런 무림에서의 관계를 뛰어넘은 독보적인 존재, 천하제일인이다.

백호를 바라보던 율무천이 의미심장한 한 마디를 건넸다.

"내 아래에 있는 녀석들 중 일부가 자네에게 관심이 많은 모양이야. 과거를 캐고 다니는 것 같던데."

"캐라고 하죠. 뭐 캐낼 것도 없을 테고."

"그런데 사실 나도 궁금하네. 자네의 과거가 말이야. 하늘에서 뚝 떨어졌는지 아무런 것도 없단 말이지. 자네 같은 자라면 사람들의 이목을 속이기는 쉽지 않았을 텐데."

율무천이 살짝 떠봤지만 백호는 대꾸하지 않았다.

그 모습을 본 율무천이 이내 자연스럽게 이야기를 돌렸다.

"조심하는 게 좋을 게야. 내 아래에 있는 녀석들 중에 위험한 놈들이 여럿 있거든."

"내가 무서워서 뒷조사하는 놈들인데 쫄 이유가 없죠. 조심해야 할 건 제가 아니라 그놈들일 겁니다."

"하하!"

백호의 그 말투에 율무천은 진심으로 웃음을 터트렸다. 젊은 청년의 말이 건방지게 느껴질 수도 있는 건 분명 사실이다.

허나 그것이 그저 건방처럼만 느껴지지 않았다.

"건방짐에 가까운 그 자신감, 실력 없는 놈이 떠들어댄다면 그저 허풍이었겠지만 자네라면 뭐, 내가 인정해 주지."

"뭐, 고맙다고 해두죠."

"암, 고마워야지. 자네는 월천후 이후 처음으로 그 뻔뻔함에 가까운 자신감을 인정한 사내니까."

천지멸사와의 일은 세간에 널리 알려진 일.

허나 그것을 제하고도 전혀 알려지지 않은 해남파 청노와의 일에 대해서도 무림맹주는 이미 알고 있었다.

청노까지 꺾은 것을 보면 천지멸사를 이긴 것 또한 결코 우연은 아닐 터. 더군다나 이번 하북팽가의 사건에서도 모든 걸 해결한 이가 바로 백호였다.

율무천이 연못에 시선을 고정한 채로 서서히 입을 열었다.

"이번 하북팽가의 일은 무척이나 고맙네. 자네들 덕분일세."

"아니에요. 당연히 해야 할 일을 했을 뿐이니까요."

"그래도 덕분에 더욱 큰 손가락질을 당하기 전에 일을 마무리 지을 수 있었다네. 이것에 대해서는 내 다시금 감사의 뜻을 전하지."

말을 마친 율무천이 잠시 침묵을 유지하다 조심스럽게 물었다.

"아버님은 아직도 연락 두절인가?"

"네, 백방으로 수소문 중이니 곧 좋은 소식 있을 거라 믿고 있어요."

"그래, 다른 이도 아닌 바로 월천후 아닌가. 천하에 그를 어찌할 수 있는 자가 있을 리 없으니 너무 걱정하지 말게."

월하린은 이번에 아버지에 대한 단서를 찾았다는 말은 감추고 최대한 돌려 말했다.

연못을 바라보던 율무천이 퍼뜩 생각났다는 듯이 중얼거렸다.

"이런 이런. 젊은 친구들끼리 즐거운 시간 보내는 데 노인네가 괜히 방해를 했군그래. 추후에 따로 연락을 취하도록 하겠네. 그때 다시 보지."

"그러도록 하지요."

"그럼 살펴들 가게나."

말을 마친 율무천은 다시금 낚싯대에 온 신경을 집중했고, 그런 그의 뒤편으로 백호와 월하린이 스쳐 지나갔다.

그리고 한 열 걸음 정도 걸었을 때였다.

월하린이 발을 멈추고는 뒤편에 있는 율무천을 향해 말을 걸었다.

"맹주님."

"응? 왜 그러는가?"

"이렇게 저희를 만난 건 그냥 단순히 궁금해서인가요. 아니면…… 누군가에게 저희와 만난 걸 보여 주려는 의도신가요?"

"허! 그게 무슨 소리인가. 아까 말하지 않았던가."

낚싯대를 다시금 휘두르고 율무천이 씩 웃으며 말을 이었다.

"우리는 그저 우연히 만난 것뿐일세."

제6장. 정도회
— 내 차례다

이른 아침이었다.

무림맹이 있는 무한은 많은 이들의 발길이 닿는 곳이니
만큼, 그에 따른 많은 객잔들이 자리하고 있다. 그런 객잔
중 하나인 형상객잔은 이곳 무한에서 가장 오래된 곳이다.

허나 형상객잔은 그 크기가 크지 않았고, 외관 또한 허
름한 탓에 단골손님들을 제하고는 사람들이 그리 찾지 않
는 곳이기도 했다.

형상객잔 한편에 한 사내가 단정하게 앉아 있었다.

절도 있는 자세로 앉아 있는 사내의 앞에는 차가 한 잔
놓여 있었다. 죽립으로 얼굴을 가리고는 있었지만, 한눈에

봐도 느낄 수 있을 정도로 사내에게서는 명문 정파의 향기가 물씬 풍겨져 나왔다.

그 사내는 다름 아닌 전우신이었다.

죽립을 쓴 채로 조용히 찻잔에 입을 가져다 대던 전우신의 앞에 누군가가 다가와서 앉았다. 사내는 평범한 장사꾼 같은 외모의 인물이었다.

그는 자리에 앉기가 무섭게 괜히 호들갑을 떨었다.

"날이 갑자기 추워졌습니다. 아무 생각 없이 술 잘못 처마시고 길바닥에서 자다가 딱 죽기 좋겠더군요. 하하."

"따뜻한 차라도 한 잔 하시겠습니까?"

"제가 차 맛은 잘 몰라서 말이죠."

"그래요?"

"예, 비싼 차를 마셔도 이게 뭔 맛인지 영."

고개를 절레절레 저으며 말하는 사내의 시선이 객잔 안을 빠르게 스윽 훑었다.

이른 아침인 탓에 객잔에는 전우신과 그 사내만이 자리하고 있었다. 그랬기에 전우신은 굳이 감출 필요도 없다는 듯이 말했다.

"부탁한 것은 어떻게 됐습니까?"

"여기."

기다렸다는 듯 사내가 전우신에게 서찰 한 장을 건넸다.

서찰을 건네받은 전우신은 망설이지 않고 곧바로 안의 내용을 살폈다.

가만히 서찰을 살피던 전우신이 이내 고개를 끄덕였다.

"이렇게 빠르게 찾으실 줄은 몰랐습니다."

"이 정도야 일도 아니죠."

"그래서 언제쯤 도착할까요?"

"이틀이면 될 겁니다. 다행히 그리 멀지 않은 곳에 있어서 말이죠."

"그럼 그때 다시 연락 부탁드리겠습니다."

말을 마친 전우신이 자리에서 일어날 때였다. 가만히 자리하고 있던 사내가 입을 열었다.

"정보원 주제에 건방지게 들릴지 모르겠지만 정말 이번 일을 벌이실 생각입니까?"

전우신은 말을 내뱉은 채로 웃고 있는 사내를 바라봤다. 굳이 감출 생각이 없었기에 전우신은 솔직하게 대답했다.

"예."

"당신 화산파잖습니까. 굳이 이렇게 시끄러워질지도 모르는 일을 벌이시는 이유를 잘 모르겠군요. 아, 이건 그저 정보원으로서의 개인적인 궁금함이니 대답 안 해 주셔도 됩니다."

대답하지 않아도 된다고 말은 하고 있었지만 사내는 정

말 궁금하다는 표정으로 전우신을 바라봤다.

전우신은 망설이지 않았다.

"그것이 옳은 일이기 때문입니다. 그리고……."

말을 하던 전우신이 잠시 고개를 숙인 채로 검을 만지작거렸다. 그러던 그가 다시금 시선을 사내에게 향한 채로 말했다.

"화가 좀 나서요."

*　　　*　　　*

정도회가 열렸다.

그리고 정식으로 정도회가 시작된 바로 이튿날, 정도회의 꽃이라 불리는 비무 대회가 열리는 날이었다.

수많은 인파들이 모인 무림맹의 비무장은 사람들의 열기만으로 후끈거렸다. 각기 문파들마다 정해진 자리가 있었고, 백하궁 또한 맹주 율무천의 배려로 구석 자리라도 배정받을 수 있었다.

자리에 앉은 백호가 불만스레 중얼거렸다.

"왜 여기 앉아야 돼? 저기 더 좋은 자리들도 많잖아?"

"저기는 점창파와 무당파의 자리라서요. 아무래도 큰 문파들 위주로 먼저 자리가 배정되고, 그 이후에 다른 중소

문파 순으로 돌아오거든요."

"그런 게 어디 있어? 문파만 크면 다냐? 그냥 센 순으로 앉으면 몰라도."

백호는 자리가 마음에 들지 않았는지 투덜거렸다.

그도 그럴 것이 구석에서도 중간쯤에 위치한 자리는 비무장을 보기 그리 좋지 않았다. 이 정도회라는 것 중 백호의 관심을 끄는 유일한 것이 바로 비무 대회가 아니던가.

불만을 토해 내는 백호를 향해 월하린이 당과를 건네며 다독였다.

"좀만 참아요. 눈도 좋으니 보는 게 그리 어렵진 않을 거예요."

월하린에게서 당과를 건네받은 백호는 자신도 모르게 짜증이 한결 풀리는 것을 느꼈다. 물론 그것이 월하린의 말과 행동 때문인지, 아니면 이 당과 때문인지는 잘 모르겠지만.

백호는 당과를 물고는 한결 누그러진 표정을 지어 보였다.

백호가 중얼거렸다.

"뭐, 내가 눈이 좋긴 하지."

"그럼요."

월하린이 환하게 웃었다.

대화를 나누는 두 사람의 뒤편에는 전우신과 아운이 앉아 있었다. 아운은 그날의 일 때문인지 괜히 더 밝은 척을 하고 있었다.

그가 괜스레 말을 걸었다.

"사파 소속으로 정도회에 참석한 건 제가 최초 아닐까요?"

"아무래도 그렇긴 하겠죠? 사파의 무인을 정도회에 초대를 할 이유는 없을 테니까요."

"흐음, 이걸 좋아해야 할지 싫어해야 할지."

아운이 월하린의 대답을 듣고는 기묘한 표정을 지어 보였다. 그런 그를 향해 백호가 퉁명스럽게 말했다.

"두건 미리 말해 두는데 난 비무 대회 보러 왔거든? 그러니 괜히 소란 일으켜서 망치기만 해 봐. 그냥 확."

목을 조르는 시늉을 하자, 아운은 자신도 모르게 손으로 목을 감쌌다.

그가 어색하게 웃으며 대답했다.

"무, 물론이죠."

이야기를 나누는 셋과 다르게 전우신은 팔짱을 낀 채로 눈을 감고 있었다. 뭔가를 생각하는 듯이 앉아 있는 그의 옆구리를 아운이 쿡 찔렀다.

그런 아운의 행동에 전우신이 표정을 확 구기며 눈을 떴다.

"어딜 찌르는 거냐?"

"계속 눈을 감고 있기에 혹시나 죽었나 해서."

"그게 말이 되는 소리냐?"

전우신이 어처구니없다는 듯이 물었다. 매섭게 자신을 노려보는 전우신의 시선을 피해 아운이 고개를 돌렸을 때였다.

둘의 모습을 바라보던 백호가 월하린에게 물었다.

"그런데 이 정도회인가 뭔가의 일정은 어떻게 되는 거야?"

"음, 저도 들은 거라 정확하지는 않은데 닷새에 걸쳐 이루어지는 행사라 들었어요. 첫날이었던 어제는 간단히 정도회가 열렸다는 선언과 함께 이런저런 담합의 시간이 있었나 봐요. 그리고 둘째 날인 오늘부터 시작되는 비무 대회는 삼 일에 걸쳐 이루어지고, 우승자에게는 큰 상이 주어지죠."

물론 이 외에도 자잘한 여러 가지 행사들이 있긴 하지만 백호의 관심거리는 오로지 비무 대회라는 걸 알았기에 월하린은 그것을 중점적으로 설명을 해 주기 시작했다.

그녀가 말을 이었다.

"그리고 사흘째 되는 그날 비무 대회에 상을 주는 것과 동시에 많은 논공행사가 이루어진다고 들었어요. 맹주님이 모습을 드러내는 것도 그날이라고 해요. 저희도 그때까지는 특별한 일 없이 그냥 구경만 하면 될 것 같고요."

이번 하북팽가의 일로 감사의 뜻을 표하겠다 했으니 아마 백하궁으로서 나설 일은 그때쯤 될 것 같았다. 월하린의 긴 설명에 백호가 고개를 끄덕거리고 있을 때였다.

다소 이야기가 오가며 시끄럽던 장내가 갑자기 술렁인다는 느낌이 들었다.

그리고 그 순간 앞에 있는 커다란 단상에 한 여인이 가벼운 걸음걸이로 걸어 나오고 있었다. 여인은 백호 일행에게도 익숙한 인물이었다.

비각주 은설란.

그녀가 모습을 드러낸 것이다.

잠시의 소란은 이내 곧 은설란이 단상 중앙에 서는 순간 사그라졌다. 그녀의 시선이 좌중을 스윽 하고 훑었다. 그러고는 아주 짧게 백호와 은설란의 시선이 마주했다.

수천 명이 넘는 사람들, 그 안에서도 백호의 존재감은 너무나 또렷이 들어오는 탓에 찾는 건 어렵지 않았다.

은설란의 입가에 미소가 걸렸고, 그런 그녀를 향해 백호 또한 히죽 웃어 보였다.

은설란이 포권을 취했다.

"비각주, 은설란이에요. 정도회 비무 대회의 시작을 알리기 위해 많은 무림의 선후배님들 앞에서 짧게나마 인사드립니다."

자그마한 목소리.

하지만 그녀의 심후한 내력은 그 작은 목소리조차 가장 뒤편에 있는 이의 귓가에 들리게 만들었다. 작지만 땅을 울리는 목소리, 그것만으로도 많은 이들의 얼굴에 놀라운 감정이 실렸다.

그만큼 은설란의 내력이 엄청나다는 걸 알 수 있었기 때문이다.

"대단한 내력이군요."

아운이 중얼거렸다.

외모와 달리 어느 정도 나이가 있다는 건 알지만, 그렇다고 쳐도 상상 이상의 내공이다. 괜히 현 무림맹의 실세로, 비각을 이끄는 수장이 된 건 아니라는 걸 여실히 느낄 수 있었다.

은설란은 자신의 내력으로 한 번 좌중을 들썩이게 만들고는 천천히 말을 이어 나갔다.

"이번 정도회에도 많은 분들이 찾아주신 것 같아요. 덕분에 무척이나 성대한 자리를 마련하게 될 수 있을 것 같습니다. 이번 정도회가 모든 분들에게 아주 특별한 자리가 되었으면 좋겠어요. 먼 곳에서 찾아와 주신 많은 선후배님들께 감사의 말을 전하며…….”

은설란이 미소를 머금은 입을 움직였다.

“비무 대회를 시작하죠.”

말과 함께 그녀의 손에 들린 검 한 자루가 바람처럼 허공을 갈랐다. 눈으로 좇기도 힘들 정도로 빠르게 날아든 검에는 어마어마한 내력까지 실려 있었다.

쿠우우우우!

낮은 소리와 함께 날아간 검이 그대로 비무장 위편에 있는 커다란 바위에 틀어박혔다. 지금 은설란의 행동은 정도회에서 대대로 내려오는 비무 대회의 시작을 알리는 행위였다.

그것을 알았기에 많은 이들에게서 우레와 같은 함성이 터져 나왔다.

갑작스럽게 터져 나온 고함 소리에 백호가 귀를 틀어막았다.

“아, 뭐야?”

순간 짜증이 왈칵 났지만 백호는 가까스로 참아 냈다.

곧 있을 비무 대회에 대한 기대감 때문이었다. 그리고 비무 대회의 시작을 알린 은설란은 그런 백호를 잠시 바라보다 천천히 단상 아래로 내려섰다.

그녀가 사라지는 것과 동시에 중년의 사내 하나가 위로 올라섰다.

이번 비무 대회를 진행하는 풍륜검(風輪劍) 화무위(話無僞)라는 자였다. 언제나 유쾌한 그는 무림맹 내에서도 인기가 많은 사내였다.

화무위가 포권으로 예를 먼저 갖춘 후에 이야기를 시작했다.

"이번 비무 대회에 앞서 주어진 시간이 그리 길지 않은 관계로 제가 먼저 개개인을 만나 어느 정도 실력들을 확인해 보고 그에 부합하는 이들만 본선으로 올렸습니다. 그래도 다들 실력들이 쟁쟁하신지라 그 숫자가 적지 않군요. 이거 숫자를 맞추느라 고생 좀 했습니다."

농담 섞인 말투에 좌중에서 웃음들이 흘러나왔다.

그렇게 부드럽게 분위기를 조성하던 화무위가 이내 말을 이어 나갔다.

"백 명 정도로 인원을 줄였고, 무작위로 상대를 정했습니다. 규칙은 예년과 같습니다. 상대를 죽여서는 안 되고, 항복을 한다면 그 즉시 비무를 멈추어야 합니다. 그리고 승자는 자동으로 다음 단계로 오르게 됩니다."

이후에도 몇 가지 주의할 점에 대해 화무위는 설명했고 그 이야기를 백호는 귓등으로 흘려들으며 어서 시작이나 하라는 듯이 귀찮은 표정을 지어 보이고 있었다.

설명이 끝나자 화무위가 짧게 두 사람의 이름을 호명했다.

"운리학, 전풍. 두 분으로 이번 비무 대회를 시작하도록 하겠습니다."

이름이 불리자 기다렸다는 듯 사람들 사이에서 두 명의 사내가 걸어 나왔다. 그 둘은 모두 젊은 사내들이었다.

운리학은 나름 알려진 후기지수였던 탓에 많은 이들의 시선이 집중됐다. 둘은 동시에 비무장에 오르며 서로에게 먼저 예를 갖췄다.

간단한 인사가 끝나자 화무위가 말했다.

"제 손에 들린 끈이 떨어지는 순간부터 시작하면 됩니다."

말을 마친 화무위가 준비해 온 빨간색 끈을 들어 올렸다. 그가 허공으로 그 끈을 휙 하니 집어 던졌다. 그리고 그 끈이 떨어지는 순간 둘의 몸이 서로를 향해 달려들었다.

팡팡!

화려하게 몸을 움직이며 두 사람이 얽혀 들었다.

그렇지만……

두 눈을 빛내며 기대하고 있던 백호의 얼굴에 실망감이

서렸다.

"뭐야 이건? 형편없잖아."

엄청난 고수의 대결을 기대했던 백호였기에 지금 저 젊은 둘의 대결에 성이 찰 리가 없었다. 그런 백호의 말에 주변 사람들의 시선이 향했고 월하린이 황급히 그에게 말했다.

"첫째 날이니까 아직 예선이라고 생각하면 돼요. 내일이나 마지막 날쯤 되면 제법 볼 만한 비무들이 나올 거고요."

"그래?"

월하린의 말에 백호는 일어나고 싶은 마음을 억지로 참았다. 별로 볼 건 없었지만 그래도 각 무공마다 다른 특징이나, 또 자신이라면 저런 자를 상대할 때 어떻게 할 것인가를 생각하며 백호는 비무장 위를 바라봤다.

물론 백호의 성에 안 차는 두 사람의 실력에 연신 하품이 나오긴 했지만 그래도 백호는 애써 그들의 대결에서 무엇인가를 찾기 위해 노력했다.

세 경기가 빠르게 지나갔다.

승자와 패자가 나뉘었고, 개중에 백호의 마음에 드는 비무는 아직까지 단 한 번도 없었다.

경기를 끝내고 비무장 위에 올라선 화무위가 다음 사람들을 호명하기 위해 손에 들린 종이를 바라보다 재밌다는 표정을 지어 보였다.

그가 내력을 실은 목소리로 기대 가득한 목소리로 말했다.

"이번 경기는 정말 재미있겠군요. 초개악(初改岳), 그리고 전우신."

말이 떨어지는 바로 그 순간이었다.

팔짱을 낀 채로 침묵을 유지하고 있던 전우신이 벌떡 자리에서 일어났다. 이름과 함께 일어나는 전우신의 행동에 아운이 놀란 듯이 그를 바라봤다.

"뭐야, 저 전우신이 너야?"

"다른 전우신도 있겠지만, 지금 호명된 건 나 맞다."

"아니, 갑자기 무슨 비무 대회를……."

아운이 이해가 안 간다는 듯이 앞에 있는 백호와 월하린을 바라봤다. 하지만 놀란 아운과 달리 백호와 월하린의 표정은 담담했다.

흡사 이 일을 미리 알고 있기라도 했다는 듯이.

월하린이 웃으며 말했다.

"잘 다녀와요."

"예, 궁주님."

월하린과는 다르게 윽박지르듯이 백호도 말했다.

"내 부하가 이런 데서 지면 안 되지. 지는 순간, 넌 쫓겨

나는 거야. 알지?"

"물론입니다."

빠르게 두 사람과 이야기를 나누는 전우신을 아운이 당황스러운 표정으로 바라볼 때였다. 그런 아운을 슬쩍 내려다본 전우신이 손을 들어 그의 어깨에 얹었다.

아운이 그런 전우신을 올려다봤을 때였다.

"다녀오지."

그 한 마디와 함께 전우신이 비무장을 향해 걸어 나갔다. 그리고 그런 전우신의 뒷모습을 아운이 멍한 눈으로 바라봤다.

대체 이게 무슨 일인지 모르겠다.

놀란 아운을 뒤로한 채로 비무장을 향해 걸어간 전우신은 그 위로 껑충 뛰어올랐다. 비무장에 오르자 그곳에는 초개악이라는 무인이 미리 와서 그를 기다리고 있었다.

전우신보다 대여섯 살 정도 많아 보이는 그는 깔끔한 인상의 사내였다.

두 사람이 마주하는 순간 비무장을 바라보던 이들의 시선이 한층 진지하게 변했다. 앞선 세 경기와 다르게 지금 이 자리에 오른 둘 모두 무림에서 꽤나 알려진 이들이기 때문이다.

초개악은 구파일방의 하나인 점창파(點蒼派) 소속의 무

인으로 빠름을 자랑하는 분광검법(分光劍法)과 힘 있는 검법인 천룡무상검법(天龍無上劍法) 두 가지 모두에 능한 고수였다.

그리고 그런 그와 맞서는 전우신은 화산파가 자랑하는 매화검수의 수장.

어찌 보면 나이 어린 젊은 무인 가운데 최고의 고수 중 하나로 손꼽히는 인물이 바로 전우신이다. 이런 둘의 대결이니 어찌 관심이 가지 않을 수 있겠는가.

구파일방 중 두 개 문파의 싸움.

이것은 그저 단순한 비무를 떠나 두 문파 간의 자존심 싸움으로까지 번질 수 있는 일이었다.

초개악 또한 그 사실을 알았는지 얼굴에는 내심 비장한 기운이 서려 있었다.

전우신이 먼저 나이 많은 그에게 포권을 취했다.

인사를 마치기 무섭게 전우신이 검을 뽑아 들며 짧게 말했다.

"선배님, 빠르게 가지요."

"그러지."

마주 선 초개악 또한 검을 뽑았다.

둘 모두 움직이지 않고 서 있었지만, 방금 전까지 있었던 그 어떠한 살벌한 공격보다 지금 느껴지는 기운이 더 섬뜩했다.

두 사람 사이에 흐르는 기묘한 기운 탓이다.

그 광경을 보고 있던 백호가 천천히 의자에 몸을 기댔다. 처음으로 흥미를 느낀 백호의 눈동자가 빛났다.

"조금 재밌겠는데."

중얼거리는 백호의 뒤편에서는 아직까지도 지금 이 상황을 이해 못 한 아운이 머리를 긁적거리고 있었다.

'대체 왜?'

전우신이 이 비무 대회에 나간 이유를 생각하고, 또 생각해 봐도 모르겠다. 이름을 떨치고 싶어서 나갈 만한 성격도 아니고, 이 비무 대회를 통해 화산파에게 무엇인가 이득이라도 간단 말인가?

허나 그것도 설득력은 없었다.

다른 중소문파라면 정도회의 비무 대회를 통해 이름을 알리는 기회가 될지도 모르겠지만, 다른 곳도 아닌 화산파다.

구파일방 중에서도 손꼽히는 그들이 이런 비무 대회에서 우승 한 번 한다 하여 더욱 큰 무엇인가를 얻을 수 있을 거라고는 쉬이 생각되지는 않는다.

자신을 위해서도, 화산파를 위해서도 아니라면 전우신은 왜 이런 비무 대회에 나간 것일까?

이런 걸 좋아하지 않는 성격인 그가 대체 어째서.

아운이 이렇게 복잡한 심정으로 비무장을 바라보고 있을 때, 그 위에 서 있는 초개악은 초조했다.

'어디로 치고 들어가야 하지?'

마주 선 전우신에게서 딱히 빈틈이 보이지 않는다. 문제는 자신이 점점 전우신의 기운에 압도되어 간다는 느낌이 든다는 것이다.

무거워지는 발, 이대로 있다가는 싸우기도 전에 지레 겁을 먹고 항복을 외치게 될지도 모른다.

차라리 먼저 공격하고 들어와 준다면 그 찰나에 빈틈이라도 찾아보련만, 전우신은 그럴 생각도 없어 보였다. 지금 자신이 상대를 압도하고 있다는 걸 어렴풋이 느끼고 있는 것이다.

상황이 이리 흐르자 조급한 것은 초개악이었다.

그리고 그 조급함이 결국 초개악을 움직이게 만들었다.

투웅!

발을 퉁기는 것과 동시에 손에 들린 검 또한 쏘아져 나왔다. 우선은 빠르게 상대를 제압해 보고자 분광검법을 펼친 것이다.

빛을 나눈다는 이름이 붙은 분광검법은 엄청난 쾌검이다. 사방으로 갈라진 검광이 현란하게 전우신을 향해 날아들었다.

그런 그의 검에 대적하겠다는 듯이 전우신 또한 화산의 검법으로 맞받아쳤다.

전우신의 선택은 이십사수매화검법이었다.

스물네 개의 초식으로 이루어진 이십사수매화검법이 빠르게 날아드는 초개악의 검을 좇았다. 연신 빠르게 검이 검을 물고 늘어졌다.

타타타타탕!

빠른 선택과 함께 펼쳐진 분광검법이 허공에서 그 빛을 잃으며 사그라졌다.

"이익!"

자신 있어 하는 분광검법이 순식간에 무너지자 초개악이 이를 악물었다. 주변의 수많은 눈이 자신에게 향하고 있다는 걸 잘 알았기에 더욱 지고 싶지 않았다.

어떻게든 이 상황을 만회하기 위해 초개악은 검에 조금 더 내력을 실었다.

번쩍! 피잇!

활을 떠난 화살처럼 순식간에 날아든 검 끝이 전우신의 가슴을 노리고 날아들었다. 죽이려고 한 공격은 아니었지만 그 공격은 분명 비무라고 말하기엔 과한감이 없잖아 있었다.

이 공격이 성공했다면 화무위는 이 비무를 멈췄겠지만 검은 전우신에게 닿지 못했다.

이번엔 전우신의 공격이 이어졌다.

빠르게 파고든 전우신이 손바닥을 편 채로 초개악의 옆구리를 후려쳤다.

퍼엉!

가죽 북이 터진 것이 아닌가 하는 생각이 들 정도로 큰 소리와 함께 초개악의 몸이 허공으로 뜨며 밀려 나갔다. 다급히 손바닥을 내려 받아치긴 했지만 그 힘의 차이가 너무나 압도적이었다.

무려 삼 장 가까이를 밀려난 초개악이 고통에 찬 표정을 지어 보였다. 손바닥으로 받아냈음에도 옆구리까지 새빨갛게 부어올랐다.

'한 번만 더 공격을 허용했다가는 끝이다.'

첫날은 예선에 가까운 성격만큼 어느 정도 유리한 고지만 점해도 판정으로 끝나기 십상이다. 지금 상황이라면 그 누가 봐도 전우신의 승리로 끝나도 이상할 게 없었다.

그걸 만회하기 위해서는 이번에 확 상황을 바꾸어야만 했다.

초개악이 허리를 감쌌던 손을 내리고는 두 손으로 검을 고쳐 잡았다. 그의 몸 주변으로 힘이 밀려들었고, 그 힘은 천천히 검으로 스며들었다.

아까와는 정반대에 가까운 검법인 천룡무상검법을 사용하려는 것이다.

'빠른 것으로는 상대가 안 되니 힘으로 제압하는 수밖에.'

표홀한 점창의 무공 중에서 몇 안 되게 큰 위력을 보이는 무공인 천룡무상검법. 그가 발을 끌자 땅에서 서서히 먼지가 피어올랐다.

그 모습을 보며 전우신은 검을 내려트렸다.

'빈틈? 아니면 들어오게 만들려는 것인가?'

모르겠다.

하지만…… 들어가려면 지금뿐이다.

초개악이 달렸다.

천룡무상검법은 힘이 담긴 검법이다. 그만큼 속도면에서는 여타의 무공에 비해서는 부족함이 많은데, 그런 약점을 조금이나마 만회하기 위해 그가 선택한 것은 바로 보법의 변화였다.

분광착영(分光捉影)이라 불리는 점창의 보법이 바로 그것이다.

분광착영은 점창이 자랑하는 보법이다.

보법을 펼치면 몸이 나뉜다는 착각이 들 정도로 빠르고,

아차 하는 그 짧은 순간 이미 상대는 코앞까지 다가온다.

그것이 바로 분광착영이라는 보법.

코앞까지 순식간에 거리를 좁힌 초개악의 검이 천룡무상검법을 펼쳤다.

부와와아아악!

허공이 찢겨져 나갔다.

그리고 그 검법을 보는 순간 비무 대회를 주관하고 있는 화무위는 이 비무를 멈추기 위해 움직이려 했다. 허나 그러기에는 전우신의 대처가 너무 빨랐다.

이미 상대가 발을 움직이는 순간부터 분광착영을 펼칠 걸 예상했던 전우신이다.

그랬기에 이미 허공으로 뛰어오른 전우신은 초개악의 공격을 피해 냈다. 그는 허공으로 떠오르며 재빠르게 초개악의 날아드는 검을 오히려 발로 밟으며 뒤편으로 날아올랐다.

검을 차내며 일순 균형을 무너트린 전우신, 그의 몸이 어느새 초개악의 뒤편으로 다가가 있었다.

타악.

검이 그의 등에 닿았다.

그리고 그 순간 거짓말처럼 강렬하게 타오르던 초개악의 기운이 사라졌다.

전우신이 등에 검을 댄 채로 입을 열었다.

"제가 이겼습니다."

"……한 수 잘 배웠다."

인정하고 싶진 않았지만 누가 봐도 알 정도로 완벽한 패배다. 그랬기에 초개악은 곧바로 인정하고는 몸을 돌려 포권을 취했다.

두 사람의 박진감 넘치는 대결이 끝나자 침묵한 채로 비무장을 보고 있던 이들이 커다란 박수를 쳤다.

이런 비무가 있었기에 매회 정도회가 빛날 수 있었고, 또 이 비무 대회의 우승자는 큰 영광을 누릴 수 있는 것이다.

젊은 고수들은 대단하다는 시선으로, 그리고 나이 있는 노고수들은 대견하다는 듯 만족스럽게 이들을 바라보고 있었다.

짧지만 강렬한 싸움이 모두가 무척이나 만족스러운 모습이었다.

비무를 마친 전우신은 가볍게 좌중들을 향해 예를 갖추고는 아래로 걸어 내려와 자신의 자리로 향했다. 그곳에서는 전우신을 기다리고 있는 이들이 있었다.

"고생하셨어요. 첫 상대부터 실력자를 만나셔서 내심 걱정했는데…… 괜한 기우였네요."

"아닙니다. 생각보다 어려운 상대였습니다."

언제나처럼 예의 바르게 전우신이 답했다.

자리에 앉은 전우신을 보며 백호가 히죽 웃으며 말했다.

"다행히 내 부하 자리에선 아직 안 쫓겨나겠는데."

"쫓겨날 일은 없을 겁니다. 절대로 지지 않을 생각이니
까요."

말을 마친 전우신은 그대로 비무장을 향해 시선을 고정
시켰다. 뭔가 강한 어투로 말하는 전우신을 아운이 옆에서
흘끔거릴 때였다.

가만히 앉은 채 다음 비무를 보고 있던 전우신이 입을
열었다.

"기분 나쁘게 뭘 그렇게 힐끔거려?"

"대체 무슨 생각인가 해서. 너답지 않게 이런 비무 대회
에 나간 것도 이해가 안 가는데, 방금 절대 지지 않겠다고
떠드는 것도 그렇고……."

예의 바른 전우신이기에 결코 그런 말을 쉬이 입 밖으로
내뱉지 않는다는 걸 아운은 알고 있다.

상대 중에 전우신보다 높은 배분의 사람들도 있을 터인
데 그가 이렇게 이기겠다고 호언장담을 하는 건 평소 그의
성격상 절대 있을 수 없는 일이다.

이상하다는 듯이 묻는 아운의 질문에 전우신이 퉁명스레

대답했다.

"이번 한 번만 막 나가기로 했거든."

"막 나가? 그건 또 뭔 소리래."

아운이 이해가 안 간다는 표정으로 전우신을 바라봤다. 허나 전우신이 쉬이 이야기해 줄 생각이 없다는 표정으로 앉아 있자 아운은 괜스레 앞에 있는 두 사람에게 편이라도 들어달라는 것처럼 호소했다.

"아이고, 백호님 이 망할 놈이 사고 치려고 하는 거 같은데 그냥 둬도 되겠습니까? 비무 대회를 망칠 게 불 보듯 뻔한데 말이죠. 그리고 궁주님, 이놈이 사고 쳐서 백하궁의 이름에 먹칠이라도 하면……."

"이미 허락받았다."

"엥?"

전우신의 말에 아운이 놀란 얼굴로 백호와 월하린을 번갈아 바라봤다.

사고 치는 걸 허락을 받았다니?

이건 또 무슨 소리란 말인가.

이 말이 사실이냐는 듯이 아운이 바라보자 월하린이 고개를 끄덕였다.

"네, 사고 한 번 치시고 싶다고 하셔서 그러라고 했어요."

"예에? 대체 왜요?"

아운이 이해가 안 간다는 듯이 물었다.

그러자 그런 그의 질문에 백호가 고개를 획 돌려 아운을 바라보며 히죽 웃으며 대답했다.

"엄청 재밌을 것 같아서."

"하아."

아운은 하늘을 올려다보며 이마를 감쌌다.

자꾸 자기만 모르는 뭔가가 있는 게 못내 불만스러운지 아운이 졸라 대듯 말했다.

"아니, 대체 저만 빼고 다들 무슨 일을 꾸미시는 겁니까? 아오, 궁금해 죽겠네. 저 궁금하면 잠도 못 자는 성격인 거 모르십니까들? 자꾸 저만 이렇게 따돌리다니……."

억울하다는 듯한 아운의 말투.

그리고 그 순간 비무가 끝나고 비무대에 오른 화무위가 다음 사람들을 호명했다.

"이번 비무는 백리문경과 허원패!"

그 이름이 호명되는 순간 졸라 대던 아운의 얼굴 표정이 일순 딱딱하게 변했다.

익숙한 이름이 들린 탓이다. 하지만 아운이 놀란 건 그 이름 때문만은 아니었다. 그 이름을 듣는 순간 뭔가를 알아버렸기 때문이다.

아운이 천천히 시선을 돌려 전우신을 바라봤다. 가만히 앉아 있는 전우신의 시선이 비무장에 오르는 한 사내에게로 향해 있었다.

허원패.

아운의 부모님을 죽이고, 그에게도 평생 남을 상처를 남긴 장본인인 허규의 아들.

"너……."

아운이 놀란 얼굴로 전우신을 바라보고 있을 때였다. 비무장에 오른 허원패를 바라보며 전우신이 중얼거렸다.

"맞아. 바로 저놈, 저놈이 내가 이번 비무 대회에 나선 이유다."

그리고 허원패를 꺾는 것은 시작에 불과했다.

제7장. 비무 대회
— 아직 끝난 게 아닙니다

비무 대회의 첫날이 빠르게 지나갔다.

대회에 참가한 이들 중 반수 이상이 떨어져 나갔고, 그들 대다수가 백호의 관심조차 끌기 힘들 정도의 무인들이었다. 물론 정파 무림에서 재능이 있다고 알려진 자들이 참가한 대회였지만 백호의 눈에 그리 보일 리 만무했다.

비무를 보는 동안 대부분의 시간을 하품만 해 대던 백호가 자리에서 일어났다.

백호가 길게 기지개를 켰다.

"하암, 내일도 이렇게 지루하지는 않겠지?"

백호의 도발적인 말투에 주변에 있던 이들 몇몇이 그를

힐끔거렸지만 다행히도 별다른 말은 흘러나오지 않았다.

무림에서 흔치 않은 백발을 보면 굳이 이름을 밝히지 않아도 그가 십구천존의 일인인 천지멸사를 꺾었다는 소문의 인물이라는 것 정도는 모두가 알 수 있었다.

그 정도의 실력자에게 이런 비무가 눈에 찰 리가 없는 것 정도는 당연한 일이었기 때문이다.

백호 본인은 잘 몰랐지만 그는 무림맹 내에서 제법 유명인이었다.

월하린이 주변의 분위기를 살피며 백호에게 대답했다.

"내일부터는 제법 볼 만한 대결들이 이어질 거예요. 특히 마지막 날은 더욱 그렇고요."

"그렇지? 겨우 이런 싸움질이나 보려고 이 먼 곳까지 온 거면 너무 억울하잖아."

주변에는 전혀 신경을 안 쓰는 백호였기에 월하린은 곤란한 듯이 그의 입을 막으며 어색하게 웃어 보였다. 그녀가 조그마한 목소리로 중얼거렸다.

"쉿, 여기는 듣는 귀가 많잖아요."

허나 그런 월하린의 말보다 백호의 신경을 건드리는 건 그녀의 손에서 풍겨져 나오는 향기였다. 후각이 발달한 백호는 월하린의 손에서 나는 향이 무척이나 마음에 들었다.

백호가 킁킁거리며 물었다.

"너 손에서 좋은 냄새난다?"

아무렇지 않게 내뱉은 그의 말에 월하린이 놀란 듯이 백호의 입을 가리고 있던 손을 뒤로 감췄다. 월하린이 붉어진 얼굴로 투덜거렸다.

"놀리는 거예요?"

"아니, 진심인데."

말을 내뱉은 백호는 신기하다는 듯이 월하린을 바라봤다. 오랜 시간을 살아왔지만 인간에게서 이렇게 좋은 향이 난다고 생각해 본 적은 없었던 그다.

며칠 전에는 깨물고 싶다는 생각이 들더니만, 오늘은 또 그녀의 향기에 자신도 모르게 취하는 느낌이다. 백호는 자신이 요새 들어 왜 이러는지 이해가 가지 않았다.

'어디가 아픈가? 왜 이러지?'

백호는 자신의 몸을 이리저리 만져 봤지만 딱히 이상한 곳은 보이지 않았다. 그가 그렇게 자신의 몸 이곳저곳을 살피고 있을 때였다.

그런 백호와 월하린의 뒤에 선 아운의 표정은 복잡했다. 하고 싶은 말은 많았지만 이곳은 정파 무인들이 모여 있는 곳이었기에 쉬이 입이 떨어지지 않았다.

하지만 참으려고 해도 도저히 가만히 있을 수 없었다. 아운이 전우신을 향해 말했다.

"너 제정신이냐?"

"보면 몰라? 지극히 제정신이다."

"지금 네가 무슨 짓을 하려는 건지 아냐? 누가 들으면 어이가 없다 못해 웃어 버릴걸? 다른 이도 아닌 흑천련 무인 때문에 지금……."

거기까지 말을 내뱉은 아운이 입술을 깨물었다.

지금 전우신은 자신을 위해 일도문의 소문주인 허원패를 건드리려 하는 것이다. 알면서도 기가 찼다. 본인의 원한도 아니거늘 왜 그가 괜한 문제를 일으킬지도 모르는 일을 벌인단 말인가.

허나 전우신은 당당했다.

"그게 무슨 상관이지? 옳고 그름을 따지는 데 있어서 정파나 사파가 필요한가?"

"야! 아무리 그래도……."

"일전에도 말했지. 만약 그것이 옳은 게 아니라면 설령 그것이 나의 사문이라 할지라도 절대 용서하지 않는다고. 이번에도 마찬가지다."

"……이래서 네가 마음에 안 들어."

싫다.

흔들림 없는 이 정의로운 모습이.

이상할 정도로 가슴에 틀어박히고, 사무치도록 슬픔이

밀려오게 만든다. 전우신의 모습은 언제나 아운에게 그랬다.

아운이 무엇인가 더 말을 꺼내려고 할 때였다.

"안녕하십니까. 전 소협."

활기찬 목소리에 전우신이 슬쩍 옆을 바라봤다. 어느새 다가왔는지 그곳에는 허규의 외아들인 허원패가 다가와 있었다.

허원패의 모습을 본 아운의 표정이 싸늘하게 변해 갈 때였다.

전우신이 퉁명스레 말했다.

"뭡니까?"

"아, 다름이 아니라 뵙게 된 게 너무 반가워서 이렇게……."

"저희가 반가울 사이는 아닐 거 같은데요?"

허원패는 아버지인 허규와 빼다 박았다 싶을 정도로 비슷한 성격을 지녔다. 겉으로 보기에는 유하고 선해 보이지만, 기회주의적인 면모를 지닌 사내였다.

그랬기에 굳이 비무에 나섰던 전우신을 이렇게 찾아와 아는 척을 하는 것이기도 했다.

전우신은 화산파의 무인이고, 또 매화검수의 수장이다. 그런 전우신이라는 인물과 알고 지낸다면 분명 득이 될 거라는 생각에 이토록 살갑게 다가온 것이다.

듣기로 전우신은 무척이나 예의 바른 사내라 알고 있었는데 막상 허원패가 접한 그는 무척이나 다른 느낌을 풍겼다.

공격적인 말투, 그리고 표정 한편에 머물러 있는 싸늘한 시선까지.

'뭐야? 소문하고 다른데?'

일순 당황했지만 허원패는 애써 웃음을 잃지 않았다. 그냥 이렇게 물러나기에 전우신이라는 인물이 가진 배경이나 지위는 무척이나 매력적이었다.

매화검수의 수장이라면 훗날 화산파의 차기 장문인이 될지도 모른다. 그런 자와의 인연을 어찌 이렇게 쉽게 놓칠 수 있단 말인가.

"화산파의 무공 잘 봤습니다. 역시나 화산파군요. 혹여나 나중에 저와 비무를 하게 되면 그때는 살살 좀 부탁드립니다. 하하."

허원패가 화산파의 무공을 칭찬하며 애써 밝은 분위기를 만들어 가려고 노력했지만, 아운의 일로 화가 나 있는 전우신에게 그런 그의 행동이 먹힐 리가 없었다.

전우신이 슬쩍 허원패를 바라보며 입을 열었다.

"부탁 하나 해도 되겠습니까?"

"아, 예! 물론이지요. 무슨 부탁입니까?"

부탁을 한다는 말에 허원패가 환히 웃으며 고개를 끄덕였다. 화산파의 무공을 칭찬하며 다가간 자신의 작전이 정확하게 맞아 떨어졌다 생각하고 있을 때였다.

허원패에게 다가간 전우신이 자그마한 목소리로 속삭였다.

"절대 지지 마십시오. 나와 붙을 때까지 그 누구한테도 지면 용서 안 합니다."

"예? 그게 무슨……."

"할 말은 다 했습니다."

전우신은 가까이 있는 허원패를 살짝 밀치며 옆으로 걸음을 옮겼다. 그러고는 뒤쪽을 향해 고개를 돌리고 서 있던 백호와 월하린을 향해 말했다.

"이만 가시죠."

허원패를 스윽 바라본 백호가 고개를 돌려 걸음을 옮겼고, 전우신은 가만히 서 있는 아운에게 고갯짓을 했다.

"거기 있을 거야?"

"……그럴 리가."

아운이 짧게 말하고는 전우신의 옆으로 다가왔다. 그리고 지금 상황에 놀란 듯 가만히 서 있는 허원패는 자신을 향해 히죽 웃고는 돌아서는 백호를 보며 왠지 모르게 오한

이 돌았다.

멀어져 가는 그들을 바라보던 허원패가 중얼거렸다.

"뭐 하는 놈들이야 대체?"

그는 무척이나 당황스러웠다.

*   *   *

비무 대회의 둘째 날이 되었다.

점심 식사를 하고 한 시진 정도 지난 후 시작된 비무 대회는 어제보다 오히려 많은 사람들이 모습을 드러낸 상태였다.

월하린이 백호에게 했던 말처럼 어제는 다소 어중이떠중이를 걸러 내는 성향이 강했다면, 오늘부터는 제대로 된 비무를 볼 수 있었던 탓이다. 평소 제법 바쁜 정파 무림의 노고수들도 이곳 비무장에 모습을 드러낸 상황이었다.

정도회 비무 대회에서 두각을 드러내는 이는, 곧 앞으로 무림맹을 이끌어 갈 훌륭한 인재라는 소리이기도 했다.

한 경기를 마치고 자리에 돌아와 있는 전우신을 향해 곁눈질을 하던 아운이 물었다.

"떨리냐?"

"헛소리는 잘 때나 해."

"야. 내가 진짜 걱정돼서 하는 말인데, 여기서 그만하지? 겨우 저놈 하나 비무에서 이긴다고 해서 뭔가 바뀌는 것도 없고."

"그건 두고 보면 알 일이지."

전우신이 시큰둥한 목소리로 답했다.

아운은 뭔가를 더 이야기하려다 이내 고개를 절레절레 저었다. 생긴 건 안 그렇게 생겨서 고집 하나만큼은 그 누구에게도 지지 않는 전우신의 성격을 잘 알기 때문이다.

아운은 양손을 들었다.

"네 맘대로 해라. 난 신경 안 쓸란다."

말은 그렇게 했지만 아운의 입장에서 신경이 쓰이지 않을 리 없었다. 그리고 이내 비무장에서는 전우신이 노리고 있는 허원패의 대결이 이루어졌다.

허원패의 실력은 썩 나쁘지 않았다.

문파를 키우기 위해 지기까지 죽음으로 몰아넣은 허규가 필생의 노고로 만들어 낸 것이 바로 아들 허원패다.

어릴 때부터 갖은 영약을 입에 달고 산 덕분에 내공도 동년배에 비해 월등히 뛰어났고, 무공 실력 또한 빼어나다.

그랬기에 그는 이번 대결에서도 상대를 압도하고 있었다.

그 모습을 보며 전우신이 중얼거렸다.

"다행히 날 만나기 전까지 지진 않겠군."

"……."

말을 내뱉는 전우신을 물끄러미 바라보며 아운은 가슴이 답답했다. 자신의 일에 이렇게 두 발 벗고 나서 주는 전우신을 보고 있자니 마음 한편이 왜 이리도 쓰라린 건지 모르겠다.

'하아, 사람만 좋은 멍청한 자식.'

시끄럽게 떠들어 대는 전우신, 아운과는 달리 오늘의 백호는 조용했다.

그의 시선은 비무장에 틀어박힌 채로 떠날 줄을 몰랐다. 두 눈은 낮게 빛났고, 입가에는 알 수 없는 묘한 웃음이 걸려 있었다.

누가 본다면 비웃음이라 여길 수 있겠지만, 백호를 잘 아는 월하린으로서는 지금 그가 무척이나 재미있어 한다는 걸 느꼈다.

백호는 비무장에서 펼쳐지는 움직임 하나하나를 자신의 눈에 담고 있었다.

무당파가 있었고, 소림이 있다.

소림의 백보신권(百步神拳)은 웅장하면서도 파괴적이다. 무당파의 태청검법(太淸劍法)은 변화무쌍하면서도 공격과 방어를 하나로 묶은 듯한 특징을 지녔다.

그들뿐만이 아니다.

종남파의 천하삼십육검(天下三十六劍)이나, 사천당가의 암기술, 그리고 제갈세가의 지법(指法)도 무척이나 흥미로웠다.

그리고 종종 무림에 크게 알려지지 않은 문파의 후기지수들 또한 자신의 무공을 뽐내기도 했다.

비무장 위에서는 치열한 싸움이 펼쳐지고 있었지만 그걸 보는 백호에게 이 장소는 마치 커다란 식탁과도 같았다.

여러 가지 음식들이 있고, 개중에 마음에 드는 걸 골라 먹듯이 말이다.

소림의 권법을 보던 백호가 짧게 탄성을 내질렀다.

"햐, 저거 재밌네."

단순해 보이지만 빈틈이 없다. 더군다나 호랑이의 움직임을 본뜬 듯이 움직이는 소림오권의 하나인 호권(虎拳)은 절로 감탄을 하게 만들었다.

"인간이 저렇게 완벽하게 호랑이의 움직임을 구현할 줄은 몰랐네."

무공을 펼치는 자가 아직 나이가 많지 않아 어딘가 부족함 감이 없잖아 있긴 했지만, 실제로 이 무공을 대성한다면 그 위력은 지금의 배 이상이 될 거라는 걸 백호는 보지 않아도 알 수 있었다.

월하린에게서 많은 무공을 배웠고, 또 스스로 접하게 되면서 이제 무공을 보는 안목이 무척이나 넓어진 백호였다.

가벼운 움직임 하나만으로도 이 무공이 일류인지, 삼류인지 알 정도로.

많은 비무들이 펼쳐지며 어느덧 시간은 저녁으로 향해 가고 있었다. 그리고 이내 오늘의 마지막 대결이 펼쳐졌다.

비무장 위에 서 있던 화무위가 이 대결의 중요함을 알리는 듯이 설명했다.

"오늘의 마지막 비무입니다. 이 비무의 승자는 내일 최종 사 인의 자리에 오르게 됩니다. 전우신, 허원패!"

이름이 호명되자 전우신의 눈썹이 꿈틀했다.

애초부터 허원패를 상대하기 위해 이 비무 대회에 나섰던 전우신이다.

전우신이 자리에서 일어났다.

목표였던 허원패와의 비무를 코앞에 두고 있었지만 전우신의 표정에는 별다른 동요도 일지 않았다. 그가 월하린에게 말했다.

"궁주님, 준비는 다 끝났답니다. 그러니 뒷일을 좀 부탁드리겠습니다."

"그럴게요."

월하린이 고개를 끄덕였고, 백호는 기대어 앉은 채로 전우신을 올려다봤다. 백호가 장난스럽게 말을 걸었다.

"저놈 제법 세던데?"

백호의 말에 전우신이 픽 하고 웃더니 옷자락을 휘날리며 걸어 나갔다. 그가 백호를 스쳐 지나가며 짧게 말했다.

"박살을 내는 걸 보여드리죠."

비무장 위의 공기는 아래보다 한층 더 쌀쌀한 느낌을 풍겼다. 전우신은 먼저 비무장 위에 서서 올라오는 상대 허원패를 바라보고 있었다.

비무장에 올라선 허원패는 약간 불편한 표정을 지었다.

어제 있었던 짧은 만남 탓이다.

뭔가 자신에게 불만스러워 하던 전우신의 행동에서 허원패는 이상함을 느꼈었다. 불쾌하면서도 상대가 상대이니만큼 내심 불안하기까지 하다.

하지만 이내 허원패는 자신의 마음을 다독였다.

'기껏해야 비무, 나한테 무슨 불만이 있는지는 모르겠지만 큰 문제는 아니지.'

허원패는 편안하게 생각했다.

이 비무는 손해 볼 게 아니었다. 상대가 매화검수의 수장이 될 정도의 고수이긴 하지만, 자신의 실력이 그리 모자라다고 생각해 본 적 없는 허원패다.

오히려 이건 기회다.

일도문의 소문주인 자신이, 구파일방의 하나인 화산파 매화검수의 수장을 꺾는다면…… 생각만 해도 짜릿한 일이 아닌가.

많은 이들이 자신을 향해 감탄할 것이고, 허원패 본인의 위명 또한 지금과는 비교도 할 수 없을 정도로 뛰어오를 게 자명했다.

애초에 이 비무 대회에 나온 이유가 무엇인가?

자신의 이름을 알리기 위해서가 아닌가. 그러던 중에 만난 전우신이라는 자는 무척이나 좋은 먹잇감이었다.

'좋아, 화산파고 뭐고 그냥…….'

자신감 있게 전우신을 바라보던 허원패의 자세가 일순 엉거주춤하게 굳어 버렸다. 마주한 눈동자를 보는 순간 허원패는 등골이 써늘해져 옴을 느꼈다.

무표정한 얼굴과는 대조적으로 진한 살기가 담겨 있는 눈동자는 절로 허원패를 당혹스럽게 만들었다. 놀란 그가 더듬거릴 때였다.

"어, 어……."

"자, 비무를 시작하겠습니다."

허원패의 마음도 모르고 화무위는 곧바로 비무장에서 내려섰다. 그가 비무장을 내려서자 허원패는 황급히 정신을 추슬렀다.

지금은 이렇게 정신을 놓고 있을 때가 아니었다.

보는 눈이 많다.

그리고 개중에 가장 적나라하게 느껴지는 하나의 시선, 그건 바로 허원패의 아버지인 허규의 것이다. 허규의 시선이 등 뒤에서 찌릿거릴 정도로 느껴진다.

이곳에서 못 볼 꼴을 보인다면 그가 결코 용서하지 않을 게다.

일도문의 이름에 먹칠하는 걸 그냥 두고 볼 아버지가 아니다. 그랬기에 허원패는 보다 빠르게 정신을 차릴 수 있었다.

스르릉.

허원패가 허리에 차고 있던 도를 꺼내어 들었다.

그럼에도 불구하고 전우신은 가운데 선 채로 미동도 없이 허원패를 바라만 볼 뿐이었다. 그런 전우신을 향해 허원패가 말했다.

"검을 뽑으시죠."

"그런 건 내가 알아서 합니다."

"……절 얕보는 겁니까?"

허원패의 물음에 전우신은 아무런 대답도 하지 않았다. 그런 그의 행동이 허원패를 화나게 했다. 더는 기다릴 필요가 없다 생각했는지 허원패가 달려들었다. 그의 신형이 빠르게 앞으로 쏘아져 나왔다.

휘익! 휙!

몸과 도가 동시에 움직였다.

도가 빠르게 전우신을 향해 날아들었고 그는 옆으로 살짝 비켜서며 주먹을 휘둘렀다. 주먹은 허원패의 비어 버린 옆구리에 가볍게 틀어박혔다.

"윽!"

너무나 가벼운 움직임에 허원패는 자신도 모르게 옆구리에 일격을 허용하고야 말았다. 순간 당황했던 그였지만 이내 상황을 파악하고는 얼굴이 새빨갛게 달아올랐다.

그의 도가 일(一)자로 휘둘렸다.

그런 허원패의 공격에 전우신이 공중제비를 돌며 가볍게 뒤로 피해 냈다. 가벼운 전우신의 움직임에 비무를 보고 있던 이들의 입에서 짧은 탄성들이 흘러나왔다.

그리고 그 탄성을 듣고 있는 허원패는 더욱 울컥하는 기분이 들었다.

'운 좋게 옆구리에 주먹 한 방 친 거 말고 한 게 뭐가 있다고 저리들 난리야?'

불만스레 되뇌며 허원패가 도를 고쳐 잡았다.

다른 건 몰라도 전우신의 움직임이 무척이나 민첩하다는 건 그와의 짧은 비무 안에서 알 수 있었다.

전우신이 한쪽 손을 앞으로 내밀며 기수식을 잡았다. 그의 몸 주변으로 잔잔한 바람이 기다렸다는 듯이 흘러들었다.

후우우웅.

낮은 소리와 함께 밀려드는 맹렬한 기운.

달려드는 전우신의 양손이 빠르게 휘둘렸다. 양쪽을 번개처럼 왔다 갔다 하는 그의 손바닥은 무척이나 빨랐다. 허원패가 황급히 도로 그 공격을 받아 냈다.

하지만 완벽하게 막아 내기엔 전우신과 허원패의 실력은 차이가 났다.

전우신의 오른손이 그의 왼뺨을 후려쳤다.

짜악!

소리와 함께 입술에서 피가 터져 나왔다. 그러자 얼굴을 맞았다는 수치심에 허원패가 급히 고개를 돌리며 두 눈을 빛냈다.

"이익!"

사선으로 도를 휘둘렀지만 전우신은 몸을 뒤로 빼며 공격을 피해 냈다. 그리고 동시에 발을 움직였다.

퍽!

복부를 냅다 걷어찬 전우신이 그대로 몸을 회전시키며 반대편 발로 얼굴을 강타했다.

팽이처럼 돌며 휘두른 발길질에 얼굴을 적중당한 허원패가 그대로 몇 바퀴 땅바닥을 나뒹굴다가 도를 놓쳤다. 허원패의 손을 벗어난 도가 비무장 바닥에 틀어박았다.

타앙!

그가 퉁퉁 부어 오른 얼굴로 앞에 선 전우신을 올려다봤다. 전우신은 그런 허원패를 향해 손가락을 까닥거렸다.

"아직 제 검도 못 뽑았습니다."

"……."

모욕감에 전신이 떨려 왔지만 허원패는 분노를 터트릴 수도, 이 비무를 포기할 수도 없었다. 슬쩍 옆을 바라본 순간 마주친 아버지의 눈동자 때문이다.

인자한 듯이 웃고 있지만 그 눈동자는 말하고 있었다.

이대로 내려와서는 절대 안 된다고.

진다고 해도 어느 정도 제대로 된 모습을 보이고 져야만 한다. 이렇게 형편없게 지면 우스갯거리밖에 되지 않는다.

바닥에 박힌 도를 뽑아든 허원패가 내력을 끌어모았다.

일도문이 자랑하는 도법인 인의예청도법(人義禮淸刀法)을 펼치려 하는 것이다. 자세를 잡는 것을 본 전우신은 곧바로 저것이 인의예청도법이라는 걸 알아차렸다.

'저것이로군. 아운의 이마에 상처를 남긴 도법이.'

전우신은 곧바로 검을 뽑아 들었다.

만만하게 볼 수 없는 도법이기도 했고, 이것을 깨버림으로 인해서 일도문의 자부심까지 무너트리고자 하는 것이다.

"흐아아압!"

기합과 함께 허원패가 날아들었다.

도가 현란하게 움직였다. 그리고 그 도를 휘두르는 허원패의 몸 또한 그러했다. 동서남북, 사방을 순식간에 점하며 회전하는 그의 공격은 매서웠다.

탕탕탕!

그런 허원패의 공격을 전우신은 힘으로 받아 냈다.

그 모습을 멀리서 보고 있던 아운이 짧게 중얼거렸다.

"저 멍청한 놈이⋯⋯."

저것은 평소 전우신이 싸우는 방식이 아니다.

전우신은 조금 더 화려하고 현란한 무공을 펼친다. 그런데 지금 전우신은 도를 힘으로 받아 내고 있는 것이다.

인의예청도법은 힘 있는 무공이다.

그런 무공을 오히려 힘으로 깨 버리겠다는 걸 지금 보여 주려는 것이다.

쾅!

태산을 압도하듯이 떨어져 내리는 도를 받아 낸 전우신이 검을 맞댄 채로 발에 힘을 줬다.

주르륵.

전우신이 오히려 허원패를 밀어냈다.

둘의 검과 도가 마주한 채로 비무장의 절반 이상을 가로질렀다. 전우신이 향한 곳은 허규가 앉아 있는 곳과 그리 멀지 않은 곳이었다.

그곳까지 허원패를 밀어 넣은 채로 전우신이 가소롭다는 듯이 물었다.

"이게 일도문의 도법인가? 형편없는 도법이군."

그 목소리는 그리 크지 않았지만 이곳 비무 대회를 구경하러 온 이들의 귀에는 똑똑히 들릴 정도였다. 허규의 표정이 분노로 인해 파리하게 변했다. 그가 부들부들 떨며 이를 앙다물었다.

'저 멍청한 놈!'

화가 치솟았다.

어릴 적부터 좋다는 영약이라는 영약은 모두 먹이며 키워 온 하나뿐인 자식이다. 그런 놈이 저곳에서 저렇게 수모를 당하고 있으니 어찌 허규의 기분이 좋을 수 있겠는가.

다만 평소에 쌓아 두었던 성인군자 같은 모습을 깰 수 없었기에 그는 억지로 참고 있을 뿐이었다.

마음 같아서는 당장에라도 자리에서 일어나 허원패에게 고래고래 소리라도 지르고 싶은 심정이었다.

그런 허규의 감정을 느꼈을까 허원패는 어떻게든 상황을 만회하려 했다.

하지만…….

타앙!

전우신의 검이 갑자기 방향을 틀며 그의 도를 위로 쳐 버렸다. 그 탓에 도는 허공을 날아 뒤편의 비무장 바닥에 떨어져 박혔다.

허원패는 자신의 손을 떠난 도를 멍한 눈으로 바라만 보고 있었고, 그런 아들의 바보 같은 모습을 보면서도 허규가 억지로 웃음을 유지하고 있을 때였다.

비무가 끝났다 생각하고 화무위가 막 비무장 위에 올라선 순간, 전우신이 생각지도 못한 행동을 벌였다.

"엇?"

화무위가 채 반응도 하지 못하고 놀란 듯이 소리를 터트렸다.

후우웅! 펑!

전우신의 일권이 멍하니 서 있던 허원패의 가슴에 틀어

박혔고, 그의 몸이 그대로 비무장 아래로 나가떨어졌다.

"켁켁!"

바닥에 떨어진 허원패가 볼썽사나운 모습으로 나뒹굴었다. 그 모습을 본 허규가 참지 못하고 자리에서 벌떡 일어나 소리쳤다.

"이 무슨 짓인가! 비무가 끝난 상대에게 어찌 주먹을 휘두른단 말인가!"

"끝난 거였습니까?"

"거야 당연히……."

"항복을 안 해서 몰랐습니다. 설마 도를 놓쳤다고 비무를 포기할 줄은 상상도 못 했으니까요."

전우신이 허규를 바라보며 아무렇지 않게 말했다. 그런 그의 반응에 허규는 화가 머리끝까지 치밀어 소리쳤다.

"이보시오! 화 대협! 그냥 두고 볼 생각이오?"

"……."

화무위는 곤란하다는 표정을 지어 보였다.

전우신의 말도 분명 틀린 건 아니었다. 상대는 항복의 뜻을 내비치지도 않았고, 저항 불가의 상태가 된 것도 아니었다.

허나 분명 허원패는 싸울 의지가 없었다.

그런 자에게 공격을 가한 행동은 옳지 않았다.

잠시 고민하던 화무위가 이내 결단을 내렸다. 그가 주변을 둘러보며 딱딱하게 굳은 표정으로 소리쳤다.

"비무 대회의 책임자로서 이번 일에 대해 공정한 조사를 해야 한다 판단한바, 전우신을 명관옥에 투옥시키고 이 일에 대해 조사를 취하도록 하겠습니다."

명관옥에 투옥시킨다는 말에 주변은 크게 웅성거리기 시작했다.

이런 일은 일례에 없던 일이다.

정도회 비무 대회에서 상대를 크게 다치게 하여 옥에 투옥되다니. 그것도 다름 아닌 화산파의 매화검수가 말이다.

모두가 놀란 듯이 시끄럽게 떠들기 시작했을 때 이미 자리에서 일어나 있던 아운이 소리쳤다.

"이 무슨 개떡 같은 판결이야! 그럼 무기 놓쳤으니 공격 안 하고 있다가 도리어 당하면 그때는 책임질 거야?"

아운이 소리쳤지만, 그의 외침은 많은 이들의 목소리에 묻혀 버렸다.

아운은 답답한지 머리를 헝클어뜨렸다.

사실 전우신이 일격을 가할 때 너무 놀라 자리에서 벌떡 일어난 그다. 전우신이 저런 행동을 할 거라고는 생각도 하지 못했기 때문이다.

모두의 웅성거림과 다르게 정작 당사자인 전우신은 담담

했다. 그는 알겠다는 듯 고개를 끄덕였고, 이내 비무대 위로 전우신을 포박하기 위해 무인 둘이 올랐다.

그들은 포승줄로 전우신의 팔을 포박했다.

전우신은 순순히 손을 내민 채로 그들의 포승줄을 받아들였다. 그리고 그 모습을 보고 있던 아운은 울화통이 터질 지경이었다.

"야! 누굴 묶는 거야? 아, 젠장! 이 망할 새끼들을……."

아운이 화가 나서 이곳이 어딘지도 망각하고 비무장을 향해 뛰쳐나가려고 할 때였다. 앉아 있던 백호가 나지막한 목소리로 명령했다.

"두건, 앉아."

"백호님! 지금 저 꼴을 보고도 그냥 있으라는 겁니까? 저 멍청한 새끼는 왜 하지 말라는 짓을 사서 해서는 저렇게……."

아운은 차마 말을 잇지 못했다.

양팔을 포승줄에 묶인 채로 끌려 나가는 전우신의 모습을 보고 있자니 화가 나다 못해 머리가 핑하고 돌 정도다.

아운의 화는 괜히 태연한 백호와 월하린에게로 향했다.

평소에 절대 이런 적 없던 아운이었지만, 지금만큼은 도저히 참을 수 없었다.

"저놈이 저렇게 잡혀가는데 두 분은 아무렇지 않습니

까? 햐, 이렇게 의리가 없는 분들인 줄은 몰랐습니다."

아운이 심각한 어투로 말을 내뱉었다. 그러자 백호가 어처구니없다는 얼굴로 월하린을 바라보며 말했다.

"월하린, 두건이 우리보고 의리도 없다는데?"

"의리도 없는 사람이 될 수는 없죠."

월하린이 자리에서 일어났다.

그녀의 얼굴에는 가벼운 미소가 걸려 있었다. 이런 상황에 웃고 있는 월하린을 이해가 안 간다는 듯이 아운이 바라보고 있을 때였다.

월하린이 백호를 바라보며 말했다.

"슬슬 전 소협이 부탁한 걸 시작해 볼까요?"

"부탁한 일이라뇨?"

"그런 게 있어요."

아운의 질문에 월하린이 가볍게 대답했고, 그제야 그는 며칠 전부터 뭔가 자신만 빼고 진행되던 이야기들을 기억해 냈다.

아운이 혹시나 하는 표정으로 물었다.

"설마…… 저 멍청한 놈은 자기가 잡혀갈 줄 알았던 겁니까?"

아운의 질문에 월하린과 백호는 묘한 표정만 지어 보였다. 하지만 대답을 듣지 않아도 아운은 알 수 있었다.

그리고 그랬기에 더 기가 찼다.

화산파의 매화검수가 이토록 많은 사람들 앞에서 저렇게 수모를 당할 걸 알면서도 이런 일을 벌였다니. 이번 일이 잘 해결된다 해도 이 사건에 대해서는 두고두고 회자 되고 수군거릴 것이다.

그러한 사실을 전우신이 몰랐을 리가 없다.

그런데 알면서도 벌인 것이다.

고작 사파의 무인 하나 때문에 저 자존심 강한 놈이…….

아운이 길게 숨을 내쉬었다. 비무장을 내려가 쪽문으로 끌려가는 전우신의 뒷모습을 보고 있자니 가슴이 답답했다.

'……멍청한 자식.'

제8장. 처분
— 우리 둘은 다르지 않아

투둑, 투둑.

비가 내렸다.

차가워지는 날씨에 내리는 빗방울은 곧 찾아올 매서운 겨울을 알리기라도 하려는 것처럼 쌀쌀함을 동반하며 찾아왔다.

방 안은 적막함에 둘러싸여 있었다.

기다란 휘장, 그리고 그 휘장 건너에 있는 수많은 인물들. 반맹주파의 집합인 그림자회의 회동이었다. 예정되지 않았던 갑작스러운 회동에 몇몇 이들은 연유가 궁금한 모양새였다.

그리고 휘장 뒤편에 숨은 인물 중에는 비각의 주인인 은설란도 있었다. 그녀는 이곳 회동 장소에서 은연중에 흐르는 분위기를 이미 감지한 상태였다.

'다들 불만이 많은 모양이군.'

정도회가 한참 벌어지고 있을 때다. 감시도 더 삼엄하고, 주변에 보는 눈도 많은 상황이다. 이런 날에 급작스럽게 벌어진 그림자회의 소집이었기에 다들 불만이 가득한 게 분명했다.

그림자회의 방들이 모두 채워졌을 즈음.

휘장 너머의 누군가가 오늘 모인 이유에 대해 궁금증이 치밀었던 모양이다. 그가 먼저 말문을 열었다.

"일급 소집령을 발동하다니. 대체 무슨 일입니까?"

사내는 이 위험할지도 모르는 갑작스러운 회동에 다소 짜증이 나 있었음에도 불구하고 말투는 조심스러웠다.

그도 그럴 것이, 일급 소집령을 발동할 수 있는 사람은 그림자회 내에서도 단 세 명뿐이었다. 즉, 이번 회동은 그림자회 내부의 실권자가 자신들을 불러 모았다는 소리다. 그랬기에 사내는 마음에 들지 않음에도 불만을 삭이고 있는 것이다.

죽립을 쓴 사내가 휘장 안에서 한쪽을 바라봤다.

그곳은 바로 비각주 은설란이 있는 방 쪽이었다.

"당신입니까?"

얼마 전 있었던 갑작스러운 회동 때문인지, 그는 이번 모임 또한 은설란이 부른 게 아닐까 생각하는 모양이었다. 휘장 안에 있는 은설란이 가볍게 고개를 끄덕였다.

"맞아요."

"무슨 일인지는 잘 모르겠지만 정도회를 벌이고 있는 마당에 이런 모임은 자제하는 것이……."

"그만큼 중요한 일이 있어서 여러분들을 모셨어요."

은설란의 그 한마디에 말을 꺼내던 사내가 입을 닫았다. 일급 소집령을 내릴 수 있는 세 명 중 한 명은 거의 은거하다시피 하고 있고, 실질적으로 활동하는 건 두 명이다.

개중 하나가 바로 은설란이니 그녀의 발언권이 이곳에서 얼마나 강할지는 굳이 생각할 필요도 없다.

"그것이 이런 위험을 무릅쓸 정도로 중요한 일이오?"

방 한곳에서 다른 사내의 목소리가 흘러나왔다. 중후한 느낌을 풍기는 것이 제법 나이가 있어 보이는 자다. 그런 그의 질문에 은설란이 답했다.

"맹주의 한쪽 팔을 잘라 낼 방도가 생겼다면 어떨까요?"

"……말해 보시오."

"지금 맹주에게 가장 큰 힘이 무엇일까요?"

은설란이 모두에게 질문이라도 하는 것처럼 물었다. 하

지만 애초부터 대답을 기대했던 건 아닌지라 그녀는 곧바로 말을 이었다.

"바로 화산파죠."

무림맹의 근간을 이루는 것은 구파일방과 오대세가다. 그리고 개중에 가장 큰 세력을 지는 건 바로 소림과 무당. 하지만 그 둘은 중립을 지킨다.

그 외에도 몇몇 큰 문파들 또한 마찬가지인 상황이다 보니 현재 맹주의 뒤에 있는 가장 강한 세력은 다름 아닌 화산파다.

은설란이 재차 말했다.

"맹주를 흔들기 위해서는 화산파를 흔들어야 해요."

"그걸 모르는 이가 이곳에 어디 있겠소."

방도가 없었을 뿐이지 모두가 아는 사실에 대해 굳이 이야기를 꺼냈다는 건, 그에 대한 방책이 생겼다는 걸 의미했다.

"뭐요? 그 방책이."

"오늘 비무 대회에서의 일에 대해 들으셨을 거라 생각해요. 화산파의 매화검수가 일도문 문주의 외아들에게 내상을 입혔죠."

말을 마친 은설란이 가볍게 한 번 숨을 내쉬고는 말을 이었다.

"어찌 보면 큰일이 아닐 수 있어요. 상처는 입었지만 죽은 것도 아니고, 또 비겁한 짓을 한 것도 아니니까요."

"매화검수 하나의 일이 대체 이번 건과 무슨 연관이 있다는 게요? 그 정도 일로 화산파를 어찌한다는 건 말도 안되는 일일 테고."

"그렇죠. 분명 이대로 가면 어느 정도 선에서 이야기가 오가고, 간단한 조사만 하고 끝날 일이죠. 하지만…… 저희가 손을 쓰면 이야기는 달라지죠."

"손을 쓴다니. 그게 무슨 말이오?"

"간단해요. 조그마한 내상을 입었던 아들이 죽는다면? 그리고 그것도 독에 중독되어 있었다면 어떨까요?"

말을 내뱉은 은설란이 웃었다.

물론 휘장에 가려져 있고 죽립을 눌러써서 서로의 얼굴을 확인하지는 못했지만, 이곳에 있는 모두가 그녀의 입에서 흘러나오는 가느다란 웃음소리를 놓치지 않았다.

은설란의 계획을 들은 사내가 자못 궁금하다는 말투로 물었다.

"그 모든 걸 매화검수에게 뒤집어씌우겠다?"

"그렇죠. 그리고 저희는 이 일을 핑계 삼아 화산파에 압력을 불어넣을 수 있고, 그들을 조사한다는 명목으로 화산파 내부를 시끄럽게 만들 수도 있죠."

"나쁜 방법은 아니지만…… 그것이 그리 큰 도움이 되겠는가?"

"화산파를 멸문시키거나 큰 타격을 주는 게 목표였다면 이 정도 사건으로는 어림도 없죠. 하지만 저희에게 필요한 건 조금의 시간 아니었던가요?"

매화검수가 독으로 상대에게 해를 가했고, 그로 인해 상대가 죽었다는 식으로 사건 기록을 바꾸는 건 이들에겐 일도 아니었다.

그렇게 된다면 명문정파인 화산파의 입장으로서는 많은 규탄을 받게 될 것이며 은설란의 말대로 각종 조사와 징계를 피하기도 어려울 것이다.

수많은 이들 앞에서 벌어진 일이었고, 그만큼 이목이 집중된 사건이었기에 지금 은설란이 계획하는 일도 충분히 가능할 수 있었다.

은설란의 말이 끝나자 잠시 침묵하던 중후한 목소리의 사내가 동조하는 기색을 내비쳤다.

"괜찮은 생각인 것 같군. 모든 일이 마무리 단계에 접어드는 지금 화산파가 흔들린다면 우리 쪽에게 나쁠 것은 없지."

"좋아요. 그럼 이 일은 제가 맡죠."

"그래 주시오. 아, 그리고 일을 이렇게 벌이는 걸 보아하니, 그건 마무리되어 가는 게요?"

"그거라면…… 다음 맹주직에 오를 자에 관해 물으시는
건가요?"

"그렇소. 아주 오랫동안 몸을 감추었던 우리가 이제 양
지로 나서려 하는 걸 보면 어느 정도 마무리가 된 것 같은
데."

"……어느 정도는요."

은설란이 고개를 끄덕였다.

이야기가 오가는 사이에 그처럼 강하게 쏟아지던 빗줄기
가 점점 잦아들었다. 은설란이 자리에서 일어나며 말했다.

"전 이 일을 끝내기 위해 먼저 가 보도록 하죠. 하지만
명심들 해요. 비는 곧 멈추겠지만 폭풍이 몰아칠 거예요.
그러니…… 준비들 하세요. 곧 우리의 세상이 올 테니까
요."

*　　　*　　　*

백호와 월하린은 맹 바깥에 있었다.

화창했던 날씨에 바깥으로 나섰던 두 사람은 돌아오는
길에 갑작스러운 소나기를 맞아야만 했다.

"갑자기 무슨 비가 이렇게 쏟아져?"

처마 아래에 숨은 채로 백호가 투덜거렸다.

혼자였다면 비 때문에 발을 멈출 일이 없을 백호였지만, 월하린이 옆에 있자 자신도 모르게 비를 피해 이곳 처마 아래로 들어온 것이다.

월하린 또한 갑작스럽게 쏟아진 비에 머리카락부터 옷까지 잔뜩 젖어 있는 상태였다.

그녀가 머리에 묻은 물을 가볍게 털며 말했다.

"그러게요. 날씨가 추워서 그런지 빗물도 이가 시릴 정도로 차가운데요?"

아무렇지 않게 말하며 월하린은 젖은 머리카락을 손으로 스윽 쓸어 올렸다. 물기가 튀자 처마 밑에서 하늘을 올려다보던 백호의 시선이 저절로 월하린에게로 향했다.

그리고 월하린을 본 백호의 볼이 빨갛게 변했다.

비에 쫄딱 젖은 탓에 옷이 몸에 착 달라붙고야 말았고, 그로 인해 젖은 옷 사이로 그녀의 속살이 살짝살짝 내비쳤기 때문이다.

그제야 백호는 비를 피해 지나가는 많은 이들이 힐끔힐끔 월하린을 바라본다는 걸 알아차렸다.

백호가 황급히 등에 걸치고 있던 장포를 벗어 그녀의 어깨에 덮었다. 백호의 행동에 월하린이 놀란 듯 눈을 동그랗게 뜨고 그를 올려다볼 때였다.

"뭐 이렇게 옷을 얇게 입고 다녀. 다음부터는 한 서네 겹씩 껴입고 다녀."

"그렇게 하고 어떻게 다녀요."

"저기 지나다니는 놈들이 모두 다 너한테 눈동자를 데굴데굴⋯⋯."

화가 난 목소리로 말을 내뱉던 백호의 목소리가 점점 작아졌다. 그러자 월하린이 무슨 말을 하려는 거냐는 듯한 표정으로 백호를 뚫어져라 바라봤다.

뭔가 말하기가 쑥스러웠는지, 백호는 괜히 자신의 머리카락만 헝클어뜨리며 말했다.

"됐고. 그냥 앞으로 잘 챙겨 입어."

"알았어요. 조금 추웠는데 장포 고마워요."

월하린이 밝게 웃으며 백호가 덮어준 장포를 가슴팍에 안듯이 꼬옥 잡아당겼다. 백호는 괜히 붉어진 얼굴로 볼을 긁적거리며 멀리 내다봤다.

비가 시원한 소리와 함께 쏟아져 내렸다.

쏴아아아!

사람들이 뛰어서 지나쳐 가는 좁은 처마 아래에서 두 사람은 떨어져 내리는 빗소리를 들으며 그저 말없이 서 있었다.

아무런 말도 하지 않고 있음에도 월하린은 지금이 무척

이나 행복했다.

이렇게 백호와 나란히 비를 바라보고 있는 것도 그녀에겐 무척이나 운치 있고, 또 하나의 추억처럼 다가왔다. 월하린은 자신의 어깨에 덮어준 장포를 괜스레 더 만지작거렸다.

조금 전까지 백호에게 걸려 있던 장포에서 그의 냄새가 나는 것만 같았다.

살짝 벌린 그녀의 입에서 새하얀 입김이 퍼져 나갔다. 그리고 그걸 본 백호가 걱정스러운 목소리로 말했다.

"비 맞아서 내일 몸 아픈 거 아냐?"

"에이, 그 정도는 아니에요. 금방 피했는걸요?"

"아니긴 뭐가 아니야. 매화 그놈 때문에 괜히 나왔다가 이게 뭔 꼴이야."

백호의 불만이 괜스레 전우신에게로 향했다.

두 사람이 무림맹을 벗어났던 이유는 다름 아닌 전우신을 위해서였다. 명관옥에 갇혀 있는 전우신을 대신해 그가 부탁한 일을 해결하러 나왔던 것이다.

그리고 일을 마치고 돌아가는 길에 갑작스레 만나게 된 소나기.

백호는 월하린이 아플까 봐 걱정이 되는 모양이다.

그런 백호를 향해 월하린이 고개를 저으며 말했다.

"전 그래도 당신이랑 이렇게 비 내리는 것도 같이 보고 좋은데요?"

"뭐…… 나도 나쁘진 않네."

백호가 시선을 돌려 떨어져 내리는 빗줄기를 바라보며 말을 받았다. 비오는 걸 그리 좋아하지 않는 백호인데, 이 상하게도 월하린의 말대로 지금의 기분은 그리 나쁘진 않다.

마치 세상과 동떨어져 단둘만이 있는 것 같은 분위기 때문이다.

"그나저나 전 소협이 걱정이네요. 하필이면 옥살이 하는 중에 이렇게 비가 올 건 뭐래요?"

"자기가 벌인 일이니 책임도 본인이 져야지. 이 정도 비 오는 게 뭐가 그리 대수라고."

걱정하는 월하린과 다르게 백호는 별반 문제없다는 듯이 대답했다. 하지만 그것이 원래 백호의 말투라는 걸 잘 알기에 월하린은 아무렇지 않게 말을 이었다.

"그래도 빨리 빼 주긴 해야죠?"

"그건 나도 동감. 매화 놈이 오래 갇혀 있으면 우리도 이곳에 있는 시간이 길어지잖아."

나름 무림맹에 온 소기의 목적을 달성하긴 했지만, 그렇다고 해도 백호는 어서 백하궁으로 돌아가고 싶었다. 그곳에 있는 자신의 침상에서 자고 싶었고, 자주 가는 당과 가게에도 들르고 싶었다.

짧은 시간이지만 백호는 이곳에서 각 문파들의 무공을 보며 이런저런 크고 작은 깨달음을 얻은 상태였다. 그 모든 걸 정리하고 조금 더 수련하기 위해서 하루라도 빨리 백하궁으로 돌아가야만 했다.

잠시 전우신에 대한 이야기를 나누던 월하린은 아직도 비가 멈추지 않는 하늘을 보며 걱정스럽게 말했다.

"그냥 갈래요? 빗줄기도 많이 약해진 것 같은데."

다소 빗줄기가 약해지긴 했지만 아직까지 비는 멈출 기미를 보이지 않았다. 그래서 월하린의 몸이 걱정된 백호는 고개를 저었다.

"이 정도로 약해졌으면 곧 멈추겠지. 잠깐만 더 기다렸다가 가자."

"그래요, 그럼."

해야 할 일이 있어서 서두를까 싶었던 것뿐이지, 처음부터 이 시간을 즐겼던 월하린이었다. 그랬기에 그녀는 백호의 말에 서슴없이 고개를 끄덕였다.

그렇게 처마 아래에 선 채로 둘은 별로 대수롭지 않은 이야기들을 하며 시간을 보냈다. 별 이야기는 아니었지만 월하린은 뭐가 그리도 즐거운지 연신 웃어댔고, 그건 백호 또한 마찬가지였다.

그렇게 둘이 비를 벗 삼아 도란도란 이야기를 나누고 있을 때였다.

빗줄기를 가르며 젊은 사내 하나가 헐레벌떡 처마 안으로 뛰어들어 왔다. 그리고 좁은 처마 안으로 사내가 들어서는 순간 백호가 월하린을 자신의 쪽으로 잡아당겼다.

백호가 슬쩍 표정을 구긴 채로 즐거운 시간을 방해한 사내를 노려봤다.

사내는 덥수룩한 수염에 별로 특이할 것 하나 없는 인상을 한 자였다. 비를 피하려고 이곳에 들어왔나 싶었거늘 사내가 갑자기 말을 걸어왔다.

"이것 좀 전해 주랍디다."

말을 내뱉은 사내가 백호를 향해 서찰 하나를 스윽 내밀었다. 백호가 잡아당긴 탓에 그의 뒤편으로 가 있던 월하린도 고개를 옆으로 해서 사내가 내민 종이를 확인했다.

그녀가 의아한 듯 물었다.

"저희한테요? 누가요?"

"초면인 자라 누군지는 잘 모르겠고, 그냥 이쪽으로 가면 백발을 한 젊은 사내와 여인 하나가 처마 아래에서 비를 피하고 있을 거라고 하더이다. 돈 좀 주면서 부탁하기에 그냥 알겠다고 하고 전해 주러 온 겁니다."

백발을 한 젊은 사내라면 백호를 제하고 인근에 있을 리가 없었다. 분명 사내가 가져온 서찰은 자신들에게 보내진 것이 틀림없다.

백호가 서찰을 받아 들자 사내는 더 엮이기 싫은지 처마 바깥으로 뛰쳐나가며 말했다.

"난 전해 줬으니 이만 갑니다."

사내는 그대로 빗줄기를 뚫고 달려 나갔다.

달려가는 사내의 뒷모습을 바라보며 백호가 중얼거렸다.

"거짓말은 아닌 거 같은데. 무공을 아예 모르는 것 같아."

사내의 발걸음은 무공을 익힌 자의 것이 아니었다. 그리고 그건 월하린 또한 동감했다. 그녀는 고개를 끄덕이며 백호의 말을 받았다.

"그러게요. 그런데 누가 대체 저희가 이곳에 있는 걸 알고 서찰을 보낸 걸까요?"

"보면 알지 않을까?"

말을 마친 백호가 손에 들고 있던 서찰을 월하린에게 건넸다. 그리고 그걸 건네받은 월하린이 서찰을 봉인하고 있는 종이를 떼어 내려고 할 때였다.

손을 뻗던 그녀가 익숙한 무엇인가를 발견하고는 멈칫했

다.

"이건…… 백호, 이것 좀 봐요."

"왜? 무슨 일인데?"

시선을 돌린 백호는 월하린이 가리키고 있는 문양을 바라봤다. 그리고 그곳에는 익숙한 나비 문양이 박혀 있었다.

백호는 곧바로 그 나비 문양을 기억해 냈다.

"어라? 그때 그 나비잖아?"

하북팽가에서 조륭의 여식인 조비연을 납치했다는 사실을 알려줬던 서찰 한 통. 그 당시에 날아들었던 서찰에 새겨져 있던 것이 바로 이 나비 문양이었다. 그리고 그 나비 문양의 서찰이 지금 다시 날아든 것이다.

월하린이 황급히 서찰을 펼쳤다.

그리고 서찰 안의 내용을 확인한 그녀의 눈동자가 흔들렸다.

놀랍게도 서찰 안에는 바로 조금 전에 있었던 그림자회에서 오고 간 대화의 내용이 적혀 있었다.

바로 그림자회가 화산파를 표적으로 삼았다는 사실이.

나비 문양이 박혀 있는 서찰을 건네받은 두 사람은 곧바로 무림맹으로 움직였다. 서찰 안의 내용은 너무나 충격적이었다.

이자들은 오히려 전우신에게 패했던 허원패를 직접 죽이고, 그 죄를 화산파에 씌우려 하고 있었다. 만약 이자들의 계획대로 일이 진행된다면 전우신은 무척이나 곤란한 처지에 놓이게 될 것이다.

그런 일이 벌어지는 건 어떻게든 막아야만 했다.

월하린은 서찰을 책상 한편에 내려놓은 채로 중얼거렸다.

"저번에도 엄청난 정보를 가져다주더니, 이번에도 또 이런 걸 가르쳐 주고…… 서찰의 주인은 대체 누굴까요?"

"짐작 가는 인간 없어?"

"없죠. 하지만 하나 분명한 건 대단한 인물일 가능성이 크다는 거예요. 그렇지 않으면 오늘 벌어진 전 소협의 사건으로 인해 생겨난 이 계획을 이토록 빠르게 알아내는 건 불가능했을 테니까요."

전우신의 사건이 벌어진 건 오늘 오후.

그리고 그로부터 지금까지 그리 오랜 시간이 흐르지 않았다. 그런데 그 짧은 틈 안에 벌어진 사건을 곧바로 월하린에게 알려온 것이다.

일전에 하북팽가의 일만 해도 그랬다.

어떻게 알아냈는지, 자신들에게 조비연을 납치한 것이

그들이라는 정보를 주지 않았던가.

월하린은 진심으로 이 서찰을 보내는 자가 궁금했다.

대체 누가 자신에게 이토록 중요한 정보를 주는지 알 수가 없었다. 가장 먼저 생각난 것은 역시나 아버지였다. 하지만 그렇게만 보기에도 석연치 않은 것이, 만약 이 나비 문양의 서찰의 주인이 아버지였다면 자신에게 정체를 드러내지 않을 이유가 없다는 거다.

하지만 아버지가 아니라면 대체 누가…….

고민하고 있는 월하린을 향해 백호가 물었다.

"이 서찰로 그들의 계획을 알았으니, 이제 방비할 생각이냐?"

"네. 이미 예전에도 도움을 받은 적이 있으니 거짓말일 거라고는 생각되지 않아요. 그리고 방비하는 게 그리 어렵지만은 않을 것 같기도 하고요."

이번 일은 월하린의 독단으로 처리할 일이 아니었다.

화산파에도 피해가 갈 수 있었고, 그건 곧 무림맹주에게도 마찬가지로 안 좋은 영향을 끼칠 수 있다는 걸 뜻했으니까. 그랬기에 월하린은 이 일에 대해 누군가에게 말하고자 했다.

그리고 그리 오랜 시간이 지나지 않아 그토록 기다리던 연락이 날아들었다.

시비 한 명이 찾아와 백호와 월하린에게 짧게 말을 전했다.

"일전에 뵌 곳에서 반 시진 후에 뵙자고 하십니다."

"고마워요."

월하린이 시비를 향해 감사의 뜻을 내비쳤고, 시비는 곧바로 사라졌다. 시비가 사라지자 월하린이 백호에게 말했다.

"애초부터 전 소협의 일 때문에 만나려고 했는데, 마침 잘됐네요. 이번 서찰에 적힌 이 일에 대해 말하고 도움을 조금 받아야 될 것 같아요."

"일전에 본 곳이라면 그 조그마한 다리가 있던 곳을 말하는 건가?"

"맞아요."

월하린이 고개를 끄덕였다.

반 시진 후에 만나기로 한 인물, 그자는 다름 아닌 무림맹주 율무천이었다.

*   *   *

전우신이 갇힌 명관옥은 감옥임에도 불구하고 그리 음침한 곳은 아니었다. 명관옥 자체가 감옥이기는 하나, 그 죄가 중하다기보다는 조사할 대상을 구류하는 곳인 탓이다.

전우신은 명관옥의 수많은 곳 중 하나에 자리하고 있었다. 그는 명관옥의 구석 자리에 앉은 채로 가만히 눈을 감고 있었다. 살짝 들어오던 햇빛이 가물가물해진 것을 보아하니 해가 진 모양이다.

쇠창살을 길게 늘어뜨린 입구 부분으로 한 사내가 모습을 드러냈다. 아운이었다.

탕탕.

전우신은 쇠창살을 두드려 대는 소리에 감고 있던 눈을 지그시 떴다. 그러고는 이내 그 소리의 주인공을 알아차리고는 살짝 표정을 찡그렸다.

전우신이 귀를 틀어막으며 입을 열었다.

"시끄럽게 뭐하는 짓이냐?"

"네가 하는 짓이 뭐하는 짓이지. 대체 뭐 하자고 이런……."

말을 내뱉던 아운이 전우신의 손목에 차져 있는 나무로 된 수갑을 보고는 자신도 모르게 길게 한숨을 내쉬었다.

아운이 맘에 안 든다는 듯이 말했다.

"아니, 가둬 뒀으면 됐지, 그 수갑은 왜 안 풀어 주는 거야?"

"신기하게 보이는 것보다는 별로 불편하지 않더라고."

말을 마친 전우신은 수갑으로 묶여 있는 양손을 휘휘 움직여 보였다. 딴에는 웃으라고 한 말이었지만, 아운의 입장에서는 지금 눈곱만큼도 웃을 기분이 아니었다.

아운이 계속해서 심각한 눈으로 바라보자 전우신은 애써 화제를 돌렸다.

"그나저나 어제 잡혀 왔는데 찾아올 거면 그때 오던가. 하루 지나서 오는 건 뭐야?"

"네놈 꼴 보기 싫어서 그랬다, 왜."

말은 그렇게 했지만, 진심은 그게 아니었다.

아운이라고 왜 어제 찾고 싶지 않았겠는가. 다만 이렇게 찾아오는 것도 정식적인 절차를 밟아야 했고, 마음 또한 심란해서 하루 늦게 찾게 된 것뿐이다.

특히나 아운은 사파의 인물이다 보니 전우신이 있는 이곳 명관옥에 오는 게 쉽지 않았다.

그나마 명관옥이 구류하는 종류의 감옥이었기에 망정이지, 만약 조금이라도 더 심각한 죄인을 가둔 곳이었다면 아운의 신분으로는 결코 찾지 못했을 것이다.

아운이 낮은 목소리로 물었다.

"밥은 잘 주냐?"

"그것도 질문이라고 하는 거냐? 그건 왜 물어."

"형편없으면 사식이라도 넣어 주려 그랬지 인마."

아운의 말에 전우신이 피식 웃었다.

그러고는 됐다는 듯 손사래를 치며 말했다.

"내가 애도 아니고. 밥 잘 나오니까 사식은 됐어. 한동안 백호님 따라다니느라 고기 위주로 먹어 댔는데, 이곳에서는 나물 종류로 많이 나오니 나쁘지 않아."

"언제쯤…… 나올 것 같냐?"

"글쎄. 그거야 아직 취조를 받지 않았으니 모르지."

전우신이 무덤덤하게 대꾸했지만, 반대로 아운의 목소리는 커질 수밖에 없었다.

"내가 이야기했잖아. 괜한 짓 하지 말라고. 괜히 그런 의미 없는 짓해서 이게 뭐냐?"

"의미가 중요한가? 그것이 옳은 일이라고 생각한 것뿐이야."

"그놈의 정의로운 척!"

아운이 버럭 소리쳤다.

그러고는 이내 숨을 고르며 씩씩거리던 아운이 최대한 감정을 추스른 채로 전우신에게 말했다.

"미리 이야기하는데, 나한테 고맙다는 말 들을 생각은 하지 마라. 하나도 안 고맙고, 또 고맙다는 말할 생각도 없거든."

"말하는 거 하고는. 뭐, 애초부터 나도 너한테 고맙다는 말이나 들으려고 한 짓 아니니까 상관없다."

"넌 대체…… 무슨 생각인 거야? 그냥 넘어가도 될 일이
잖아. 난 흑천련의 아운이야. 네가 이렇게 못 볼 꼴을 보이
면서까지 지켜야 할 가치가 나한텐 없다고."

"아니, 그럴 만한 가치가 있다. 넌 어린아이였어. 그때
네가 당했을 고통을 생각한다면…… 지금 내가 당하는 이
건 고통도 아니지. 일도문은 옳지 못했고, 그들이 네게 한
짓에 대해 화도 났다. 그래서 난 이런 선택을 한 거야. 난
내 행동에 후회 없다."

전우신이 딱 부러지게 말했다.

아운은 그런 전우신을 보며 이상하게 화가 치밀었다. 답
답하고 짜증이 났으며, 또 먹먹한 기분까지 든다. 왜 이런
복잡한 감정이 밀려드나 처음엔 고민도 했었다.

하지만 이제는 알았다.

왜 처음부터 전우신이 그토록 마음에 들지 않았는지. 그
가 하는 말들 하나하나가 그리도 고깝고, 귀에 거슬렸던
이유가 무엇인지를.

그 이유는…….

"난 네가 싫어. 말하는 거 하나하나, 생각하는 것 모두
가 다. 난 너만 보면 그냥 마구 화가 치밀어 올라."

"갑자기 또 웬……."

"널 보고 있으면 자꾸 생각이 난다. 예전의 바보 같던 내가. 그래서 그랬나 보다. 네 모든 게 마음에 들지 않았던 게. 아니, 마음에 안 들었던 건 아니지. 오히려 네 모든 게 내 마음에 들었던 걸지도 모르겠다. 그래서 짜증이 난 거지."

"무슨 소리야?"

아운은 전우신을 똑바로 바라봤다.

그의 모든 것에 대해 화가 났던 이유를 이제는 알고야 말았다. 이유는 너무나 간단했다. 아운이 천천히 입을 열었다.

"지금의 네 모습이 내가 그토록 되고자 꿈꾸었던 무인의 모습이니까."

아운의 그 한마디에 전우신은 아무런 말도 하지 못했다. 지금 내뱉은 이 말은 농담이 아니다. 아운의 눈동자는 무척이나 진지했다. 이 말은 결코 거짓말이 아니었다.

어릴 적 아버지에게 항상 말했었다.

자신의 신념을 지니고 정의를 지켜 나가는 중원 최고의 협객이 되겠다고. 하지만 그 꿈은 불타 버린 용검문과 함께 재가 되어 사라진 지 오래다.

그랬기에 잊고 살았는데…… 전우신을 보면 당시에 자신이 말하던 그 꿈이 생각난다.

답답했다.

속도 상했다.

그렇게 되고 싶었는데…… 저렇게 당당하게 자신의 신념을 지켜 나가는 훌륭한 협객이 되고 싶었다.

이제는 너무나 멀어진 꿈.

그리고 다시는 꿀 수 없는 꿈.

둘 사이에 흐르는 묘한 침묵, 그것을 깬 것은 전우신이었다.

"나는 우리 둘이 다르다 생각하지 않는다. 가는 길은 다르지만 너 또한 나와 같다 생각해."

"헛소리. 너와 난 완전히 달라. 난 너와 다르게 누군가를 위해 희생할 줄도 모르고, 신념 같은 걸 지킬 용기도 없어."

"잊었나? 넌 날 위해 내 사형제들과 싸워 줬고, 옳지 못한 일에는 나보다 먼저 화를 내면서 나설 때도 있었다."

"그건 네가 몰라서 하는 말이야. 나는……."

말을 내뱉던 아운은 자신의 입술을 씹었다.

사형 도효굉이 찾아온 이후 백하궁에게로 향했던 마음을 최대한 돌리려 애썼다. 그런데 이 빌어먹을 놈이 자꾸 그런 아운의 마음을 뒤흔들었다.

비겁하게 살아야 했다.

도효굉의 말대로 자신이 백하궁에 찾아온 목적을 상기하고, 조금 더 계산적으로 움직여야 아운은 살 수 있었다.

그렇게 살기 위해 애써 전우신과 거리를 두기도 했는데, 그것도 모르는 저 멍청이는 전우신 본인과 자신이 같단다. 지금의 모습대로 살기 위해 백하궁의 모든 정보를 다시금 흑천련에 보내기 시작한 자신과 대체 어디가…….

아운이 채 말을 잇지 못하고 있을 때였다.

쇠창살 사이로 손을 내뻗은 전우신이 주먹으로 아운의 어깨를 툭 쳤다.

그런 전우신의 행동에 정신을 차린 아운이 고개를 치켜들어 눈을 마주했을 때였다. 전우신이 피식 웃으며 말했다.

"기운 내."

"……그 말은 내가 해야지 멍청아. 감옥에 갇힌 주제에 어디서 멋진 척이야, 멋진 척은."

아운은 자신을 위해 말하는 전우신의 모습에 더는 처지지 않으려는 듯이 받아쳤다.

그리고 그때 뒤편에서 일련의 무리가 모습을 드러냈다. 붉은색 옷에 허리춤에 명(銘)이라는 글자가 박힌 나무로 된 패를 달고 있는 이들.

바로 이곳 명관옥을 관리하는 자들이었다.

그들이 아운이 있는 곳까지 다가오더니 채 무슨 말을 하기도 전에 문에 걸린 고리를 풀었다.

철컹.

문을 연 그들 중 하나가 입을 열었다.

"전 소협, 나오시오."

"알겠습니다."

고개를 끄덕인 전우신이 문을 통해 걸어 나왔고, 그들은 전우신을 포위하듯이 에워쌌다. 그 모습을 본 아운이 그들 앞을 막아섰다.

명관옥을 담당하는 옥장이 미간을 구겼다.

"뭐요?"

아운은 지금 이들이 전우신을 문초하러 데리고 간다 생각하고 길을 막아선 상태였다. 끌려가던 그때부터 어느 정도의 문초는 예상했던 일이긴 했지만, 아운은 차갑게 식은 얼굴로 경고하듯 말했다.

"죄가 명백히 밝혀진 것도 아닌데 고문 같은 추잡한 짓을 벌인다면 내가 결코 가만히 있지 않을 겁니다."

아운은 심각한 얼굴로 말했지만 옥장은 어처구니없다는 듯한 표정을 지어 보였다. 그 모습에 아운이 재차 경고하려 할 때였다.

"그쪽이 우리의 일에 왈가왈부할 권한이 있다 생각하시

오? 우리는 그저 상부의 보고에 따라 움직일 뿐이오. 만약 상부에서 고문을 하라 하면 그리하고, 하지 말라 하면 그렇게 따르는 게 우리의 임무요."

"그러니까……."

"아, 거참! 뭐가 이리도 말이 많소! 놔주라고 위에서 명이 내려와서 데리고 나가는 것인데 고문은 무슨 고문!"

옥장이 짜증 난다는 듯이 소리치자 무서운 표정을 짓고 있던 아운의 얼굴 표정이 돌변했다. 그가 김빠진 얼굴로 물었다.

"엥? 놔준다고요?"

"거 귓구멍이 막혔소? 놔주라고 위에서 명이 내려왔소. 그래서 지금 이렇게 풀어주러 온 것 아니오. 기껏 풀어주러 온 사람에게 고문이니 뭐니. 내 살다 살다 이런 경우는 또 처음이네."

"하, 하하."

아운이 실눈을 한 채로 실없이 웃기만 했다.

민망한 듯이 이마를 긁적거리는 그를 보며 전우신이 고개를 저으며 중얼거렸다.

"멍청하긴."

"뭐야!"

아운이 버럭 소리칠 때였다.

"아, 정말 안 나오고 뭣들 하냐!"

누군가가 명관옥 내부로 들어서며 성질을 확 냈다. 월하린과 함께 모습을 드러낸 백호는 마주 서 있는 두 사람을 보며 가볍게 고개를 끄덕였다.

"그래, 이렇게 싸우는 모습을 보니까 이제야 평소 같고 좀 좋아 보이네."

"백호님과 궁주님이 왜 여길……."

"왜 오긴. 저 매화 놈 빼 주러 왔지. 그나저나 수갑 좀 빨리 풀어 주지들?"

백호가 전우신을 손가락으로 가리키며 말하자, 옥장이 전우신의 손목을 채우고 있던 나무 수갑을 풀었다. 답답했던 수갑이 풀리자 그제야 좀 개운한지 전우신은 가볍게 손목을 이리저리 움직여 봤다.

그러고는 이내 둘을 향해 물었다.

"이렇게 빼 주셔서 감사합니다. 제가 부탁드린 건 다 준비되신 겁니까?"

"그건 문제없이 진행하긴 했는데…… 일이 좀 복잡해졌어요."

"복잡해졌다니요?"

"자세한 이야기는 가면서 해야 할 것 같네요."

월하린이 전우신의 옆에 있는 옥지기들을 보며 짧게 말

했다. 이곳에서 떠들어 댈 정도의 이야기가 아니다. 그런 월하린의 눈빛에서 상황을 이해했는지 전우신이 고개를 끄덕이고는 다가왔다.

백호는 전우신과 아운이 근처로 오자 몸을 돌리며 말했다.

"자, 그럼 슬슬 가 볼까. 다들 준비들 해."

"뭘 말입니까?"

"뭐긴 뭐야. 싸울 준비지. 박 터지게 싸워야 할지도 모르는 상황이라 말이야."

"지금 바로요?"

아운이 묻자 백호가 그런 그를 힐끔 쳐다보며 물었다.

"왜? 겁이라도 나냐?"

백호의 말에 아운이 실실 웃으며 대답했다.

"그럴 리가요. 마침 잘됐네요. 이것저것 고민거리도 많고 짜증도 좀 났는데…… 기분전환 겸 다 박살 내도 됩니까?"

백호가 아운의 어깨에 손을 턱 하니 걸치고는 히죽 웃어 보였다.

"물론이지."

제9장. 새어 나간 계획
— 첩자가 있어요

쏴아아아.

싸늘한 한 줄기 바람이 나무를 흔들었다.

거칠게 흔들리는 나무에 달려 있던 나뭇잎들이 바람을 이겨 내지 못하고 사방으로 나부꼈다. 가을의 끝자락을 버텨 내며 있던 나뭇잎들이 조금씩 떨어져 내렸다. 그렇게 바람이 주변의 소리를 잠식해 들어가고 있을 무렵이었다.

나무 위에 다섯 명의 괴한들이 자리하고 있었다.

새카만 복면을 뒤집어쓴 그들의 시선이 향하는 곳은 무림맹 내부의 약방이었다.

두 명의 의원으로 보이는 자들이 종종 왕래하는 것 말고는 전혀 기척이 없는 이곳. 그리고 이들이 노리는 자가 바로 저 약방에 자리하고 있었다.

다섯 명의 괴한들은 따로 말을 하지 않았다.

이미 모든 계획은 정해져 있었고, 그대로 그 일만 행하면 그만이다. 이런 일에 익숙한지 그들은 그저 눈빛을 보는 것만으로도 상대의 의중을 읽었다.

모두가 가볍게 고개를 끄덕이는 그 순간이었다.

휘익.

다섯 명이 동시에 나무에서 뛰어내렸다. 그들의 몸은 마치 깃털처럼 가볍게 땅에 착지했다. 그러고는 누군가가 눈치채기 전에 빠르게 약방 안으로 잠입해 들어갔다.

이들은 뛰어난 자들이다.

허나, 이곳이 어디인가?

바로 무림맹이다. 제아무리 뛰어난 자들이라 할지라도 이렇게 무림맹 내부까지 누군가를 죽이러 잠입한다는 건 불가능하다. 그런데 그것이 가능하다는 건 둘 중 하나의 의미다.

이들이 상식을 뛰어넘을 정도로 대단한 잠행술을 지닌 살수이거나, 그것이 아니라면 누군가가 무림맹 내부까지 들어올 수 있게 도왔다는 것.

말은 쉽지만 후자 또한 거의 불가능에 가까운 일이다.

그만큼 무림맹은 녹록한 곳이 아니었으니까.

그러나 그걸 가능하게 만드는 것 정도는 그림자회에겐 아무것도 아니었다.

그림자회가 보내온 살수들. 그들은 예정대로 오늘 밤 허규의 아들 허원패를 죽인다. 그리고 허원패의 죽음에 대한 책임은 전우신과 화산파가 뒤집어써야 할 오명이 될 것이다.

이미 내부의 지리에 대해 완벽히 숙지한 이들이었기에 처음 온 곳임에도 불구하고 전혀 망설임 없이 허원패가 있는 곳으로 나아갔다.

휙휙.

순식간에 어느 방 앞에 도착한 그들은 주변의 기척을 확인하고는 빠르게 문을 열고 안으로 들어갔다.

끼이익.

촛불 하나 켜지지 않은 방은 무척이나 깜깜했다. 어두운 방의 중앙 부분에는 꽤나 커다란 침상 하나가 있었고, 그 침상 위에 누군가가 자리한 상태였다.

괴한 중 하나가 손으로 신호를 보내자, 개중에 두 사람이 입구의 양쪽에 섰다. 그리고 또 다른 두 명은 각자 창문 쪽으로 가서 혹시나 모를 외부의 움직임과 침입에 대비했다.

네 명을 각자 자신의 자리에 가게 한 그 괴한이 품 안에 손을 넣고 조그마한 병을 꺼냈다.

병에는 액체가 담겨 있었다.

병을 손에 쥔 그가 침상을 향해 천천히 다가갔다.

사람을 죽이러 가는 것임에도 불구하고 조금의 떨림도, 망설임도 없다. 그만큼 많은 이들을 죽여 왔기 때문이다. 지금까지 얼마나 많은 이들을 죽였던가?

처음엔 그 숫자를 세어 보기도 했다.

허나 곧 알았다. 그만큼 무의미한 짓도 없다는 것을. 그랬기에 자신이 직접 죽인 자가 백 명이 넘었을 때부터 숫자를 세지 않았다.

이건 그저 일이다. 죽여야 할 대상에게 감정도 없으니 동정도, 미안해할 필요도 없다.

무미건조한 감정을 한 그가 침상 바로 옆에 멈추어 섰다. 쌔근거리는 숨소리가 지척에 있는 괴한의 귀에 스며든다.

'그냥 운이 없었다 생각해라.'

병을 막고 있던 뚜껑을 연 괴한이 손을 뻗어 얼굴을 덮고 있는 이불에 가져다 댔다. 이 독을 먹게 되면 목 뒤에 자그마한 반점이 생겨날 것이고, 이내 숨을 거두게 된다.

괴한이 이불을 휙 젖혔다.

그런데 그 침상 위에는 괴한이 노리고 있던 허원패가 아닌 다른 자가 자리하고 있었다. 침상 위에 있는 것은 새하얀 머리카락의 주인공, 백호였다.

괴한이 상대를 확인하는 바로 그 순간이었다.

침상에 누운 채로 멀뚱멀뚱 눈을 뜨고 있던 백호가 입을 열었다.

"안녕, 쥐새끼."

퍽!

채 반응도 하기 전에 백호의 발이 그대로 상대의 복부에 틀어박혔다. 발에 복부를 틀어 맞은 그가 허공으로 뜨더니 이내 바닥으로 떨어져 내렸다.

쿠웅.

그 갑작스러운 상황에 문과 창문을 지키던 이들의 시선이 침상으로 향했다. 그리고 그곳에는 자리에서 일어나는 백호가 있었다. 한 손에는 이불을 든 채로 백호가 히죽 웃어 보였다.

"이 야밤에 복면을 쓰고 숨어들었다면…… 좋은 의도는 아니겠지?"

"……."

웃고 있는 백호에게 시선이 집중됐을 때였다.

파창!

창문을 부수며 동시에 두 개의 신형이 안으로 뛰어들어
왔다. 놀란 복면인들은 황급히 창에서 멀어지며 모습을 드
러낸 이들을 바라봤다.

전우신과 아운이 이들이 도망갈 퇴로를 막아섰다.

백호에게 일격을 허용하며 땅에 쓰러졌던 괴한이 자리에
서 일어났다. 복면 사이로 드러난 두 개의 눈동자에서 음
산한 빛이 일었다.

'어떻게……?'

이자들의 행동은 마치 자신들이 이곳에 올 것을 알았다
는 눈치다. 만약 그렇지 않고서는 이렇게 완벽하게 대비를
하고 있는 건 불가능했을 게다.

그렇지만 지금은 그런 걸 따지고 있을 때가 아니었다.

스릉.

소리와 함께 괴한은 비도 하나를 꺼내어 들었다. 그의
움직임을 보자 나머지 넷 또한 품 안에 감추고 있던 비도들
을 뽑았다.

『죽인다.』

사내가 수하들에게 명을 내렸다.

그 한마디에 모두가 짧게 고개를 끄덕이고는 곧바로 튕
겨 올랐다. 그리고 다섯 명이 동시에 살수를 펼쳤다. 비도
가 바람을 가르며 곧바로 가까이 있는 자를 목표로 날아들

었다.

짧은 비도가 단번에 백호의 목을 딸 듯이 날아들었다. 은밀하면서도 빠르게 날아드는 검이 백호의 목젖을 노렸다.

휘익.

고개를 뒤로 젖히는 것과 동시에 백호가 손바닥을 휘둘렀다.

쩌엉!

괴한은 머리통이 그대로 돌아감과 동시에 입에서는 피를 뿜으며 바닥에 나자빠졌다.

단 일격.

일격이면 충분했다.

괴한의 공격을 피해 내던 전우신과 아운은 그런 백호의 일격을 곁눈질로 보고는 슬쩍 놀란 눈치들이었다. 분명 자신들의 적수가 될 정도는 아니었으나, 설마 백호가 단 일격으로 상대를 제압할 거라고는 생각도 하지 못했다.

'더 강해졌어.'

얼마 전 해남파의 청노와 싸우는 걸 옆에서 보았던 전우신이다. 그랬기에 알 수 있었다. 그와의 싸움이 있고 채 한 달이 지나지 않았다. 그런데 눈으로 체감할 정도로 백호의 실력은 늘어나 있었다.

이곳 무림맹에 오고 나서 또 한 번의 발전이 있었던 백호였기에 가능한 일이었다.

아무렇지 않게 한 명을 제압한 백호가 고개를 저으며 중얼거렸다.

"시시하게."

백호는 아래에 쓰러진 괴한을 발로 툭 밀며 그대로 도약했다. 그러고는 곧바로 전우신을 향해 달려드는 자의 뒷목을 움켜잡았다.

"이이잇!"

뒤를 제압당하자 복면인이 황급히 손을 휘둘렀지만 비도는 백호에게 닿지 못했다. 백호가 다른 손으로 날아드는 팔의 팔꿈치를 움켜잡은 탓이다.

으드득.

팔꿈치 뼈가 으스러지는 소리와 함께 비도가 손에서 떨어져 내렸다.

그리고 그 틈을 놓치지 않고 전우신의 일격이 상대의 가슴에 적중했다. 퍽 소리와 함께 상대는 나뒹굴었고, 곧바로 전우신이 몸을 회전시키며 검을 휘둘렀다.

번쩍.

검은 그대로 달려드는 다른 자의 어깨에 틀어박혔다.

그자의 어깨에 검이 틀어박히는 것과 동시에 전우신을

스쳐 지나간 백호의 발이 그대로 상대의 턱을 올려 찼다.

빠악!

피를 뿜으며 그자가 뒤로 나자빠졌다.

그리고 때마침 아운도 다른 한 명의 등짝에 자신의 손바닥을 박아 넣었다. 등에 일장을 허용한 상대가 바닥으로 꼬꾸라질 때였다. 아운의 뒤편으로 다른 한 명의 공격이 날아들었다.

그러나 그것보다 더욱 빠르게 전우신이 움직였다.

휘이잉!

날카로운 파공음과 함께 전우신의 손을 떠난 검이 아운의 얼굴 옆을 스쳐 지나갔다. 그 검은 달려드는 상대의 심장에 그대로 틀어박혔다.

투욱.

비도를 들고 달려들던 상대는 그대로 바닥으로 쓰러졌다.

아운이 자신의 뒤편에서 쓰러진 자를 힐끔 바라봤다.

그러고는 괜히 불만스러운 목소리로 투덜거렸다.

"야, 내걸 왜 네가 손대고 그래?"

"당할 것 같아서 도와준 건데 고맙다고 하는 게 먼저 아냐?"

"당하긴 뭘 당해. 조금만 더 다가오면 바로 끝날 상황이었던 거 모르냐?"

"그보다 아마 비도가 먼저 널 찔렀겠지."

"하, 이 자식 뭘 모르네."

둘의 말다툼이 막 시작하려고 할 때였다.

백호가 얼굴을 마주한 채로 시끄럽게 구는 두 사람을 스쳐 지나가며 손으로 둘의 등을 툭툭 쳤다.

"시끄럽게 떠들지 말고 저놈들이나 수습해."

백호의 말에 두 사람이 입을 닫고 고개를 끄덕이는 찰나, 옆방과 연결된 문이 열리며 월하린이 모습을 드러냈다.

"끝났어요?"

"응, 끝났어. 그놈은?"

"여기요."

월하린이 웃으며 바닥에 누워 있는 자를 가리켰다. 원래 이 방에 있어야 했던 허원패가 눈을 감은 채로 그곳에 있었다.

살수가 도착하기 직전 이들이 먼저 이곳에 도착해 허원패를 옆방으로 빼돌렸던 것이다.

백호가 바닥에 쓰러진 채로 자고 있는 허원패를 불만스레 발로 툭툭 쳤다.

"누구는 이 고생을 하는데 정작 당사자는 아무런 것도

모르고 잠이나 처자고 있군그래."

맘에 안 들었는지 백호는 쭈그려 앉더니 허원패의 얼굴을 손가락으로 마구 비틀어 댔다. 그런 백호의 어린아이 같은 모습을 월하린이 그저 웃으며 내려다보고 있을 때였다.

"다 모았습니다. 어떻게 할까요?"

괴한들의 시신을 수습한 전우신이 물었다.

"얼굴 한번 확인해 보죠."

"예, 알겠습니다."

월하린의 말에 전우신이 가까이 있던 자의 복면을 벗겼다.

"……이건."

복면 안의 얼굴을 본 전우신의 표정이 구겨졌다.

그리고 그런 건 비단 전우신 뿐만이 아니었다. 이곳에 있는 모두가 한결같이 불편한 표정을 지어 보였다. 월하린이 떨리는 목소리로 중얼거렸다.

"잔인하군요."

놀랍게도 괴한의 얼굴은 알아볼 수 없을 정도로 뭉개져 있었다. 마치 화상을 입은 것처럼 얼굴이 일그러져 있었던 것이다.

전우신이 황급히 다른 이들의 복면을 벗겼다.

그러자 드러난 복면인들의 얼굴은 모두가 똑같았다. 일그러진 얼굴은 형체를 알아볼 수 없었다. 불로 지진 듯한 얼굴은 일부러 이렇게 만든 게 분명했다.

백호가 시신의 얼굴을 보며 물었다.

"뭐야, 다 왜 저래?"

"일부러 저렇게 만든 걸 거예요. 설령 잡혀도 얼굴을 알아보지 못하게요. 아마 어렸을 때부터 저렇게 얼굴을 뭉개고 훈련을 받았을걸요."

"하, 지독한 놈들이네."

백호는 혀를 찼다.

이토록 완벽하게 자신들의 정체를 감추는 놈들이다. 이런 시신에서 딱히 어떠한 단서를 찾는 것은 어려워 보였다.

잠시 죽은 괴한을 바라보던 아운이 이내 시선을 돌려, 월하린이 데리고 숨었던 허원패에게로 향했다. 그러고는 내심 불만이었다는 듯이 말했다.

"이건 그렇다 쳐도, 이놈은 어쩝니까?"

허원패를 죽이고, 그 죄를 전우신에게 덮어씌우려 했기에 도왔지, 그렇지 않았다면 굳이 허원패를 살리기 위해 아운이 나섰을 리가 없다.

전우신에게 해가 될 일이 아니었다면 이런 놈을 살리고

싶지도 않았다.

"그건……."

뭔가를 이야기하려던 월하린을 백호가 갑자기 잡아당겼다. 그리고는 그녀를 뒤편에 세워 둔 채로 창문을 향해 매섭게 눈동자를 부라렸다.

"누구냐?"

백호의 그 한마디에 월하린과 전우신, 아운 모두 놀란 듯이 허리춤에 손을 가져다 댔다. 그 누구의 기척도 느끼지 못했는데 누군가가 인근에 있었던 모양이다.

백호가 이를 드러내며 천천히 기운을 뿜어내기 시작했을 때다.

"허허, 이거 조용히 구경 좀 하려 했는데 그것도 쉽지 않네그려."

너털웃음과 함께 창문을 통해 노인 한 명이 힘겹다는 듯이 넘어 들어왔다. 사람 좋아 보이는 웃음을 흘리는 통통한 노인은 다름 아닌 무림맹주 율무천이었다. 상대의 정체를 확인하자 전우신과 월하린은 검에서 손을 뗐다.

"맹주님을 뵙습니다."

전우신이 예를 갖췄고, 이곳에서 유일하게 율무천의 얼굴을 보지 못했던 아운은 놀란 듯 상대를 바라봤다.

너무나 평범해 흡사 옆집에 사는 할아버지 같은 느낌을

풍기는 이자가 정도 무림을 이끄는 수장인 무림맹주 율무천이라니.

놀란 듯 자신을 바라보는 아운의 시선을 느껴서일까? 율무천이 아운을 향해 다가왔다.

"자네가 흑천련주의 제자로군."

"……그렇습니다."

"그 친구는 잘 지내고?"

"예, 스승님에게 들은 대로시군요."

"흑천련주가 내 이야기를 했다? 그 친구가 뭐라던가."

재미있다는 듯이 웃으며 묻는 율무천을 향해 아운이 실눈을 한 채로 대꾸했다.

"인상은 좋아 보이지만 절대 방심해선 안 될 분이라 하셨습니다. 그런데 딱 봐도 그런 것 같군요."

"야, 너……."

"허허, 그건 그 친구도 마찬가지라 생각되는데."

율무천에게 하는 말투가 다소 건방지다 생각했는지 전우신이 황급히 말리려는 듯이 입을 열었지만, 당사자인 율무천은 별반 대수롭지 않다는 듯한 모습이었다.

정파의 수장인 율무천, 그리고 사파의 우두머리 중 하나인 흑천련주는 그리 절친한 사이는 아니다.

오히려 몇 번이고 손을 견주어야 했던 적수 중 하나.

그렇지만 무림맹주도, 흑천련주도 서로를 인정한다.

적이지만 강하다.

간단하게 아운과 이야기를 마친 율무천을 향해 백호가 물었다.

"그렇게 숨어서 뭘 보고 있던 겁니까?"

"사실 언제 나타날지 기회를 잡고 있었다네. 그런데 설마…… 들킬 줄은 몰랐지. 만약 들킬 줄 알았다면 바로 나와서 이런 창피는 면했겠지 않겠는가."

웃으며 말하고 있지만 율무천의 말에는 뼈가 담겨 있었다.

지금 율무천은 내심 놀란 감정을 감추고 있는 것이었다. 설마 자신이 숨어 있다는 것을 이토록 쉽게 알아차릴 거라고는 생각도 하지 못했다.

백호 이자가 고수인 것은 알고 있었지만 예상했던 것보다 그는 더욱 뛰어난 능력을 지니고 있는 모양이다.

'방심할 자가 아니야.'

백호의 능력에 놀라면서도 율무천은 최대한 그런 내색을 내비치지 않았다.

율무천은 슬쩍 뒤편에 있는 괴한들을 바라봤다.

그들의 얼굴이 망가진 건 이미 창문을 통해서 살폈었던 바다. 얼굴이 망가진 탓에 아무런 것도 알아낼 수는 없었지만 율무천은 이들을 보낸 게 누군지 직감하고 있었다.

심증은 있으나 물증이 없을 뿐.

괴한들의 시체를 바라보는 그 짧은 순간, 율무천의 얼굴에 머물러 있던 미소가 걷히며 싸늘한 기운이 감돌았다. 하지만 율무천은 이내 시선을 돌리며 언제나처럼 푸근한 인상으로 돌아왔다.

그런 율무천에게 월하린이 물었다.

"맹주님, 그 일은 어떻게 됐나요?"

"이미 사람을 보내 두었다네. 지금쯤이면 허규의 거처에 내 수하들이 당도했을 걸세. 그리고 내일 날이 밝는 대로 그자의 악행에 대해 조사할 예정이니 너무 심려치 말게."

"악행?"

율무천의 말에 가만히 서 있던 아운이 그게 무슨 말이냐는 듯이 두 눈을 치켜떴다. 그러자 그를 대신해 전우신이 빠르게 전음을 날렸다.

『허규가 용검문의 일과 관련되었다는 제보를 했고, 그에 대한 재조사를 부탁드렸다.』

『뭐? 증거도 없는데 그걸 들어줬다고?』

『증거도, 증인도 있다.』

『그게 무슨 소리야?』

아운이 놀란 듯이 전우신을 바라봤다.

사실 아운은 왜 허규가 자신의 아버지와 식솔들을 모두 죽였는지 알지 못한다. 다만 아버지가 허규의 알아선 안 될 비밀을 알았다는 것 정도만 어렴풋이 짐작하고 있는 정도였다.

둘 중 하나는 죽어야 한다며 자신에게 도를 겨누었던 허규의 모습이 아직도 생생하다.

아운이 아는 건 그 정도였지만, 전우신은 그 말을 듣자마자 곧바로 백호와 월하린을 찾아가 개인적인 부탁을 했다. 그건 바로 하오문을 움직이는 것이었다.

전우신은 곧바로 하오문을 통해 그 당시 용검문이 얽혀 있던 일에 대해 조사했다.

하오문의 정보력으로 그 정도 알아내는 건 일도 아니었다. 그리고 반나절도 채 안 돼 상단 두 곳의 재물이 도난당한 사건에 대해 알아보고 있었다는 걸 알게 된 전우신은 곧바로 또 다른 정보들을 캐내기 시작했다.

하오문은 용검문의 정보가 들어오는 걸 역순으로 캐냈고, 조사들이 어떤 식으로 진행되는지 단번에 알아차렸다.

그러자 생각보다 쉽게 증인이 나타났다.

그자는 바로 당시 아운의 아버지였던 용천주에게 그 사라진 금괴를 찾았다는 사실을 전했던 정보원이었다.

전우신은 곧바로 하오문을 통해 그자를 무림맹으로 데

리고 올 수 있게 부탁했고, 당시 그 금괴를 도난당했던 이들과 또 그 금괴를 처리했던 자들까지 모두 이곳으로 불렀다.

물론 그 모든 건 하오문이 행했다.

곳곳에 퍼져 있는 그들은 속전속결로 일을 처리했고, 덕분에 증인이 될 그들은 이미 무림맹 근처에 있는 객잔에서 대기하고 있는 상태였다.

너무나 많은 일들이 있었기에 전우신은 지금 일일이 설명해 줄 수가 없었다. 그랬기에 그는 그저 짧고 간단하게 이야기했다.

『내가 다 찾아냈다. 그 과정은 너무 길어서 나중에 이야기하고, 허규는 지은 죗값을 톡톡히 치러야 할 거다.』

『……쓸데없는 짓을.』

『그러게 말이다. 이번 일로 알았는데 내가 오지랖이 좀 있나 보더라.』

픽 웃으며 전우신이 전음을 날렸다.

그리고는 이내 웃음을 거둔 전우신은 아운의 옆에서 그의 어깨에 가만히 손을 얹었다. 아운이 그런 전우신을 바라볼 때였다.

『기운 내. 네 아버지도 이제는 편히 가셨을 거다.』

아운은 자신을 어깨를 두드려 주는 전우신의 따뜻한 손

길에, 오랜 시간 가슴 한편에 쌓여 있던 무엇인가가 쓰윽 하고 내려가는 걸 느꼈다.

그렇게 아운이 침묵하고 있는 사이에 무림맹주 율무천이 입을 열었다.

"사실 내가 이곳에 온 이유는 자네들과 같이 가고 싶은 곳이 있어서라네."

"가고 싶은 곳이요?"

"그러네. 한 사람을 만나려고 하는데…… 시간 괜찮은 가?"

"시간은 괜찮은데…… 만나려는 자가 누구죠?"

"자네들도 잘 아는 사람."

율무천이 뜻 모를 웃음을 흘려 보였다.

*　　*　　*

늦은 밤인데도 불구하고 비각주 은설란의 집무실 불은 여전히 환하게 빛나고 있었다. 그녀의 집무실에는 회색 머리카락의 이목구비가 뚜렷한 사내인 현무가 함께 자리한 상태였다.

은설란은 열린 창문을 통해 바깥의 경치를 바라보고 있었다.

"아름다운 밤이네요."

"그런가."

"네, 밤공기도 상쾌하고 이상하게 들뜨는군요."

말을 마친 은설란이 차를 한 모금 머금었다. 그리고 이내 뜨거운 차를 삼키고는 자그마한 목소리로 말을 이었다.

"이제 좋은 소식만 들려오면 완벽하겠군요."

"연락이 올 때가 되지 않았나?"

"됐죠. 아마 길어야 반 시진 안에는 연락이 오지 않을까 싶은데."

그녀는 연락을 기다리고 있었다.

허원패를 죽이라고 보냈던 살수들의 연락을 말이다. 초조한 표정으로 바깥을 살피는 그녀의 모습에 현무가 말했다.

"평소답지 않군."

"그래 보여요?"

"응, 이렇게 동요하는 건 처음인거 같은데."

현무의 말에 은설란이 희미하게 웃으며 대답했다.

"그만큼 중요한 일이니까요. 아시잖아요. 이번 일만 성공한다면……."

아주 오랫동안 그림자회가 염원해 오던 일이 코앞까지 다가왔다. 그리고 그러기 위해 가장 중요한 것은 역시나 맹주의 힘을 약화시키는 것이다.

막 이야기를 나누던 둘이 갑자기 입을 닫았다.

시비 한 명이 그녀의 방문 앞에 나타난 탓이다.

"각주님. 손님이 찾아오셨습니다."

"이 야심한 시각에 무례한 자로군요. 돌려보내도록 하세요."

"저 그게……."

단호한 은설란의 말에 시비가 머뭇거리다가 힘겹게 말을 이었다.

"맹주님이세요."

"……."

이 늦은 밤 찾아온 이가 맹주라는 말에 은설란이 앞에 있는 현무를 바라봤다. 그가 가볍게 고개를 끄덕였다.

은설란이 곧바로 바깥에서 기다리고 있는 시비에게 말했다.

"들어오시라고 전해 주세요."

"예, 각주님."

시비는 곧바로 맹주를 모시러 바깥으로 달려 나갔고, 그러자 은설란이 다시금 입을 열었다.

"이곳에 있어도 괜찮겠어요?"

"무림맹주의 눈을 피해 도망치는 것도 쉬운 일은 아니

지. 괜한 오해를 사는 것보다는 차라리 당당히 있는 게 나을 것 같군."

"일리가 있는 말이네요."

입구에서부터 은설란의 집무실까지의 거리는 그리 멀지 않았기에 곧 이곳에 율무천이 도달할 수 있었다. 굳게 닫힌 문 건너에서 율무천의 목소리가 들려왔다.

"비각주 안에 있는가?"

"네, 들어오시죠, 맹주님."

은설란의 말이 떨어지자 닫혀 있던 집무실의 문이 열렸다.

애초부터 문 바깥에 율무천을 제외한 다른 이들이 있음을 알고 있었다. 하지만 그쪽을 바라보고 있던 은설란이 상대들을 보고는 살짝 표정을 구겼다.

율무천과 함께 모습을 드러낸 자들은 다름 아닌 백하궁의 인물들이었기 때문이다.

은설란이 자리에서 일어났다.

"이 늦은 시각에 어인 일이신가요?"

"허허, 할 말이 있어서 찾아왔다네. 그나저나 오랜만에 뵙소이다, 현 소협."

현무를 향해 율무천이 가볍게 인사말을 던졌고, 그 또한 포권으로 예를 갖췄다. 현무는 이곳에 은설란의 손님으로 기거하고 있었고, 그랬기에 맹주와는 몇 차례 안면을 봐 왔던 사이였다.

현무는 율무천과 함께 온 백호와 눈이 마주쳤다.

백호가 손을 들었다.

"너도 있을 줄은 몰랐는데?"

"나도 네가 찾아올 줄은 몰랐다."

짧은 두 사람의 대화에 율무천이 의외라는 듯이 물었다.

"현 소협을 아시는가?"

"안다면 아는 사이랄까……."

백호가 뜻 모를 말과 함께 히죽 웃어 보였다.

둘의 사이에 대해 묘한 시선을 보내던 율무천을 향해, 은설란이 화제를 바꾸며 입을 열었다.

"이렇게 늦은 밤에 절 찾으신 이유가 뭐죠? 그것도 백하 궁 분들하고 같이 찾아오시다니. 그 이유가 궁금하군요."

말을 하는 은설란의 어투는 날카로웠다.

마치 아무런 이유 없이 자신을 귀찮게 할 거라면 당장 이라도 나가 주었으면 하는 느낌이 풀풀 풍겨질 정도였다. 그런 그녀의 행동을 이미 예상했었다는 듯이 율무천은 태 연했다.

"뭐가 그리도 급한가."

"하실 말씀이 있어서 오셨다면서요. 그게 뭔지나 들어보죠."

은설란이 재촉하자 율무천이 알겠다는 듯 고개를 끄덕이고는 천천히 의자에 가서 앉았다. 그리고 이내 자신을 똑바로 바라보는 은설란을 향해 말했다.

"지금부터 내가 하는 말은 절대 비밀을 엄수해야 하네."

"무슨 일이신데……."

"사실 오늘 무림맹 내부에 살수가 잠입했다네."

"……살수라고요?"

"그렇다네. 이게 말이나 되는가. 어찌 무림맹 한 중앙까지 살수가 잠입하는 게 가능하단 말인가. 이 일이 바깥으로 새어 나간다면 아마 우리는 웃음거리가 될 것일세."

"그래서 누가 죽은 거죠?"

은설란은 최대한 태연한 표정으로 물었다.

그러자 율무천이 고개를 저으며 대답했다.

"다행히 아무도 죽지 않았다네."

"아무도…… 죽지 않았다고요?"

은설란의 목소리가 살짝 흔들렸다. 그렇지만 율무천은 대수롭지 않다는 듯이 말을 받았다.

"그렇다네. 다행히도 이 친구들이 사전에 그 계획을 알아차려 준 덕분에 끔찍한 피해를 면했지 뭔가. 놈들은 허규의 아들을 노렸더군."

"그렇군요. 이유가 뭘까요?"

평정심을 되찾은 듯 은설란이 되물었다.

그러자 기다렸다는 듯이 율무천이 말했다.

"그게 바로 내가 자네를 찾아온 이유일세. 살수들은 이미 얼굴이 뭉개진 상태라 정체를 알 수가 없더군. 그러니 자네가 비밀리에 이 일에 대해 조사를 해 줬으면 하네."

"제가요?"

"그렇다네."

"어째서 제게……."

"그 일에 자네만 한 적임자가 어디 있겠는가. 내가 어디 숨어 있든 귀신 같이 찾아내는 실력이니 이런 일도 잘 해낼 거라는 생각이 들더군."

웃으며 말하는 율무천을 바라보던 은설란이 잘근 입술을 깨물었다. 하지만 이내 그녀는 억지로 웃어 보이며 고개를 끄덕였다.

"그러죠. 그런데 하나 궁금한 게 있는데, 백하궁이 어떻게 그 계획을 사전에 알 수 있었던 거죠?"

은설란이 월하린을 바라보며 물었다.

그녀의 질문에 월하린이 답했다.

"그건 정확하게 말씀드리기 어려울 것 같아요. 그냥 저희 측의 정보망에 걸렸다고 생각해 주세요."

"……그래요?"

은설란은 더는 캐묻지 않았다.

그러고는 대신 알겠다는 듯이 다시금 말했다.

"어쨌든 그 일에 대해서는 제가 알아보도록 할게요, 맹주님."

"좋네, 그럼 부탁하지. 각주의 능력이라면 분명 알아낼 거라 믿네. 그럼 이만 우리는 가 보도록 하지."

말을 마친 율무천이 자리에서 일어났다.

그러고는 은설란을 향해 뜻 모를 미소를 보여 주고는 그대로 몸을 돌려 뒤편에 있던 백하궁 인원들과 함께 다시금 걸어 나갔다.

맹주가 나간 지 얼마 되지 않아서였다.

은설란이 기분 나쁜 어투로 막 입을 열었다.

"이건……."

"쉿."

현무가 손가락으로 조용히 하라는 신호를 보냈다. 그러고는 무려 반 각 가까이가 지나서야 현무가 천천히 입을 열었다.

"함부로 떠들지 않는 게 좋아. 백호 저놈이라면 우리의 이야기를 엿들을 수 있을 테니까."

"아, 그래서 저에게 조용히 하라고 한 거군요."

"그래. 전에도 말했지만 저놈의 능력을 얕봐서는 안 돼. 위험한 놈이거든."

"신세를 졌군요."

"그런 쓸데없는 소리는 됐고. 그보다 대체 어떻게 된 거지? 실패한 것 같은데?"

현무의 질문에 은설란이 이를 갈았다.

"맞아요. 백하궁이 제 계획을 망쳐 놓은 것 같군요."

"대체 어떻게 알고 움직인 거지?"

"뻔한 거 아닌가요?"

은설란이 입술을 잘근잘근 깨물며 말을 이었다.

"저희 그림자회 내부에 첩자가 있어요."

"첩자?"

"그렇지 않고서야 알 방도가 없죠. 더군다나 암살 계획이 나오기 무섭게 움직였는데. 이토록 빠르게 알아냈다는 건…… 첩자가 없다면 불가능해요."

"의심 가는 자는?"

"아직요."

말을 마친 은설란이 분하다는 듯이 주먹을 움켜쥐고는 입을 열었다.

"맹주는 알고 있었어요. 우리의 짓이라는 걸. 그러니까 일부러 보여주러 온 거겠죠. 괜히 저희가 수를 부리려는 것만 맹주에게 보여 주는 꼴이 되어 버렸군요. 아마 맹주 쪽에서 방비가 더 심해질 거예요."

기회라 생각하고 벌였던 일이, 오히려 맹주 쪽의 경계심만 강화시켜 주는 꼴이 되어 버렸다.

"꼬리가 잡힐 만한 일은 없는 거겠지?"

"물론이죠. 심증은 있겠지만 물증이 없으니 맹주도 쉽사리 움직이지 못할 거예요. 그러니 저에게 이런 협박이나 하고 간 거겠죠. 물증이 있었다면 이런 식으로 자신의 패를 던지진 않았겠죠."

"어찌 됐든 간에 내부에 간자가 있다면 그것부터 정리해야겠군."

"그래야겠죠. 이대로 뒀다간 더 큰일도 외부로 흘러나갈지 몰라요."

"아무래도 계획이 틀어진 이상 준비시켰던 일도 잠시 미루도록 해야겠군."

"그래 주셨으면 좋겠어요."

"알겠다. 그렇게 하도록 하지."

말을 마친 현무가 자리에서 일어났다.

"가시게요?"

"뒤처리해야 할 일이 생겼으니까."

"그래요, 부탁하죠."

은설란을 향해 현무가 알겠다는 듯 고개를 끄덕이고는 그녀의 집무실을 빠져나왔다. 현무는 곧바로 장원에 난 길을 통해 자신이 머무는 목적지를 향해 걷기 시작했다.

집무실을 나와 한참을 걷던 현무가 갑작스럽게 발을 멈추었다.

현무가 천천히 입을 열었다.

"백호, 너인가?"

그 순간 나무 뒤편에서 백호가 모습을 드러냈다. 백호가 홀로 이곳에서 현무를 기다리고 있었던 것이다.

백호는 당과를 문 채로 심드렁하니 말했다.

"뭐 이렇게 늦게 오냐?"

"무슨 일이지?"

"무슨 일일 것 같은데?"

백호가 웃으며 현무에게 다가왔다. 그는 뚫어져라 현무를 응시하며 거리를 좁혀왔고, 이내 손만 뻗으면 닿을 정도로 둘 사이의 거리가 가까워졌다.

백호는 웃고 있었지만 그 웃음이 결코 가벼워 보이지 않는다.

현무를 바라보며 백호가 물었다.

"이번 일, 너도 관련됐지?"

"왜 그렇게 생각하지?"

"무림맹주라는 작자가 괜히 그 여자를 찾아간 건 아닌 것 같아서 말이야. 그리고 넌 그 여자하고 밀접한 관계인 것 같아 보였고."

"……내가 대답할 의무가 없는 걸로 보이는데? 난 이만 가지."

말을 마친 현무가 그냥 백호를 스쳐 지나가려고 할 때였다. 백호가 손을 들어 현무의 앞을 가로막았다. 현무가 눈살을 찌푸렸다.

"이게 무슨……."

"내가 했던 경고 벌써 잊은 거냐? 내 주변의 인간들을 건드리면 죽여 버린다고 했던 거 같은데."

말을 마친 백호가 요기를 뿜어 댔다.

백호의 손톱이 천천히 길어지기 시작했다.

"아무래도 그냥 말로 하면 기억을 못 하는 것 같으니 네 몸에 새겨 주든지 해야겠군."

백호의 기운을 느낀 현무 또한 요기를 끌어올렸다.

으르르르릉!

현무의 입에서 낮은 소리가 흘러나왔다.

둘의 몸 주변으로 검은 기운이 얽히고 들어갔다. 현무의 등에서 천천히 회색 갈기가 모습을 드러내고 있었다.

흑련석이 점점 검은 기운에 휩싸여 가며 당장이라도 서

로에게 손을 휘두르려는 그 찰나였다.

서로를 향해 달려들려는 두 요괴 사이로 한 줄기의 빛이 쏘아져 나왔다.

파앙!

짧은 소리가 들려오자 둘은 동시에 뒤로 물러났다.

그리고 그런 둘 사이에는 어느새 화살 하나가 날아와 박혀 있었다.

불꽃에 감싸인 화살을 보는 순간 현무의 눈동자에 가득했던 살의가 사라졌다. 그가 황급히 고개를 돌려 화살이 날아온 방향을 바라봤다.

그곳에서는 현무가 그토록 보고 싶어 하던 주작이 자리하고 있었다. 그녀가 붉은 머리카락을 나풀거리며 다가오고 있었다.

다가오는 주작을 아련한 눈빛으로 바라보는 현무와 다르게 백호는 확 짜증을 냈다.

"너 이게 무슨 짓이야?"

"멀리서 봤는데 분위기가 심상치 않아서. 싸우기 시작하면 내가 말려도 안 멈출 거잖아."

백호는 주작의 그 말에 일순 할 말을 찾지 못했는지 입맛만 다셨다. 그런 백호에게 다가온 주작이 밝은 얼굴로 물었다.

"잘 지냈어?"

"그럭저럭."

"······당과는 여전하네? 계속 먹을 생각이야?"

아직까지도 입에 물고 있는 당과를 보며 주작이 뭔가가 맘에 안 든다는 듯이 중얼거렸다. 그런 그녀를 향해 백호가 대수롭지 않게 대꾸했다.

"응. 맛있거든."

백호와 주작이 말을 주고받을 때였다.

이미 요기를 거두고 인간의 모습으로 돌아간 현무가 주작을 향해 말을 걸었다.

"언제 온 거야?"

"방금? 근데 오자마자 너희들 싸우는 꼴이나 봐야겠어? 대체 무슨 일로 싸우려고 한 거야? 내가 그렇게 부탁했잖아, 현무."

"······그냥 조금 말다툼을 한 것뿐이야."

주작의 화난 말투에 현무가 누그러진 목소리로 대답했다.

제10장. 삼자대면
— 청룡에게 전해

　주작의 등장과 동시에 불타오르던 분위기가 확 하니 식어 버렸다. 내심 현무와 한판 하려던 계획이 망가지자 백호가 불만스럽게 투덜댔다.

　"여긴 무슨 일이냐? 너도 여기서 지내?"

　"아니, 그건 아니고…… 그냥 지나가던 차에 잠깐 들렀지."

　웃으며 말하는 주작을 보며 현무는 내심 쓰린 속을 달랬다. 오랜 시간 이곳에 있었지만 그녀가 일이 있을 때를 제하고 이렇게 찾아왔던 적은 단 한 번도 없었던 탓이다.

　현무는 알고 있었다.

그녀가 왜 평소와 달리 무림맹에 모습을 드러냈는지를. 그 모든 건 바로 백호 때문이다. 백호가 이곳에 있음을 알고 멀리서 한달음에 달려온 게 분명했다.

주작은 그저 자신만 바라보는 현무를 바라보지도 않고 백호에게 다시금 물었다.

"그런데 왜 갑자기 싸움질이야?"

"궁금하면 저놈한테 물어봐."

백호는 당과가 든 입을 우물거리며 귀찮다는 듯이 대꾸했다. 그제야 주작이 현무에게로 시선을 돌렸다.

"뭔데? 그냥 조금 말다툼 한 걸로는 안 보였으니까 거짓말하지 말고."

주작은 처음 현무가 했던 말을 짚으며 물었고, 그는 어쩔 수 없다는 듯이 대충 상황을 설명했다.

"백호는 우리의 일이 마음에 들지 않는 모양이다."

현무가 그 말을 내뱉었을 때였다.

짜증스러운 표정으로 서 있던 백호의 두 눈동자가 낮게 빛났다.

"우리?"

백호의 시선이 자연스레 주작에게로 향했다. 현무가 말한 우리라는 게 누구인지 굳이 듣지 않아도 알 것 같았다.

짜증이 맴돌던 백호의 표정이 일순 차갑게 돌변했다.

"주작, 너도 개입된 거로군."

"백호! 내 이야기를 들어 봐. 우리는……."

"너희 둘만 개입되어 있을 리 없으니 청룡도 관련되었다고 봐야겠지?"

기분이 나쁘다는 표정을 짓는 백호에게 주작은 어떻게든 변명하려 했지만 그는 들어 줄 의향이 없는 듯 보였다. 주작의 말을 자르며 내뱉은 백호의 한마디에 둘은 꿀 먹은 벙어리처럼 대답하지 못했다.

백호는 그런 둘의 모습에서 확신을 가질 수 있었다. 거칠어진 어투로 그가 말했다.

"대답 못 하는 걸 보니 맞나 보군. 하기야 둘이서만 일을 꾸밀 리는 없을 테니까. 대체 너희들 무슨 짓을 하려는 거냐?"

백호는 되물었다가 이내 고개를 저었다.

"아니, 너희가 무슨 짓을 하든 상관없어. 현무에게 말했지만 다시금 이야기하지. 똑똑히 듣고 청룡에게도 전해. 너희들이 뭘 해도 돼. 다만…… 백하궁은 건드리지 마. 내 주변의 인간들에게 손대면 그때는 절대 용서하지 않는다."

자신을 똑바로 응시하며 내뱉는 백호의 말에 주작은 쉬이 입을 떼기가 어려웠다. 백호의 진지한 말투에서 그의 진심이 느껴진 탓이다.

잠시 머뭇거리던 주작이 이내 길게 한숨을 내쉬었다. 너무나 확고하게 말하는 백호, 그렇지만 주작은 그와 함께하고 싶었다.

"기억해, 백호?"

"뭘?"

"전에 백하궁에서 만났을 때 내가 말했잖아. 나와 함께 가자고."

"그랬지. 그런데 그게 왜?"

"그때부터 하려던 이야기였는데 지금 할게. 네 말이 맞아. 나와 현무, 청룡 셋은 뭔가를 준비하고 있어. 그리고 그건 아마도 이 인간 세상을 완전히 바꾸어 버릴 만한 거대한 계획일 거야."

세상이 바뀔 거라는 이야기를 아무렇지 않게 하는 주작, 그리고 그 말을 듣고 있는 백호 또한 별다른 표정 변화가 보이지 않았다.

"그래서?"

"난 그 일에 너도 함께했으면 좋겠어."

"분명 대답은 그때 했던 것 같은데. 난 백하궁을 떠날 생각이 없다고."

"알아. 아는데…… 넌 지금의 삶에 만족해?"

"그건 또 무슨 뜬금없는 소리야. 알아들을 수 있게 말해."

백호가 짜증스럽다는 듯이 말하자 주작이 그런 그에게 자신의 속내를 드러냈다.

"백호, 예전을 생각해 봐. 인간은 우리를 무서워했었고, 또 우리는 그런 인간들 위에서 군림했었어. 하지만 지금을 봐. 인간들은 우리의 존재조차 알지 못하고, 설령 알게 된다면 아마 자신들의 힘으로 우리를 제거하려고 할 거야. 예전에는 불가능했지만 지금의 인간들에게는 우리에게 대적할 힘이라는 게 생겼으니까."

기껏해야 쇠붙이 정도 휘두르거나, 돌팔매질이나 해 대던 인간에게 이제는 무공이라는 게 생겼다. 그들은 무공을 익힘으로 인해 요괴인 자신들을 뛰어넘는 힘을 가져 버렸다.

주작이 다소 격앙된 목소리로 말을 이었다.

"이대로 살 순 없는 거 아냐? 우리도 다시금 세상 앞으로 나가야 한다고 생각해. 다시금 인간들 위에 군림하면서 고귀하게 살고 싶어. 안 그래, 백호? 너도 이렇게 하찮은 인간들과 뒤섞여 사는 인생이 좋을 리가 없잖아."

자신과 같지 않냐는 듯이 열변을 토해 낸 주작이 백호를 빤히 바라보고 있을 때였다. 가만히 서 있던 백호가 입을 열었다.

"난…… 좋다."

"좋다고? 우리 중에 이런 걸 가장 못 견뎌 하는 게 너여야 하는 거 아냐? 너는 자존심도 강하고 우리 중에서 인간을 가장 싫어……."

"맞아, 그랬지."

"그런데 대체 왜?"

"재밌잖아."

"뭐?"

"재미있다고. 인간들하고 같이 사는 것도 제법."

"……내 귀를 믿을 수가 없네."

주작이 믿기지 않는다는 표정을 지은 채로 중얼거렸고, 그건 비단 그녀뿐만이 아니었다. 말없이 서 있던 현무조차 백호의 대답에 당황한 기색이 역력했다.

다른 이도 아닌 백호가 인간들과 사는 게 재미있다 말할 줄은 몰랐던 것이다.

이해가 안 간다는 표정을 짓고 있는 둘을 향해 백호가 고개를 저으며 한심하다는 듯이 말했다.

"쯧쯧, 하여튼 꽉 막혀서는. 너희 인간과 우리의 차이를 알아?"

"인간과 비교당하는 것 자체가 불쾌한데."

"멍청하긴. 그래서 안 되는 거야."

말을 마친 백호가 품 안에서 당과 주머니를 꺼내서 흔들었다. 그러고는 가만히 자신을 바라보는 둘을 향해 입을 열었다.

"이 당과가 그 차이점이지."

"또 그놈의 당과 이야기야? 대체 당과가 지금 하려는 말하고 무슨 상관이 있는데?"

"이 당과, 우리라면 만들 수 있었을까?"

"없었겠지. 그런 하찮은 걸……."

"맞아. 우리는 이런 걸 만들지 않았겠지. 그리고 그건 무공도 마찬가지였을걸."

"……."

"인간은 우리와 달라. 계속해서 뭔가를 탐구하고 만들어 가지. 그래서 재미있어. 그들이 무공을 만들지 않았다면 나는 지금보다 약했을 거야. 그래서 난 만족해. 인간은 앞으로도 더 많은 걸 만들어 낼 것이고, 난 또 그걸 앞지르기 위해 노력할 거야."

백호 또한 처음엔 다르지 않았다.

인간이라는 존재를 무시했고, 가벼이 생각했다. 그렇지만 인간들 사이에 섞여 지내며 백호는 나름 많은 것을 느꼈다.

백호가 주작과 현무를 향해 말을 이었다.

"인간이 있기에 나는 내 스스로가 더 발전할 수 있다 생각해. 그런 인간들과 사는데 재미있는 건 당연한 거 아냐?"

"인간 때문에 우리가 발전할 거라고?"

"응. 그리고 너희 눈에 하찮아 보이는 그 인간들도 안에서 같이 지내다 보니 다들 나름 귀여운 맛들이 있더라고. 뭐, 좀 시끄러운 게 문제이긴 한 놈들이지만."

백호는 전우신과 아운을 생각하며 중얼거렸다.

긴말을 내뱉은 백호가 이내 당과 주머니를 품에 다시금 넣었다.

"생각보다 시간을 많이 잡아먹었네. 난 이만 갈 테니 내가 한 말 잘 새겨들어. 청룡한테도 꼭 전하고."

"벌써 가려고? 오랜만에 만났는데 조금만 더…….."

주작이 떠나려는 백호를 잡고 싶었는지 황급히 말했다.

사실 백호와 더 이야기를 해서 그와 함께 이곳 무림맹을 떠나고 싶었다. 그리고 그런 모든 것들을 떠나 백호를 만나기 위해 사 일 밤낮을 달려 이곳에 온 주작이다.

백호와 조금이라도 더 함께 있고 싶은 마음은 당연했다.

그렇지만 백호는 그런 주작의 마음은 신경조차 쓰지 않았다.

"급한 일이 있어서 가 봐야 돼."

"급한 일이 뭔데?"

아쉽다는 듯 묻는 주작을 향해 백호가 히죽 웃으며 대답했다.

"월하린하고 밤참 먹기로 했거든."

그 말을 마친 백호는 아무렇지 않게 둘의 옆에서 떨어져 획 하니 달려가 버렸다. 순식간에 사라진 백호의 뒷모습을 바라보는 주작의 얼굴은 잔뜩 일그러져 있었다.

그녀가 황당하다는 듯이 중얼거렸다.

"하아, 밤참?"

그리고 그런 주작의 옆을 현무가 묵묵히 지키고 서 있었다.

*   *   *

사내는 무척이나 평범했다.

적당한 키에, 평범한 얼굴. 그리고 봇짐 하나 짊어진 간단한 차림새까지. 눈에 띄는 거라곤 하나 없는 그저 보통의 중년 사내였다.

짧은 수염을 한 사내가 오르고 있는 산은 다름 아닌 절강성에 있는 안탕산(雁蕩山)이라는 곳이었다. 안탕산은 꽤나 이름 높은 명산으로, 안개가 많이 끼는 산으로도 유명했다.

호수가 많기로 유명한 이 산을 오르는 사내의 움직임은 범상치 않았다. 겉모습은 무공 하나 모르는 것처럼 보였지만 그 움직임을 보아하니 제법 경공에 능한 무인이 분명했다.

사내의 정체는 바로 하오문 절강성의 한 지부를 맡고 있는 양홍이라는 자였다. 평상시 그는 조그마한 서점의 주인으로 지내지만, 실상은 하오문 내에서도 손꼽히는 고수 중 하나였다.

그는 익숙한 발놀림으로 안탕산을 올라 이내 목적지에 도달할 수 있었다.

'흐음, 딱히 뭐 이상한 건 없는데.'

양홍이 주변을 두리번거리며 속으로 중얼거렸다. 그가 이곳에 찾은 이유는 얼마 전에 내려온 극비 사항 때문이었다.

양홍은 한 사내의 용모파기에 대해 전해 들었고, 그런 외모를 지닌 자를 탐문해 가던 중 이곳 안탕산 초입에서 그것과 흡사한 자를 본 적이 있다는 정보를 입수했다.

곧바로 와서 근방을 뒤져 봤지만 그런 자를 찾지 못했고, 그랬기에 이곳 안탕산까지 샅샅이 뒤지고 있는 중이었다. 나름 커다란 정보망을 이용해 주변을 조사했지만 위에서 내려온 사내의 얼굴과 비슷한 이는 찾지 못했다.

산을 뒤지던 양홍은 이내 자신이 전해 들은 소문이 틀린 거라는 판단을 내렸다.

'에잉, 이거 괜한 걸음만 했군.'

품 안에서 사내의 용모파기가 그려진 종이를 꺼내 잠시 바라보던 그가 입맛을 다셨다.

하오문주에게서 직접 내려온 명이다.

그만큼 이 일은 중요한 일일 공산이 컸다.

아쉬운 마음을 뒤로한 채 그냥 그렇게 산을 내려가려던 양홍의 시선이 어딘가에 이르러 멈추었다. 그건 다름 아닌 물가 옆에 있는 커다란 동굴의 입구였다.

'여기에 동굴이 있었나?'

이곳 안탕산을 수도 없이 오르락내리락했지만 저 동굴 입구는 처음 보는 것이었다. 근방으로 다가간 양홍은 이내 동굴의 입구를 천천히 살폈다.

만들어진 지 꽤나 오래되어 보였는데, 이상하게 처음 보는 곳이었다.

잠시 의아했지만 양홍은 이내 알 수 있었다.

평상시 이곳은 폭포의 물줄기가 거세게 떨어져 내리며 가려져 있었던 동굴이다. 그러던 것이 어떠한 연유에서인지 폭포수가 사라지며 그 모습을 드러낸 모양이다.

양홍은 천천히 바닥을 어루만졌다.

동물의 발자국도 없고, 그렇다고 해서 특유의 냄새도 나지 않는다.

'동물이 있는 건 아닌 것 같은데.'

별거 아닐 수도 있었지만 양홍은 뭔가 이 동굴이 수상쩍었다.

양홍이 조심스럽게 동굴 안으로 발을 디뎠을 때였다.

휘이이이익!

밀려드는 거센 힘을 느낀 양홍이 황급히 몸을 뒤로 틀었다. 뒤편에서 커다란 장포를 뒤집어쓴 뭔가가 양홍에게 달려들고 있었다.

번쩍!

양홍은 놀랐지만 최대한 침착하게 대응했다.

품속에 있던 비도 한 자루가 달려들던 상대를 향해 날았다. 허나 그 비도는 곧바로 튕겨져 나갔다. 그리고 채 방비도 하기 전에 뭔가 서늘한 것이 그의 몸을 스치고 지나갔다.

서컹.

"이건……."

그것이 끝이었다.

양홍의 몸이 정확하게 정수리부터 해서 반으로 갈라졌

다. 동시에 피 분수가 일며 장포를 뒤집어쓴 자의 얼굴과 손등에 잔뜩 튀었다.

장포를 쓴 자는 그 피를 혀로 가볍게 핥았다.

그리고 그때 동굴의 짙은 어둠 속에서 누군가가 걸어 나왔다. 밝은 햇살에 비치는 청색의 머리카락은 흡사 바다를 연상케 했다.

새파란 머리카락의 주인인 청룡이 장포를 뒤집어쓴 자에게 말했다.

"혈천대라공을 완성한 모양이구나."

"다 청룡님 덕분입니다."

"맘에도 없는 입 발린 소리는."

청룡의 앞에 선 장포 사내의 정체는 바로 유강이었다. 그리고 장포 사이에서 드러난 유강의 두 눈동자는 새빨갛게 변해 있었다.

인간 같지 않은 모습.

하지만 유강은 만족한 듯이 웃고 있었다.

청룡은 그런 유강에게서 시선을 떼고는 바닥에 두 동강난 시신을 바라봤다. 그러고는 냄새가 불쾌하다는 듯이 표정을 찡그리며 중얼거렸다.

"이상하단 말이야. 어떻게 벌써 이곳을 알아낸 거지? 쥐새끼들이 꼬이긴 너무 이른데……."

"누군지 조사를 해 볼까요?"

"그래야지."

"그런데…… 대체 이 안에는 뭐가 있는 겁니까?"

유강이 동굴 쪽을 바라보며 물었다.

청룡과 함께 이곳에 왔지만 단 한 번도 안에 들어 가 본 적이 없는 유강이다. 청룡은 유강조차도 이 동굴 안에 들어가지 못하게 명을 내렸었다.

그래서 내심 궁금하긴 했지만 혈천대라공의 대성을 눈앞에 뒀던 상황인지라 유강은 다른 쪽에 더 신경을 썼었다. 하지만 혈천대라공을 완성시키자 여태까지 신경 쓰지 않았던 동굴 안의 뭔가가 너무나 궁금해지기 시작한 것이다.

그런 유강의 물음에 청룡이 픽 하고 웃었다.

그러고는 손가락에 낀 반지를 가볍게 만지며 말했다.

"그걸 알면 너라도 죽어야 할 텐데?"

"그렇다면 방금 한 질문은 없었던 걸로 하죠."

"현명하군."

유강은 알고 있었다.

청룡이라는 자의 강함은 자신이 생각하는 것 이상이다. 괜히 그의 눈 밖에 나고 싶지 않았다. 혈천대라공을 대성한 유강은 피를 보자 점점 더 흥분되기 시작했다.

혈천대라공은 피를 보면 볼수록 더욱 살인을 갈구하게

되는 마공이다. 그랬기에 유강은 피를 보자 몸이 근질거렸다.

점점 더 붉게 물드는 유강의 눈을 보며 청룡은 그가 어떤 상태인지 단번에 알아차렸다. 청룡이 살인 충동에 휩싸여 있는 유강을 향해 말했다.

"슬슬 네가 나설 때가 된 것 같군."

"그 말을 기다렸습니다."

청룡의 말에 유강이 새빨간 두 눈을 빛내며 답했다.

그런 유강을 향해 청룡이 짧게 명을 내렸다.

"사냥을 시작하지."

*   *   *

이른 아침부터 백하궁의 인원들이 기거하는 연성각이 시끄러웠다. 그건 다름 아닌 전우신과 아운 때문이었다. 둘은 별것도 아닌 걸로 말다툼을 벌이고 있었다.

"내가 먹으려고 아껴 둔 거였다니까?"

"그러게 누가 놔두래?"

"하, 이 자식이 잘못해 놓고 오히려 이렇게 뻔뻔하게 나오겠다?"

"잘못한 게 없는데 뻔뻔할 게 있나?"

잘못한 게 없다는 전우신의 말에 아운이 억울하다는 듯이 발을 동동 굴러 댔다. 시끄럽게 떠들어 대는 둘의 옆으로 어느덧 백호가 다가왔다.

밤새 무공을 연마한 백호는 피곤한 얼굴로 들어오다가, 시끄럽게 떠드는 둘을 바라보고는 가볍게 고개를 저었다.

백호가 둘을 바라보며 입을 열었다.

"이거 다시금 쌈질하는 걸 보니 반갑기도 하고, 화가 나기도 하고…… 이걸 어째야 되냐?"

최근 들어 극도로 말수가 줄었던 아운이다.

그랬기에 이 같은 싸움을 보는 것도 쉽지 않았거늘, 어제의 그 일 이후 아운은 예전의 모습을 되찾은 것 같았다.

내심 이렇게 다투는 게 반가우면서도, 또 앞으로도 이 시끄러운 걸 봐야 한다는 생각에 백호는 골치가 아픈 모양이었다.

말을 마친 백호는 그대로 침상에 벌렁 누워 버렸다.

백호가 길게 하품을 했다.

어제 늦은 밤 월하린과 밤참을 먹고는 소화 좀 시키겠다며 움직이기 시작한 무공 훈련이 이렇게 오후까지 이어져 버린 것이다.

그런 백호의 모습을 본 전우신이 물었다.

"안 주무셨습니까?"

"응, 그러니까 싸우려면 나가서들 싸워라. 골 아프니까."

"싸우긴요. 애도 아니고."

전우신의 말에 백호가 어처구니없다는 듯이 그를 바라봤다. 그런 백호의 시선이 불편했는지 전우신은 괜히 고개를 돌리고 헛기침을 해 댔다.

그렇게 전우신이 어색해하고 있을 때였다.

문으로 월하린이 모습을 드러냈다.

"백호, 왔어요?"

"여어."

백호가 침상에서 반쯤 몸을 일으킨 채로 월하린에게 손을 흔들어 댔다. 그녀의 등장에 전우신과 아운이 자리에서 일어나 짧게 인사를 전했다.

그런 둘에게 가볍게 인사를 한 월하린이 방에 들어와 의자에 앉았다.

"소식 들었어요?"

"소식이라뇨?"

"일도문 문주 허규의 조사가 조금 더 깊게 들어간 모양이에요. 저희가 알고 있던 것들 말고도 정황상 의심되는 건수들이 몇 개 더 있다고 하더라고요. 맹주께서 직접 나서셨으니 중벌이 떨어질 것 같아요."

"그렇군요."

전우신이 월하린과 말을 주고받았고, 그동안 아운은 가만히 앉아 둘의 이야기를 듣기만 했다. 그런 그를 향해 전우신이 시선을 돌리더니 장난기 사라진 목소리로 말했다.

"미안하다. 무림맹의 특성상 죄가 밝혀져도 죽이지는 않을 거 같다."

"상관없어."

아운이 실눈을 한 채로 슬며시 웃어 보였다. 그러고는 이내 아무렇지 않다는 듯한 표정을 내비치며 말했다.

"죽이는 것보다 허규 자기 자신이 평생 일궈 놓은 것들이 무너져 내리는 걸 직접 보는 게 더 통쾌할 것 같거든."

일도문은 흔들릴 것이다.

다른 이도 아닌 문주가 이 같은 일에 개입되어 있음이 밝혀졌는데 멀쩡할 수 있을 리가 없다. 그리고 일도문이 무너진다면 그건 허규에게 죽음 이상의 고통이리라.

아운은 자신의 이마를 가만히 어루만졌다.

오래된 상처인데도 불구하고 마치 어제 생긴 것처럼 항상 쓰라리게 느껴졌었는데…… 이상하게 어제부터 그 고통이 거짓말처럼 사라졌다.

그리고 사라진 고통과 함께 아운의 마음 또한 한결 편해졌다.

이마를 만지며 가볍게 미소를 흘리고 있는 아운을 바라보던 월하린이 이내 침상에 누워 있는 백호에게 말을 걸었다.

"곧 정도회의 마지막 행사가 있을 거라는데…… 이렇게 피곤해서 괜찮겠어요?"

"어차피 볼 것도 없는데 그냥 여기서 자고 있을게."

보고 싶었던 비무 대회도 다 끝난 지금, 이곳 무림맹에서 백호의 관심사는 사라졌다 봐도 무방했다.

백호는 졸린 눈을 부비며 전우신과 아운에게 말했다.

"무림맹이니 별일은 없겠지만 나 없어도 방심하지 말고."

"궁주님은 저희가 지킬 테니 백호님은 한숨 푹 주무시죠!"

아운이 걱정 말라는 듯이 소리쳤고, 그런 그를 백호가 못 미더운 시선으로 잠시 바라보다 이내 졸린 듯이 눈을 감았다.

백호가 곧바로 잠에 빠져들자 월하린이 자리에서 일어났다. 그리고 그런 그녀의 뒤를 빠르게 두 사람이 좇았다.

사실 정도회는 일정상 어제 끝났어야 옳았다.

그런데 전우신이 비무 대회에서 사고를 벌였고, 그 탓에 모든 일정이 뒤로 밀려 버렸다. 중지된 비무 대회가 이틀

날 다시 개최된 탓에 원래 계획보다 하루 더 길어지게 되었던 것이다.

정도회의 마지막 자리에 참석하기 위해 걷던 도중에 아운이 장난스럽게 말했다.

"정도회의 날짜를 하루 늘어나게 만든 인간은 아마 너밖에 없을 거다."

"칭찬이냐?"

"그건 잘 모르겠고, 적어도 앞으로 두고두고 네 이야기는 회자되겠지."

"썩 유쾌한 이야기는 아니군."

전우신이 고개를 저으며 중얼거렸다.

둘의 투덕거림에 월하린이 그저 웃으며 함께 걷고 있을 때였다.

"이봐요."

뒤편에서 들려온 목소리가 이들의 발걸음을 멈추게 했다. 슬쩍 뒤를 돌아본 월하린은 목소리의 주인공을 확인하고는 깜짝 놀랐다.

주작이 그곳에 서 있었다.

그녀가 말했다.

"나 기억하죠?"

"물론이죠."

어찌 저 여인을 잊겠는가.

새빨간 머리카락만큼 강렬한 인상을 심어 주었던 여인이 아니던가. 월하린은 이곳에서 주작을 만날 거라고는 생각도 못 했는지 제법 놀란 눈치였다.

그리고 전우신과 아운 또한 주작의 등장에 놀라 있었다.

'언제 뒤로 온 거지?'

아운이 상대를 응시했다.

뒤까지 다가오는데 전혀 기척을 느끼지 못했다.

전우신은 일전에 주작을 본 적이 있었지만, 아운은 그녀와 일면식도 없는 사이였다. 아운이 황급히 전우신에게 전음을 보냈다.

『누군지 알아?』

『백호님과 아는 사이라고 들었다. 나도 예전에 단 한 번 본 적이 있는데…… 엄청난 궁술을 지녔다는 것만 알고 있다.』

둘이 전음을 주고받을 때였다.

어느덧 다가선 주작이 주변을 둘러보더니 물었다.

"백호는 없어요?"

"네. 피곤하다고 좀 쉬겠다네요. 무림맹에 오신 걸 알았으면 아마 백호도 만나 뵈러 왔을 텐데……."

"백호는 이미 알아요. 어제 잠깐 만났거든요."

주작이 말을 내뱉고는 월하린을 바라봤다.

만나 보러 올 거라고? 그 잠깐의 만남 중에도 저 여인을 보겠다고 가 버린 백호였다. 설령 지금 자신이 이곳에서 기다리고 있음을 알았다 한들 백호는 오지 않았을 게다.

자신이 안중에도 없다는 것 정도는…… 비참하지만 너무나 잘 알고 있다.

주작이 월하린을 뚫어져라 쳐다보다 입을 열었다.

"잠깐 이야기 좀 할까요? 시간 있어요?"

"아, 조금은요."

"그럼 잠깐 자리 좀 옮기죠."

말을 마친 주작이 발을 옮기려다가 멈추어 섰다. 그녀가 뒤따르려는 두 사람을 향해 짧게 말했다.

"그쪽 둘. 당신들은 여기서 기다려요."

"죄송하지만 궁주님의 옆을 지켜야 해서요."

아운이 실실 웃으며 말했을 때였다. 주작의 손가락이 빠르게 움직였다.

휘익!

화살 두 대가 빠르게 아운과 전우신의 발 바로 앞에 날아와 틀어박혔다. 주작의 갑작스러운 행동에 둘의 표정이 싸늘하게 변했다.

주작이 화살 통에 손을 가져다 댄 채로 둘을 노려봤다.

그녀가 처음과 달리 싸늘한 말투로 전우신과 아운을 향해 말했다.

"이 정도면 말귀를 알아먹어야 되지 않겠니? 내가 지금 기분이 썩 유쾌하지 않아서 말이야. 자꾸 까불면 둘 다 죽여 버릴지도 몰라."

"하하. 화살도 무섭지만 백호님한테 맞아 죽는 건 더 무서워서요. 백호님이 반드시 지켜드리리라 했거든요."

아운이 옆으로 슬며시 거리를 벌리며 말을 받아쳤다. 그리고 마찬가지로 전우신 또한 허리춤에 손을 가져다 대며 비상 상황에 대비했다.

싸움도 불사하겠다는 듯한 둘의 모습에 주작이 재차 자신의 힘을 드러내려고 했지만, 그보다 먼저 월하린이 빠르게 말했다.

"잠시만 다녀올게요. 백호의 친구분이니 걱정하지 말아요."

"하지만 궁주님……."

"걱정 마요. 백호가 둘한테 뭐라고 못 하게 할게요."

"그게 문제가 아니지 않습니까."

"맹 바깥으로 나가는 것도 아닐 텐데 무슨 큰 문제 있겠어요? 그냥 근처에만 있어 주셔도 충분해요."

월하린의 말에 전우신은 어쩔 수 없이 고개를 끄덕였다.

그녀의 말대로 이곳은 무림맹이다. 큰 문제가 일어날 확률은 극히 적었다.

전우신과 아운은 마음에 안 든다는 표정이었지만, 더는 따라오려고 하지 않았다. 그러자 주작이 월하린을 향해 고갯짓을 했다.

"가죠."

"네, 그래요."

말을 마친 월하린은 주작과 함께 길을 따라 걸었다.

그리고 인적이 드문 장소에 이르자 그제야 주작이 멈추어 섰다. 그녀가 고개를 돌렸다.

"백호한테 들었을 테니 나에 대해 알죠?"

"예, 대충은요."

"굳이 이야기 안 해도 보통 인간이 아니라는 것도 알 테고."

월하린은 그저 고개만 끄덕거렸다.

그런 그녀를 향해 주작이 말을 이었다.

"잘됐네요. 굳이 복잡하게 설명할 필요도 없어서. 그럼 우리랑 당신이 얼마나 다른지도 잘 알죠?"

"물론이요."

"그럼 하나만 물을게요."

주작은 잠시 말을 내뱉고도 망설였다.

사실 자신이 이렇게 월하린을 찾아와 이야기한 걸 안다면 백호는 분명 기분 나빠 할 것이 자명했다. 하지만 그걸 알면서도 주작은 이런 방법을 쓸 수밖에 없었다.

　백호를 되찾고 싶었으니까.

　마음을 정한 주작이 말했다.

　"언제까지 백호를 붙잡고 있을 생각이죠? 당신은 인간이고 우리는 요괴예요. 같이 지낸다는 게 말이나 된다고 생각해요? 우리에게 인간은 뭐랄까…… 아, 당신의 입장으로 본다면 땅바닥을 기어 다니는 개미 같은 존재라고 하면 되겠네요."

　개미라는 말에 기분이 상할 법도 하련만 월하린은 아무런 말도 없이 주작의 이야기를 듣고만 있었다. 주작이 말을 이어 나갔다.

　"좀 과장이 심한 것 같기는 한데, 어쨌든 그래요. 우리 입장에서 인간이란 그만큼 하찮은 존재다, 이걸 말하려는 거예요. 이해하겠어요?"

　"지금 하고 싶은 말씀이 백호의 옆에서 떠나달라 이건가요?"

　"네, 맞아요. 전 솔직히 당신이 백호가 떠나지 못하게 잡고 있다고 생각해요."

　말을 빙빙 돌리면서 할 생각은 없었다.

주작은 솔직하게 자신의 생각을 드러냈다. 그리고 그런 그녀를 물끄러미 바라보던 월하린이 이윽고 입을 열었다.

"전 백호를 잡을 생각이 없어요."

"……의외로군요."

월하린의 대답은 전혀 예상 밖이었기에 주작은 내심 당황했다. 설마 이토록 순순하게 백호를 잡지 않을 거라 말할 줄은 생각도 하지 못했다.

"의외가 아니죠. 어떻게 그러겠어요. 백호는 아무것도 해 준 것 없는 저에게 너무 많은 걸 줬어요. 이 은혜는 솔직히 평생을 노력해도 못 갚을 거라고 생각해요. 그런 그가 떠나려고 하는 걸 제가 억지로 잡는 건 예의가 아니니까요."

"말이 잘 통하는군요. 그럼 그렇게 알고……."

주작이 맘에 든다는 듯 고개를 끄덕이며 입을 열었을 때다.

월하린이 그녀의 말을 잘랐다.

"제 이야기 안 끝났어요. 끝까지 들으세요."

"……"

주작은 자신을 향해 똑 부러지게 말하는 월하린의 그 한마디에 놀란 듯이 입을 꾹 닫았다. 순간이라고는 하지만 인간의 기세에 이렇게 눌려 본 건 생전 처음이다.

그런 주작을 향해 월하린이 말을 이었다.

"떠나겠다고 하면 잡지 않을 거예요. 하지만 이건 알아 주세요. 잡지 못하니까…… 그가 떠날 생각조차 들지 못하게 할 거예요."

"그게 무슨……."

"떠날 생각이 들지 않게 항상 즐겁게 해 줄 거고요, 행복하게 해 줄 거고, 그를 소중하게 대할 거예요. 제 곁에서 떠나고 싶다는 생각이 절대, 절대 들지 않게요."

월하린은 주작을 향해하고 싶은 말을 내뱉었다.

그런 그녀를 바라보던 주작의 안색이 새빨갛게 변했다. 여인의 감이라는 게 있다. 그리고 그 감이 지금 말하고 있었다. 이 인간 여자는 백호를 사랑하고 있다고.

'인간이…… 요괴를 사랑한다고?'

이 무슨 가당치도 않은 소리란 말인가.

너무 웃겨서 눈물이 다 날 지경이다. 한바탕 웃어 주고 싶었지만 이상하게 웃음이 나오지 않았다. 웃음 대신 얼굴에 감도는 것은 싸늘한 감정이었다.

그저 비웃어 버리고 나면 그만이거늘. 왜일까?

'기분이 더러워.'

주작은 웃을 수가 없었다.

제11장. 기관
— 일각이다

주작과의 짧은 만남이 있었던 이후 월하린은 곧바로 정도회의 마지막을 장식하는 행사에 참여했다. 갑작스레 벌어진 일도문의 사건으로 인해 다시 한 번 뒤집어졌던 무림맹은 주변의 시선을 의식하기라도 한 듯이 조촐하게 정도회를 마무리 짓고 있었다.

마지막을 장식하는 무림맹주의 연설조차 건너뛴 채로 며칠간 이어졌던 정도회가 마침내 그 끝을 알렸다.

많은 이들의 박수가 이어지는 가운데, 단상 아래에 앉아 있던 월하린이 자리에서 일어났다. 그녀의 뒤에서 호위하듯 앉아 있던 전우신과 아운 또한 몸을 일으켜 세웠다.

그녀가 오랜 시간 뒤에서 자신을 지켜 준 두 사람에게 고맙다는 듯이 말했다.

"고생들 했어요. 괜히 저 때문에 두 분만 고생하신 것 같아요."

"별말씀을요. 그나저나 백호님을 안 데리고 온 게 정말 다행인 것 같은데요? 지루하다고 분명히 잔뜩 짜증을 내셨을걸요."

아운의 말에 월하린이 피식 웃었다. 그의 말대로 백호가 이곳에 왔다면 연신 불평을 토해 냈을 게다. 물론 그렇게 불평을 하던 중에도 당과 하나만 쥐어 주면 어린아이처럼 다시금 웃는 게 백호긴 했지만.

백호를 생각하며 자신도 모르게 미소를 머금고 있던 월하린이 장난스럽게 두 사람에게 말했다.

"어서 가요. 백호 일어나면 배고프다고 난리일걸요?"

그녀의 말에 동의한다는 듯 두 사람 또한 웃으며 고개를 끄덕였다.

참으로 신기한 사내다.

당과와 먹는 거에 민감한 아이 같은 모습, 그리고 그 누구도 범접하기 힘들 정도의 짙은 살기를 뿜어 대는 모습을 지닌 것도 백호다.

실로 다른 두 개의 얼굴. 그중에 과연 무엇이 더 백호의 본모습에 가까운 것일까?

하나 분명한 것은 적어도 월하린 앞에서만큼은 전자에 가깝다는 거다.

세 사람이 웃으며 걸음을 옮기고 있을 때였다.

『궁주님.』

갑작스레 날아온 전음에 월하린이 멈칫했다. 그렇지만 그녀는 표정으로는 전혀 내색하지 않으며 슬쩍 주변을 둘러봤다. 그리고 이내 그녀의 시선에 구석에 위치한 한 사내의 모습이 들어왔다. 그가 자신이 맞다는 듯이 월하린을 향해 고개를 끄덕였다.

본 적이 있는 자라 잠시 기억을 더듬던 월하린은 이내 맹주의 거처에서 봤던 호위 무사라는 걸 기억해 냈다.

월하린이 걸음을 멈추자 뒤따르던 둘 모두 왜 그러냐는 듯이 그녀를 바라봤다. 허나 이내 그녀의 시선이 어딘가로 향해 있음을 알아차리고는 가만히 서서 상황을 주시했다.

월하린이 상대에게 전음을 날렸다.

『맹주님의 호위 무사 맞으시죠?』

『예, 맞습니다.』

『그런데 어쩐 일이시죠?』

『맹주님께서 중요하게 전해 드리라는 말씀이 있으셔서 찾아뵈었습니다.』

맹주의 전언이라는 말에 월하린의 표정이 살짝 변했다. 그런 그녀에게 상대의 전음이 이어졌다.

『무림맹을 나가 서쪽으로 한 시진 정도 가시면 환영무관(幻影武館)이라는 곳이 있습니다. 그곳으로 오시라는 전언입니다.』

『그곳에는 왜 가라는 거죠?』

『그것까지는 잘 모르겠지만 시급을 다투는 아주 중요한 일이라고 서두르셔야 한답니다. 맹주님이 그곳에서 기다리신다고 하니 무림맹 밖에 준비된 마차를 타고 가시면 됩니다.』

사내의 말에 월하린은 오늘 정도회에서 무림맹주가 모습을 드러내지 않은 이유를 짐작했다. 아마도 그 환영무관이라는 곳에 가 있는 탓에 이 자리에서 참석하지 못했으리라.

무엇인지는 모르겠지만 무림맹주 율무천이 이토록 다급히 준비한 것이라면 분명 보통 일은 아닐 터.

시급한 일이라는 말에 월하린이 알겠다는 듯 고개를 끄덕이고는 백호가 자고 있는 거처를 향해 걸음을 옮길 때였다.

『백 소협은 이미 환영무관으로 출발하셨습니다. 그러니 곧바로 나가시면 됩니다.』

『백호가요?』

월하린이 이상하다는 듯이 되물었다.

그도 그럴 것이 백호가 아무런 말도 없이 먼저 갔다는 것이 쉬이 믿기지 않는 탓이다. 뭔가 이상한 낌새를 보이자 그가 상황을 설명했다.

『예, 맹주님께 무슨 말을 전해 들으시고는 놀란 듯이 서둘러 나가셨습니다. 자기 짐까지 다 들고 가시던 게 심상치 않아 보이시던데…….』

백호가 자신의 짐을 챙기고 나갔다는 말에 월하린이 깜짝 놀랐다.

대체 무슨 일이 벌어졌기에 그토록 놀라서 짐까지 들고 나갔단 말인가.

월하린의 머리에 이곳에 있는 두 명의 다른 요괴, 주작과 현무가 떠올랐다. 그 둘과 관련된 일일까? 맹주가 직접 나서서 급한 일이라 부른 걸 보면 설마 그가 백호의 정체를 안 건 아닐까 하는 생각마저 들었다.

생각이 거기까지 미치자 월하린의 안색이 돌변했다.

주작, 현무와 관련된 일이든 맹주가 백호의 정체를 알게 된 일이든 그 어느 쪽이라도 이건 엄청난 일이다.

'……안 돼.'

자신에게 말도 하지 않고 움직였다는 건 그만큼 심각한

상황이 벌어졌다는 걸 의미했다. 더군다나 짐까지 들고 갔다는 건…… 백호가 떠나야 할 이유가 생겼다는 소리였다.

이대로 백호가 떠날지도 모른다는 생각에 월하린은 다급해졌다.

『알겠어요. 바로 움직이도록 하죠.』

전음을 날린 그녀는 곧바로 방향을 틀어 다른 쪽 문으로 움직였다. 그런 월하린의 움직임에 아무런 사정도 모르는 두 사람은 황급히 그 뒤를 쫓았다.

당황한 전우신이 뒤에서 말했다.

"궁주님. 어디를……."

"우선 따라와요. 사정은 가면서 말할게요."

"알겠습니다."

뭔가 사단이 벌어졌다는 생각에 전우신이 고개를 끄덕였다. 월하린이 빠르게 걸음을 옮겨 무림맹의 입구를 향해 걸어 나갔다.

어느 정도 따라 걷던 전우신은 이쪽 방향이 어디인지 금방 알아차렸다.

"설마 무림맹을 나가시려는 겁니까?"

"지금 백호에게 뭔가 일이 생긴 것 같아요."

"백호님에게요?"

"네. 맹주님의 호출을 받고 황급히 나갔다고 하는

데……."

말을 하는 월하린은 어쩔 줄 몰라 하고 있었다.

그런 그녀를 진정시키며 전우신이 걱정하지 말라는 듯이 다독였다.

"맹주님의 호출인데 백호님에게 무슨 일이 생겼을 리는 없지 않을까요?"

"그렇지만……."

전우신의 말대로 아무런 일도 없다면 다행이겠지만, 백호가 자신에게 그 어떤 말도 없이 무림맹을 나갔다는 사실이 못내 마음에 걸린다.

월하린이 마른침을 삼키며 말했다.

"어쨌든 저 또한 환영무관으로 오라고 하니 서둘러 가 봐야겠어요."

"환영무관이라면 벌써 사오 년 전에 사라진 곳인데……."

아운이 중얼거렸다.

한때는 성세를 떨치던 무관이었지만 십여 년 전부터 별반 뛰어난 성취를 지닌 무인들을 배출해 내지 못하다가 결국 폐관을 해 버린 곳이다.

월하린이 환영무관으로 바로 가야겠다는 의사를 내비쳤을 때다.

전우신이 표정을 굳히며 말했다.

　"저, 죄송한데 저는 지금 무림맹을 나갈 수 없습니다. 마지막 조사가 남아 있는지라 정도회가 끝나는 대로 규율각(規律閣)으로 오라는 명이 있었습니다."

　"괜찮아요. 전 소협은 그곳을 가 봐요."

　월하린이 그러라는 듯 고개를 끄덕이며 말했다.

　어차피 이번 자리에 굳이 전우신이 함께할 필요는 없었다. 오히려 백호와 관련된 일인지도 모르니 아운 또한 동행하지 않는 게 나을 것이다.

　"아운 소협도 돌아가셔서 백하궁 무인들을 정비해 주세요. 최악의 경우 서둘러 돌아가야 할지도 모르니까요. 저 혼자 가 볼게요."

　월하린이 아운도 이곳에 두고 가려고 할 때였다.

　전우신이 안 된다는 듯 고개를 저었다.

　"그럴 순 없습니다. 맹 바깥으로 나가는 것이라면 아운이라도 붙이고 가시죠. 백하궁 무인들의 정비는 제가 조사가 끝나는 대로 하겠습니다."

　"그렇지만……."

　"궁주님, 저놈이 말하는 대로 하죠. 궁주님을 혼자 보냈다는 걸 백호님이 안다면 정말 절 죽이려 드실 걸요?"

　아운이 옆에서 거들었다.

자신이 죽는다는 듯이 아운이 울상을 지어 보이자 월하린은 짧게 한숨을 내쉬었다. 이곳에서 두 사람과 말싸움을 하고 있을 시간적 여유가 없다.

그리고 결코 쉽사리 물러날 두 사람이 아니라는 것도 안다.

그녀가 고개를 끄덕였다.

"알겠어요. 그럼 아운 소협하고 함께 갈게요."

"저도 끝나는 대로 곧바로 명하신 일들을 처리해 두겠습니다."

"부탁드릴게요. 전 소협."

"그럼 전 이만. 조심해서 다녀오시지요."

전우신이 포권을 취하며 월하린에게 조심하라는 말을 전했다. 고개를 끄덕인 월하린은 그대로 급한 발걸음을 옮겼다.

입구를 향해 달려가는 월하린의 뒤편을 쫓으려는 아운을 향해 전우신이 말했다.

"궁주님을 부탁한다."

전우신의 말에 아운이 실실 웃으며 말했다.

"죽는 한이 있더라도 지킬 테니 걱정 말라고. 안 그랬다가는 백호님한테 내가 죽을 테니까 말이야."

"멍청하긴 그렇게 죽으면 다를 게 뭐냐."

"어라? 그런가?"

웃으며 아운이 가볍게 손을 저어 보였다. 그러고는 곧바로 월하린을 따라 무림맹의 입구를 향해 달렸다.

전우신을 뒤로한 채 움직인 두 사람이 빠르게 입구에 도착했다. 무림맹 바깥에는 맹주의 호위 무사가 말한 것처럼 마차 한 대가 기다리고 있었다.

월하린은 황급히 마차의 문을 열고 올라탔다.

자리를 잡은 그녀는 불안 한 듯이 입술을 깨물었다.

혹시 다시는 백호를 보지 못할지도 모른다는 생각이 그녀의 머리를 스치고 지나갔다. 입안이 바짝바짝 말랐고, 심장은 미칠 듯이 요동쳤다.

'백호 내가 갈 때까지만 기다려요. 그전에는 제발……'

안타까운 표정으로 발을 동동 구르는 그녀를 태운 마차의 문이 닫혔다. 그리고 이내 마차는 목적지인 환영무관을 향해 달려 나갔다.

그렇게 마차가 멀어지고 있을 때였다.

아주 멀리 떨어진 나무 위쪽에 몸을 감추고 있던 누군가가 입을 열었다.

"일이 이렇게 잘 풀릴 줄은 몰랐는데."

나무에 가려진 그와는 달리 바로 아래에 위치한 다른 누군가의 얼굴이 드러났다. 그자의 정체는 놀랍게도 방금 전까지 월하린과 전음을 주고받던 맹주의 호위 무사였다.

사내가 나무 위쪽에서 말하는 자의 말을 받았다.

"백호가 짐을 싸 들고 나갔다는 말에 크게 동요하는 것 같았습니다."

"그래? 정말 그 말이 먹혔단 말이야?"

"예. 직전까지 의심스럽다는 듯이 굴더니 그 말을 듣기가 무섭게 냉정을 잃고 곧바로 마차에 오르더군요."

"흠, 그렇단 말이지. 재미있군. 그자의 말이 정확하게 들어맞았어. 백호가 떠났다고 하면 곧바로 동요할 거라더니."

모습을 보이지 않는 자의 중후한 목소리에는 놀랍다는 듯한 감정이 담겨 있었다. 허나 이내 그런 감정을 추스르며 그가 물었다.

"원래 그 얼굴의 주인은?"

호위 무사 사내가 가볍게 답했다.

"아마 며칠 후면 뒷간에서 발견될 겁니다."

"쯧, 버려도 왜 하필 뒷간이야."

"지저분한 곳이니만큼 찾는 게 쉽지 않으니까요."

말을 마친 호위 무사 사내의 얼굴이 천천히 변했다. 그리고 이내 그곳에는 전혀 다른 얼굴을 한 사내가 자리하고 있었다.

그 사내는 멀어져 가는 마차의 뒤를 차가운 표정으로 바라봤다.

*   *   *

규율각에서의 마지막 조사는 별다를 것은 없었지만 꽤나 오랜 시간을 잡아먹었다. 맹 밖으로 나간 백호를 만나야 한다며 황급히 따라간 월하린 때문에 전우신은 이상할 정도로 마음이 조급했다.

그 탓에 대충대충 질문에 답한 그는 최대한 빠르게 일정을 끝마치고 무림맹 내부의 거처인 연성각으로 향하고 있었다.

'별일은 없으셔야 할 텐데.'

조급해하던 월하린의 표정을 떠올린 전우신은 걱정이 일었다.

대체 무슨 일이기에 백호가 그리 떠났고, 또 월하린은 왜 그토록 걱정했는지 알 수가 없는 노릇이었다. 내심 그 일이 계속해서 머리를 맴돌았지만 지금으로써는 전우신이 할 수 있는 건 없었다.

그저 자신이 말했던 것처럼 별일이 없기를 바라면서 월하린이 부탁했던 백하궁 무인들을 준비시키는 것밖에는.

터덜터덜 걷던 전우신이 이내 연성각에 도착해서는 안으로 들어섰다. 이미 떠난 다른 문파들도 꽤 있는 탓에 연성각은 처음에 왔을 때보다 많이 한산했다.

전우신이 안으로 걸어가고 있을 때였다.

"야! 매화. 왜 이렇게 늦게 와? 나 굶겨 죽일 생각이냐?"

생각에 빠져 있던 전우신은 자신을 향해 소리치는 목소리에 퍼뜩 정신을 차리고는 고개를 돌렸다. 그곳에는 자리에 드러누운 채로 자신을 향해 고래고래 소리를 지르는 백호가 자리하고 있었다.

"규율각에서 잠시 이번 사건의 뒤처리를 하고 오느라 늦⋯⋯."

대답을 하던 전우신의 입이 천천히 멈췄다.

그가 가만히 선 채로 백호를 뚫어져라 바라봤다. 대청에 누워 있던 백호가 그런 전우신의 시선에 벌떡 일어나며 말했다.

"뭘 그렇게 쳐다보냐? 너 말고 월하린은 어디 있고?"

백호가 전우신의 뒤편을 이리저리 살펴볼 때였다.

"⋯⋯백호님?"

"왜?"

"왜⋯⋯ 지금 여기 계십니까?"

"갑자기 뭔 소리야. 그럼 내가 여기 있지 어디 있어야 되는데?"

"아니, 그게 아니라…… 바깥에 나간 거 아니셨습니까?"

"방금 전까지 자다가 막 일어났는데 무슨 개 풀 뜯어먹는 소리냐."

백호가 볼을 긁으며 심드렁하니 물었다.

허나 전우신은 달랐다. 그의 표정이 일순 심각하게 돌변했다. 무표정하니 있던 백호 또한 딱딱하게 굳은 전우신의 얼굴을 보고 뭔가를 느꼈는지, 표정이 한순간에 차갑게 돌변했다.

대청에서 내려온 그가 전우신에게 다가왔다.

"말해. 월하린 어디 있어?"

낮게 가라앉은 백호의 목소리에 전우신 또한 빠르게 지금 상황을 파악해 냈다. 그가 곧바로 말했다.

"당한 것 같습니다."

"알아듣기 쉽게 설명해!"

백호가 버럭 소리를 질렀다. 그런 백호를 향해 전우신이 방금 있었던 일을 설명했다.

"아까 전에 정도회가 끝나고 누군가를 통해 백호님에게 무슨 일이 생기셨다는 말을 전해 들으신 모양입니다. 그래

서 놀라셔서 맹 바깥으로 나가셨는데 아무래도 그게 함정
이었던 모양입니다."

"언제?"

"한 시진 정도 된 것 같습니다."

"……어디야."

"어디라뇨?"

"월하린이 간 곳이 어디냐고!"

"환영무관에 가신다 들었습니다."

"얼마나 걸려?"

"한 시진 정도 걸리니 아마도 지금쯤이면 목적지에 도착
하셨을 텐데……."

거기까지 들은 백호는 그대로 전우신의 옷을 잡아챘다.

"뒤쫓는다. 무슨 일이 생기기 전에 구해야 돼. 환영무관
으로 가는 길 알고 있지?"

백호의 말에 전우신이 입술을 꽉 깨물며 중얼거렸다.

"압니다. 하지만 너무 늦어서……."

"일각."

백호가 전우신을 번쩍 들어 올렸다. 백호의 행동에 전
우신이 놀란 듯 그를 올려다볼 때였다. 전우신을 양손으로
안아 든 백호가 말했다.

"일각 안에 주파한다. 눈으로 좇기 힘들더라도 방향 놓

치지 마라.”

일각 안에 환영무관까지 간다는 말에 불가능하다는 말이 턱 끝까지 차올랐다. 그렇지만 전우신이 채 말을 꺼내기도 전에 백호는 이미 달리고 있었다.

그리고 그런 백호에게 들린 전우신은 변해 가는 주변 광경에 놀랄 수밖에 없었다.

생전 경험해 보지 못한 엄청난 속도가 눈앞에서 펼쳐지고 있었다. 바람이 찢어지는 듯한 소리가 전우신의 귀를 파고들며 정신을 어지럽게 만들었다.

‘이것이…… 백호님이 보는 세상이란 말인가?’

모든 것이 일그러졌다.

그 무엇도 알아볼 수 없을 것 같았지만 전우신은 두 눈에 힘을 줬다. 어떻게든 견뎌내고 정신을 다잡아야 했다. 잠깐이라도 넋을 놓는다면 이 속도에 적응하지 못하고 길을 잘못 들어설 게 분명했다.

조금의 실수가 두 사람의 목숨을 잃게 만들지도 모른다.

‘집중하자. 집중.’

알아보기도 힘들 정도로 변해 가는 주변의 광경에 혼란스러웠지만 전우신은 연신 자신에게 주문을 걸었다.

월하린과 아운의 목숨이 달린 일이다.

　　　　*　　　*　　　*

　　월하린과 아운을 태운 마차는 쉼 없이 달렸다.

　　네 마리의 말이 이끄는 사두마차의 속도는 무척이나 빨
랐다. 말들 또한 훌륭한 준마(駿馬)인지 높은 길도 어렵지
않게 내달렸다.

　　하지만 창밖을 바라보는 월하린은 초조한 표정이었다.

　　빠른 속도로 달리고 있음에도 불구하고 백호에 대한 걱
정 때문인지, 마치 거북이라도 타고 달리는 것 같은 기분
이다.

　　계속해서 백호가 짐을 들고 나갔다는 사실이 그녀의 가
슴을 답답하게 만들었다.

　　언제든 백호가 떠날 수도 있을 거라 생각하지 않았던가.
만약 그때가 온다 해도 절대 흔들리지 않고, 백호가 맘 편
히 갈 수 있게 웃으며 그를 보내주겠노라 수백, 수천 번은
다짐했었다.

　　그런데 막상 그럴지도 모르는 상황이 오자 그토록 마음
먹었던 것들이 물거품이 되어 사라졌다.

　　그렇게나 다짐했던 것들, 그중 그 무엇도 지킬 자신이
없었다.

　　월하린은 알아 버렸다.

백호를 보낼 자신이 없다는 사실을.

'제발 가지 말아요.'

월하린은 손톱을 매만지며 입술을 깨물었다.

좋아하는 마음이 커졌다는 건 알았지만, 마음 한구석에 밀려오는 먹먹함은 생각했던 것 이상이었다.

백호를 다시 보지 못할지도 모른다는 생각이 들자 계속해서 후회가 밀려들었다.

아까 전에 자는 모습을 보았던 것이 정말 그와의 마지막이었다면 조금 더 볼걸. 조금이라도 더 많이 보고, 더 옆에 있을걸.

월하린은 합장하듯이 두 손을 모아 얼굴을 가렸다.

두 눈을 꼭 감은 채로 월하린이 깊은 한숨을 내쉬었다.

"하아."

다급한 월하린의 마음을 알기라도 하는 것처럼 힘차게 달리던 네 마리의 말의 발걸음이 멈췄다.

"워워!"

마부의 목소리에 월하린이 황급히 창밖으로 고개를 내밀었다.

"도착했나요?"

"예, 이쪽 길을 따라 조금만 가시면……."

벌컥.

월하린은 말도 다 듣지 않고 문을 열고 아래로 껑충 뛰어내렸다. 그리고 그런 그녀의 행동에 놀란 아운 또한 황급히 그 뒤를 쫓아 움직였다.

이미 마차에서 뛰어내린 월하린은 마부가 가르쳐 준 길을 따라 내달리고 있었다.

아운이 실눈을 뜬 채로 고개를 가볍게 저었다.

"쯧쯧, 이거야 원."

아운은 놓칠세라 그런 월하린을 따라 달렸다. 두 사람이 길을 따라 내달릴 때였다. 홀로 남은 마부가 품 안에서 조그마한 통 하나를 꺼내어 들었다.

타앙.

조그마한 소리와 함께 통 안에서 신호탄이 하늘로 쏘아져 올랐다.

자신이 해야 할 일은 다 했다는 듯이 마부는 손에 쥔 고삐를 잡아챘다.

마차가 다시금 움직이기 시작했다.

저들을 기다릴 필요는 없었다.

왜냐하면…… 아무도 돌아오지 못할 테니까 말이다.

마부에게 들은 길을 따라 움직인 월하린은 이내 커다란 건물 앞에 멈추어 설 수 있었다. 환영무관이라 적힌 현판은 당장이라도 떨어질 것처럼 기울어져 있었다.

색이 바랜 입구는 오랜 시간 사람이 머물지 않은 것을 보여 주는 듯했다. 마을과는 떨어진 인적이 드문 장소인지라 지나다니는 행인들의 모습조차 보이지 않았다.

월하린은 부서질 듯이 낡아 있는 문을 열어젖히며 곧바로 안으로 걸어 들어갔다.

"백호! 백호!"

무관이라는 이름답게 수십 채의 건물들로 복잡하게 이루어진 내부에 월하린의 목소리가 울렸다. 그렇지만 그런 그녀의 외침에는 아무런 반응도 없었다.

뒤따라 들어온 아운이 주변을 둘러보다가 이상하다는 듯이 물었다.

"궁주님. 여기 맞는 겁니까?"

"네. 분명 맹주님이 이곳에서 기다리고 계신다고 했어요. 그리고 백호도 저희보다 먼저 이곳으로 출발했다고 했는데……."

월하린이 안절부절못하며 중얼거렸다.

그리고 안으로 들어온 아운의 뒤로 열렸던 문이 서서히 닫혔다.

철컥.

문이 닫히는 소리에서 뭔가 이상함을 느꼈는지 아운이

고개를 돌려 입구를 물끄러미 바라봤다. 그가 입을 열었다.

"이상한 소리 못 들었습니까?"

"왜요? 백호 목소리라도 들었어요?"

"아뇨. 그런 게 아니라…… 끄응."

뭐라 설명해야 할지 모르겠다는 듯 아운은 두건을 쓴 이마를 긁적였다. 기분이 그리 좋지 않았지만 별일 아닐 거라 생각하며 아운이 말했다.

"꽤 넓은 곳이니 한번 안으로 가서 찾아보죠. 백호님과 무림맹주가 같이 있을지도 모르잖습니까."

월하린은 그러자는 듯이 크게 고개를 끄덕였다.

둘은 환영무관의 입구를 지나 조금 더 안쪽으로 이동했다. 방문을 하나 열었던 아운이 하얗게 이는 먼지에 손을 휘휘 저었다.

"켁켁, 이거 먼지투성이네."

오래전에 망한 환영무관은 먼지와 쥐만 보일 뿐, 그 외의 뭔가는 발견할 수가 없었다.

뭔가 흔적을 찾기 위해 환영무관을 함께 걷던 둘이 기다란 대청에 들어섰다. 꽤나 긴 대청을 나란히 걸으며 월하린이 주변을 두리번거릴 때였다.

스스슥.

자그마한 기척에 놀란 월하린이 황급히 시선을 돌렸다. 뭔가 인간의 기척이 아닌가 생각했었지만 아쉽게도 그 자리엔 쥐 한 마리가 지나가고 있을 뿐이었다.

"에이, 뭐야. 겨우 쥐……."

아운이 말을 내뱉을 때였다. 구석으로 움직이던 쥐의 몸을 뚫고 무엇인가가 옆으로 쏘아졌다. 그리고 그걸 보는 순간 월하린이 소리쳤다.

"피해요!"

드드드드득!

날카로운 소리와 함께 양옆에서 날카로운 화살촉들이 터져 나왔다.

둘의 몸이 당장에 허공으로 솟구쳤다가 빠르게 앞으로 뒹굴었다. 그리고 그런 둘의 움직임에 맞추어 뒤쪽 벽에 빼곡하게 화살이 틀어박혔다.

철컹. 철컹.

쇳소리와 함께 이번에는 아래에서 날카로운 비침들이 모습을 드러냈다.

월하린이 가볍게 몸을 도약하며 아운의 손을 잡아챘다. 둘의 몸이 한번에 공중에서 반 바퀴 회전하며 비침이 박힌 나무들을 피해 냈다.

동시에 바닥에 착지한 둘이 뒤쪽을 바라봤다.

셀 수도 없이 많은 암기들이 뒤편을 뒤덮고 있었다.

"이건······?"

"기관이에요. 쥐가 아니었다면 꼼짝없이 당할 뻔했어요."

"그런데 여기 버려진 곳 아닙니까? 제가 알기론 분명 몇 년 전에 완전히 망했다고 들었는데요."

"저도 그렇게 알고 있어요."

"그런데 기관이라니······ 뭔가 이상한데요?"

잠시 고개를 갸웃하던 아운이 이내 아까 전 들었던 쇠끼리 맞물리는 소리를 기억해 냈다. 아운은 손바닥을 마주치며 소리쳤다.

"아! 아까 정문에 들어설 때 뭔가 이상한 소리가 들린다 했는데······ 그게 기관이 작동되는 소리였던 모양입니다."

"환영무관에 이런 기관이 있을 이유가 없는데······."

월하린이 이상하다고 중얼거릴 때였다.

덜컹.

양쪽에 있는 문들이 갑자기 열리자 놀란 두 사람은 황급히 등을 맞대고 반대쪽을 노려봤다. 열린 문 안쪽은 새카만 어둠에 감싸여 있었다.

아운이 실눈을 한 채로 나지막이 입을 열었다.

"이거 왠지 함정에 빠진 것 같다는 느낌이 강하게 드는

데……."

번쩍!

어둠 속에서 한 줄기의 빛이 모습을 드러냈고, 그 순간 기다란 창이 화살처럼 날아들었다. 월하린과 아운은 양쪽에서 날아드는 창을 피해 반대쪽으로 멀어졌다. 창이 허공을 가르며 반대편으로 날아갔다.

그리고 이내 그것은 또 다른 기관의 시작을 알렸다.

투웅! 퉁! 퉁!

피한 방향에서 실을 강하게 당겼다 튕기는 듯한 소리가 울려 퍼졌고, 피하기 힘들 정도로 연달아 세 자루의 검이 날아들었다.

월하린은 날아드는 암기를 막기 위해 자신의 검을 뽑았다.

번쩍!

그녀의 검이 허공을 가르는 순간 주변의 공기가 차갑게 얼어붙었다.

콰쾅쾅!

월하린의 검이 암기를 쏘아 내는 기관을 향해 단번에 날아들었다. 그리고 그녀의 검에서 폭발된 검기는 그 기관을 산산조각을 내 버렸다.

그 모습을 곁눈질로 확인한 아운이 놀랍다는 듯이 가볍

게 휘파람을 불었다.

잊고 있었다.

저 여인이 누구인지를.

검과 하나가 된 듯한 자연스러운 자세에서 풍기는 기운이 주변을 천천히 압도해 간다. 월하린이 천하제일인의 여식이었다는 사실을 아운은 오랜만에 상기했다.

백호의 그늘에 가려져 있어서 그렇지 월하린 또한 엄청난 고수다.

월하린이 짧게 말했다.

"우선 여길 나가죠."

"좋은 생각입니다."

아운 또한 동조한다는 듯이 말을 받았다. 그렇게 두 사람이 황급히 기관이 있는 대청을 뚫고 지나갔을 때였다.

앞에 있는 통로의 끝에 이르렀을 때 아운이 멈칫했다. 커다란 공간 안에서 수천, 수만 가지의 암기들이 모습을 드러내고 있었다.

그 모든 것들이 월하린과 아운을 향한 상태였다.

그걸 본 아운이 억지로 웃으며 말했다.

"돌아갈까요?"

아운이 그 말을 하는 순간이었다. 자신들이 온 길로 갑자기 일련의 무리들이 모습을 드러냈다. 뒤쪽을 바라보던 아운이 고개를 절레절레 저었다.

"아무리 봐도 우리 편으론 안 보이는데……."

살기등등한 모습으로 다가오는 그자들의 모습에서는 결코 호의가 느껴지지 않았다.

점점 다가오는 그들을 바라보던 아운이 뭔가 이상한 점을 눈치채고는 말했다.

"저놈들 뭔가 이상하지 않아요?"

"저도 좀 이상하다고 느끼고 있어요."

월하린이 말을 하면서 검을 강하게 쥐었다.

다가오는 그들에게서 이상할 정도로 생기가 느껴지지 않는다. 그리고 초점을 알아보기 힘들 정도의 풀린 눈동자까지.

두 사람은 동시에 뭔가를 생각해 내고는 서로의 얼굴을 바라봤다. 아운이 먼저 입을 열었다.

"저거 설마……?"

"제 생각이 맞다면 강시 같은데요."

월하린의 말에 아운 또한 고개를 끄덕였다. 그녀와 마찬가지로 아운도 저놈들이 강시가 아닐까 생각하고 있었던 것이다.

아운이 기가 차다는 듯이 말했다.

"살다 살다 강시까지 볼 줄은 몰랐습니다."

"대체 뭘까요. 왜 이곳에 기관이 있고, 또 그걸로 모자라 강시까지……."

말을 하면서 월하린은 걱정스러운 표정을 지어 보였다. 이게 어떻게 된 건지 모르겠지만 정말 이곳에 백호가 왔던 것일까? 그리고 맹주는 어디에 있는 걸까?

아니면 그 모든 것이 자신을 불러들이기 위한 함정이었을까.

그 순간 다가오던 강시 중 하나가 기관을 건드렸는지 날카로운 쇠창살 하나가 빠르게 날아들었다. 그 쇠막대가 단번에 강시의 가슴 부분을 관통했다. 허나 이미 죽어 버린 강시라는 존재에게 그건 의미 없는 일에 불과했다.

쇠에 가슴을 관통당한 채로 강시는 계속해서 다가오고 있었다. 그 모습을 본 아운이 표정을 구겼다.

"젠장, 끔찍하네."

가슴을 관통당하고도 죽지 않는 존재와 싸운다는 게 얼마나 곤란한 일인지는 굳이 말을 하지 않아도 알 수 있었다. 보통 자객들이라도 버거울 판국에 강시라니…….

그들은 기관 따위 아랑곳하지 않고 점점 두 사람을 향해 다가왔다.

문제는 그 좁은 통로를 통해 들어오는 강시가 끊이지 않는다는 거다. 그 숫자가 가늠조차 되지 않았기에 아운이 곤란한 표정으로 중얼거렸다.

"대체 얼마나 있는 거야."

그야말로 진퇴양난이 따로 없었다.

뒤에는 당장에라도 쏟아져 나올 것 같은 기관들이 둘을 기다리고 있었고, 앞에서는 쉽사리 쓰러트릴 수 없는 강시라는 이질적인 존재들이 다가오고 있다.

아운이 물었다.

"어떻게 하는 게 좋을까요?"

"차라리 저들을 이 안으로 유인하죠."

"유인이요?"

"보시면 아시겠지만 모든 기관에 당하면서 오고 있잖아요. 만약 뒤편에 있는 저 많은 암기들을 역이용한다면 오히려 쉽사리 제거할 수 있지 않을까요?"

"그거 좋은 생각인데요."

아운은 월하린의 계획이 꽤 괜찮다 생각했다.

상대는 인간이 아닌 강시다. 그들은 의지도, 생명도 없이 그저 명령에 따르는 인형과도 같은 존재다. 그런 그들이라면 분명 기관이 가득한 뒤편 공간으로 빠진다면 그대로 따라 들어올 게 분명했다.

강시들은 아무렇지 않게 계속해서 기관을 발동시킬 것이고, 그것들이 오히려 그들의 움직임을 막아주는 방패가 될 수도 있다.

둘의 생각은 길지 않았다.

지척까지 다가온 강시들의 움직임이 점점 빨라지고 있었다. 손을 휘적거리는 그들과의 거리가 일 장 정도로 좁혀졌을 때였다.

월하린이 소리쳤다.

"뛰어요!"

아운이 그대로 뒤편으로 몸을 날렸고, 월하린은 정면으로 향해 내력을 실어 일격을 가했다.

쿠아앙!

검기가 강시들 틈을 비집고 들어갔다. 그렇지만 그들은 검기를 피할 생각도, 멈출 생각도 하지 않았다. 검기에 신체 일부가 잘려져 나갔음에도 불구하고 강시들은 멈추지 않고 달려들었다.

그리고 뒤편으로 뛴 아운의 주변에서 기관이 발동하면서 토해 내는 낮은 울음소리가 들렸다.

아운이 실실 웃으며 욕설을 내뱉었다.

"쉬엄쉬엄 좀 하자, 이 망할 새끼들아."

기관이 맞물리며 수많은 암기들이 주변을 뒤덮었다. 그리고 그런 아운의 몸 주변으로 사람의 해골 형상을 한 무형의 기운들이 잔뜩 몰려들었다.

주변을 맴돌던 해골의 형상들이 날아드는 암기를 향해 움직였다.

"백골회련신풍(白骨回聯迅風) 폭멸살(爆滅殺)!"

아운의 외침과 함께 백골 형상을 한 기운들이 터져 나갔다.

제12장. 강시군단
― 이곳에 그녀가 있어

　백골회련신풍이 터지며 생겨난 폭풍과도 같은 거친 바람
이 단번에 암기들을 감싸 안았다.

　촤르르륵!

　방향이 뒤틀린 암기들이 일차적으로 다가오는 강시들에
게 날아들었다.

　퍽퍽!

　강시들의 몸에 수십 종류가 넘는 암기들이 틀어박혔다.
크고 작은 암기에 적중당하고도 그들은 발을 멈추지 않고
다가왔다.

　얼굴에 잔뜩 화살이 박힌 채로도 걸어오는 강시를 보며,

바닥에 착지한 아운이 혀를 찼다.

"지독하네."

"뒤로요!"

월하린의 외침에 아운이 빠르게 주변을 훑으며 뒤로 움직였다. 기관을 움직일 만한 함정이 보이지 않았지만 아운의 귓가로 다시금 쇳소리가 들렸다.

철컥.

'젠장!'

소리가 들리기 무섭게 아운은 몸을 틀었고, 그 순간 귓가로 후웅 하는 바람 소리와 함께 날카롭고 긴 비침이 스쳐 지나갔다.

눈으로 확인하기도 힘들어 보이는 비침 수백 개가 단번에 날아들었다. 아운이 재차 도약하려고 할 때였다. 강시들을 향해 검을 휘두르던 월하린의 검로가 바뀌었다.

부우웅!

검풍이 일었다. 그녀의 검 끝을 떠난 바람이 순식간에 아운을 노리던 비침들의 방향을 뒤바꿔 버렸다.

아운이 안도의 한숨을 내쉬며 월하린에게 고맙다는 듯 가볍게 고개를 꾸벅였다.

강시들과 마주하고 있던 월하린이 가벼운 걸음걸이로 아운이 밟았던 곳을 그대로 밟으며 움직였다. 한 번 작동했던 기관들은 이미 멈추어 있었다.

강시들에게 검기를 뿌려 대는 와중에서도 월하린은 정확하게 아운의 움직임을 기억하고 있었던 모양이다.

어느새 아운의 옆에 선 월하린이 다가오는 강시들을 바라보며 침착한 목소리로 말했다.

"멈출 생각이 없어 보이는데요."

"머리를 박살 내야 할 것 같군요."

생명이 없는 강시에게 고통은 아무런 의미가 없다. 살아 있는 존재가 아니기에 심장을 꿰뚫어도 죽지 않는다. 그들을 죽이는 가장 간단한 방법은 머리를 부수는 것이다.

기관으로 둘러싸인 커다란 방 안의 중앙에 위치한 둘. 그리고 그런 둘의 계획대로 강시들이 방 안으로 발을 들이밀었다.

파앙!

기관이 발동되며 어른 팔뚝 두께는 될 법한 날카로운 철이 발사됐다.

촤악촤악촤악!

철은 강시들의 살갗을 찢어발겼다. 앞에 몇몇 강시들이 머리가 깨져 나가며 나뒹굴었지만, 그런 그들을 밟으며 뒤편에 있는 이들이 계속해서 다가오고 있었다.

쓰러진 자들을 밟으며 다가오는 강시와의 거리가 점점

좁혀져 왔다. 강시들이 일렬로 죽어 나갔지만, 그들은 아랑곳하지 않았다. 그저 쓰러진 이들을 방패로 삼아 기관을 통과하고 있을 뿐이다.

월하린이 입술을 깨물었다.

그 숫자를 헤아리기 힘들 정도로 아직도 강시들이 가득하다. 이런 와중에 이 기관이 가득한 방에서 싸움이 난다면 위험한 상황이 닥칠지도 모른다.

그녀가 결단을 내렸다.

"아무래도 이러다가는 결국 잡힐 것 같아요."

"그럼 어떻게 할까요?"

"차라리…… 저희가 기관을 발동시켜요."

"농담이시죠?"

"기관을 발동시키지 않으면 강시들과 싸워야 해요. 그럴바엔 다소 위험하더라도 도박을 하는 게 낫다 생각해요."

월하린의 말에 아운은 잠시 주변을 휙 둘러봤다.

연무장을 연상케 하는 커다란 방, 그 안 곳곳에 감춰져 있는 암기들. 과연 이 암기들이 위험할까, 아니면 지금 눈앞에서 다가오는 강시들이 위험할까.

상황이 상황이니만큼 아운에게는 길게 생각할 여유가 없었다.

아운이 이런 상황에 어울리지 않게 실실 웃어 보이며 말했다.

"지금껏 몰랐는데 은근 승부사 기질이 있으십니다?"

"제 말대로 하시는 거죠?"

"방도가 없으니까요. 다만 기관을 어떻게 전부 발동시키실 생각이신지……."

아운이 물을 때였다.

월하린이 품 안에 있던 조그마한 주머니 하나를 꺼내어 들었다. 그것을 확인한 아운이 두 눈을 치켜떴다.

그건 다름 아닌 백호에게 줄 당과 주머니였다.

아운이 놀란 듯이 중얼거렸다.

"설마?"

"이런 때까지 백호가 절 도와줄 줄은 몰랐네요."

말을 마친 월하린은 묶여 있던 입구 부분을 열더니 그대로 주머니를 휘둘렀다. 그 순간 안에 들어 있던 동그란 당과들이 사방으로 흩뿌려졌다.

좌르르르르.

동그란 당과들이 데굴데굴 구르며 방 안을 가로질렀다. 그리고 그 순간 당과가 구르는 것과는 전혀 다른 느낌의 소리들이 사방에서 터져 나왔다.

철컹! 툭! 툭!

구르기 시작한 당과로 인해 사방에 있던 기관들이 발동

했다.

방 안에 설치되어 있던 수백 개가 넘는 기관들이 토해 내는 소리가 귀를 울리게 만들었다. 그리고 이내 보이는 것은 강렬한 예기를 뿜어내는 암기들이었다.

그 숫자가 여태까지와는 비교할 수 없을 정도로 많았다.

암기들은 사방팔방 피할 곳을 찾을 수 없을 정도로 빽빽하게 방 안을 뒤덮었다. 예상보다 훨씬 많은 숫자의 암기가 날아들 때였다. 월하린이 아운의 옷소매를 잡아끌어 자신의 뒤로 오게끔 만들었다.

그녀의 검 앞에 얇디얇은 막이 투명한 빛을 내며 모습을 드러냈다.

많은 내공이 소모되는 무공 중 하나인 검막이었다.

검에 실린 내공으로 벽을 만들어 공격을 받아 내는 무공으로, 대부분의 무인으로서는 오르기 힘든 경지의 상승무공이다.

월하린이 만들어 낸 검막이 날아드는 암기들과 마주했다.

타타탕!

검막 위를 두드리는 수백 개가 넘는 암기들로 인해 월하린의 얼굴이 고통으로 일그러졌다. 비처럼 쏟아지는 암기는 비단 둘에게만 향한 건 아니었다.

애초의 목적대로 암기들은 강시들을 향해서도 쉼 없이 쏘아져 나갔다.

퉁퉁!

많은 강시들이 암기에 무너져 내렸다.

머리통이 깨어져 나가며 강시들은 마치 실 끊어진 인형처럼 픽픽 쓰러졌다. 그렇지만 월하린 또한 언제 끝날지 모르는 이 공격을 계속해서 받아 내고 있는 게 쉽지 않았다.

얼마나 많은 암기가 설치되어 있었던 건지, 쏟아져 나오는 공격은 끊일 줄을 몰랐다.

검막으로 버티고 선 그녀가 황급히 소리쳤다.

"바깥으로 나갈 길을 만들어 줘요!"

"알겠습니다!"

아운이 크게 대답하고는 곧바로 뒤편을 바라봤다. 암기들이 가득 쏟아져 나온 곳들 사이사이에 난 공간을 바라보던 아운의 눈동자가 빛났다.

'저기!'

벽면이 드러난 곳을 확인한 아운은 그대로 내달렸다. 그리고 그런 아운의 뒤를 월하린이 지켰다.

탕탕!

날아드는 쇠사슬을 검으로 밀쳐 낸 월하린, 허나 바로

그 찰나 짧은 침 하나가 그녀의 발목을 뚫고 지나갔다.

피잉!

몸의 균형을 잃은 월하린이 바닥을 나뒹굴 때였다.

놀란 아운이 황급히 몸을 돌리자, 힘겹게 자세를 잡은 월하린이 소리쳤다.

"멈추지 말아요!"

아운은 잠시 멈칫했지만 이내 검을 치켜드는 월하린의 모습에 다급히 원래대로 방향을 잡았다. 그가 주먹에 내력을 싣고 벽을 향해 힘껏 내질렀다.

그리고 바로 그 순간 뒤편에 한쪽 무릎을 꿇고 앉아 있던 월하린이 검을 높게 치켜들었다. 그녀의 몸 주변으로 여태까지와는 비교도 되지 않을 정도의 내력이 밀려왔다.

쩌엉!

월하린의 검이 바닥에 틀어박혔다.

그녀의 검이 박힌 부분을 시작으로 해서 치명적인 한기가 빠르게 사방으로 뿜어져 나갔다. 공기가, 그리고 바닥이 얼어붙었다.

쩌저저적!

바닥에서부터 날카로운 얼음 기둥들이 순식간에 솟구쳐 올랐다. 그리고 그것은 날아드는 암기를 막아 내는 단단한 얼음의 방패가 되었다.

월하린이 그렇게 얼음을 방패로 삼아 암기들을 막아 내는 사이에 벽을 부순 아운이 고개를 돌렸다.

"이쪽으로……."

말을 내뱉던 아운은 눈앞에 펼쳐진 절경에 절로 입이 벌어졌다. 방 안을 가득 메우다시피 한 얼음 기둥들, 그리고 그것에 박혀 있는 암기들의 모습에 아운은 혀를 내두를 수밖에 없었다.

'장난 아니네.'

아운의 옆으로 월하린이 빠르게 다가왔다. 아운은 가까이 다가온 월하린의 얼굴을 보는 순간 그녀의 새하얗게 질린 얼굴을 보고는 놀라 입을 열었다.

"궁주님! 안색이……."

"괜찮아요. 우선은 어서 이곳을 빠져나가요."

월하린의 말에 아운은 고개를 끄덕였다. 어찌 됐든 간에 우선은 이곳을 빠져나가는 게 우선이다.

아운이 노린 곳이 정확했는지, 부순 쪽은 다행히도 바깥과 연결되어 있었다. 은은하게 들어오는 달빛을 확인한 두 사람이 황급히 구멍이 난 벽을 통해 바깥으로 빠져나왔다.

밖으로 나오기 무섭게 아운이 입을 열었다.

"궁주님. 우선은 환영무관을 벗어나서……."

말을 내뱉던 아운의 입이 천천히 닫혔다. 그가 멍한 눈으로 천천히 하늘을 올려다봤다. 새하얗게 떠 있어야 할 달과 별들을 대신해 하늘에는 수많은 검들이 둥둥 떠 있었다.

아운이 자신의 눈을 비볐다.

"설마 제 눈이 잘못된 건 아니겠죠? 하늘에 온통 검이 둥둥 떠 있는데요."

아운의 실없는 농담에 월하린은 고개를 저었다.

그가 헛것을 본 거라면 다행이었겠지만, 아쉽게도 지금 월하린의 눈에도 허공에 수놓아져 있는 검들이 똑똑히 들어왔다.

월하린이 거칠어진 호흡을 가다듬으며 말했다.

"아무래도 진법에 갇혔나 보군요."

이토록 많은 검이 허공에 둥둥 뜬 채로 자신들을 노리고 있다는 건 현실적으로 말이 되지 않는다. 그랬기에 월하린은 단번에 지금 상황을 파악해 낼 수 있었다.

저 암기들은 진법이 만들어 낸 환영일 게다.

암기를 쏟아 내는 기관에 이어 이번에는 진법이라니…….

'대체 언제부터였지?'

진법에 빠진 게 바로 지금은 아닐 게다.

분명 이곳 환영무관에 들어서고 언제부터인가 둘은 진법

에 휘말렸던 것이 분명했다. 그렇다면 혹시 아까 쏟아졌던 암기들과 강시들도 진법이 만들어 낸 허상이었을까?

그렇게 생각하는 순간 땅 아래에서 강시들이 스멀스멀 기어 나왔다.

아운이 주먹을 들어 올렸다.

어찌 됐든 간에 좁았던 안보다는 이곳에서 싸우는 것이 훨씬 수월할 것이다. 강시들의 숫자가 엄청나게 많았지만 아운은 주먹에 내력을 실었다.

눈에 보이는 강시들도 문제였지만 그보다 중요한 건 이 진법에서 빠져나가는 것이다.

그렇게 생각하며 월하린이 있는 쪽으로 살짝 곁눈질하던 아운은 여전히 창백한 그녀의 얼굴을 확인했다. 처음엔 발목에 생긴 부상 때문인가 싶었는데 그게 아니었다.

월하린은 고통스러운 표정으로 가슴을 부여잡고 있었다.

아운이 설마 하며 물었다.

"혹시 내상을 입으신 겁니까?"

"아뇨. 그게 아니고……."

월하린은 차마 말을 잇지 못했다.

오랜 시간 내공을 사용하지 못하는 특이체질이 월하린의 발목을 잡은 것이다. 저주받은 신체가 다시금 문제를 일으키기 시작했다.

월하린은 심장을 조여 오는 고통을 억지로 참아 냈다.

'버텨야 해.'

아직은 안 된다.

백호가 어떻게 됐는지 모르는 지금 쓰러질 수 없었다. 월하린은 고통을 참아 내며 억지로 내공을 끌어모았다.

그녀의 검에 검기가 맺혔다.

당장에 사라질 듯이 흔들리는 검기를 아운이 걱정스레 바라볼 때였다.

"제법이로구나."

삼자의 목소리에 월하린과 아운의 시선이 동시에 한곳으로 향했다. 제법 거리가 떨어진 곳의 담장 위에 한 노인이 자리하고 있었다.

검버섯이 잔뜩 핀 노인은 무척이나 흉물스러운 인상이었다. 짤막한 키와는 다르게 기다란 팔은 당장에라도 땅에 닿을 것만 같아 기괴해 보였다.

아운이 지쳐 보이는 월하린의 앞을 가로막으며 입을 열었다.

"노인장은 누굽니까?"

"흐흐, 글쎄 누굴까?"

"제가 먼저 물어본 것 같은데요."

아운은 일부러 괜한 말을 내뱉으며 월하린에게 잠시라도 숨을 고를 틈을 줬다. 그런 아운의 마음을 알았는지 월하린 또한 잠시 내력을 거둔 채로 호흡을 가다듬었다.

노인의 등장과 함께 멈추어 선 강시들.

아운은 단번에 저 노인이 이 강시들을 조종하는 주범이라는 걸 알아차렸다.

아운이 가만히 서 있는 강시들을 가리키며 말을 이었다.

"저 인형 놈들은 노인장 겁니까?"

"인형?"

아운의 말에 노인이 표정을 구겼다.

인형이라는 말이 그의 기분을 상하게 만든 모양이다. 그렇지만 그런 것에 아랑곳하지 않고 아운이 비꼬았다.

"거, 나이도 먹을 만큼 먹어선 인형 놀이는 좀 유치한 것 같은데요?"

"어린놈이 제법 세 치 혀를 놀릴 줄 아는구나. 하지만 혀만큼 눈이 좋지는 못한 모양이군. 내 작품들이 인형으로 보인다니 말이야."

노인의 말투에는 자신의 작품이라 칭한 강시에 대한 자부심이 가득했다.

"인형인지 아닌지는 두고 보면 알 것 같은데요. 잠깐만 기다리고 있으시죠. 이놈들이고 진법이고 다 박살 내고 노인장한테 갈 테니까.”

아운이 가볍게 웃어 보이며 주먹에 실린 내력을 뿜어 댔다. 그런 아운의 모습에 노인이 비웃으며 중얼거렸다.

“흐흐흐. 여긴 네놈의 사부인 흑천련주가 와도 못 나간다. 그런데 네깟 놈이 해 보이겠다?”

노인의 말에 아운은 대수롭지 않다는 듯한 표정을 지어 보였지만 그 속내는 아니었다.

‘스승님조차 깨지 못한다고?’

저 노인의 말대로 흑천련주마저 깰 수 없는 진법이라면 자신이 어떻게 할 수 있는 수준이 아니다. 그렇지만 아운은 애써 마음을 강하게 먹었다.

설령 그렇다 한들 이대로 두 손 놓고 당해 줄 수는 없는 노릇 아니던가.

“그거야 해 봐야 알 일이지요.”

“굳이 안 되는 걸 스스로 확인해 보겠다는데 말릴 이유야 없지.”

따악.

노인이 가볍게 손가락을 퉁겼다.

그러자 멈추어 서 있던 강시들이 다시금 움직이기 시작했다. 그런 강시들의 움직임을 확인한 아운이 황급히 뒤편에 있는 월하린을 바라봤다.

아주 짧은 찰나지만 여유를 얻은 덕분에 월하린의 호흡은 다소 안정되어 있었다. 그렇지만 한눈에 봐도 월하린의 상태는 그리 좋지 못했다.

그럼에도 불구하고 월하린의 두 눈동자에는 결코 물러나지 않겠다는 의지가 가득했다. 그녀의 시선이 따끔거리는 발목으로 향했다.

방금 전에 비침이 관통한 탓에 발목이 피에 젖어 있었다.

절뚝거리며 월하린이 앞으로 걸어나갔다.

"하나만 물을게요."

월하린의 말에 노인이 다시금 강시를 멈추고는 그녀를 내려다보며 말했다.

"뭐냐?"

"백호…… 그도 이곳에 왔었나요?"

"날 찾은 손님들은 너희가 처음이다."

노인의 말에 여태까지 굳어 있던 월하린의 얼굴에 화색이 돌았다. 그런 그녀의 모습에 노인이 의아하다는 듯 말했다.

"실성한 게냐?"

하지만 월하린은 노인의 말에 대꾸도 하지 않았다.

그녀는 두 눈을 꼭 감았다.

'다행이야. 정말 다행이에요, 백호.'

그가 이곳에 오질 않았길 빌었다. 먼저 온 백호가 이곳에 없다는 건 그에게 무슨 일이 생겼다는 걸 의미했으니까.

그렇지만 백호가 이곳에 오지 않았다는 말에 월하린은 깊은 안도를 한 것이다. 적어도 백호는 무사하다는 걸 알았으니까.

그녀도 알고 있다.

지금의 상황은 좋지 않고, 최악의 경우 자신이 죽을 수도 있다는 것도.

그럼에도 불구하고 지금 그녀는 자신도 모르게 웃고 있었다. 백호가 안전하다는 그 이유 하나 때문에.

그런 월하린을 이상하다는 듯 바라보던 노인이 다시금 강시들을 움직였다.

강시들을 바라보며 아운이 짧게 말했다.

"옵니다."

월하린이 검을 들어 올렸다. 심장이 터질 것처럼 뛰어댔지만 온 힘을 다해 내력을 모았다.

차가운 한기가 사방으로 뿜어져 나갔다.

바로 옆에 있는 아운조차도 숨이 턱 하니 막힐 정도로 극한의 한기.

월하린이 아운을 향해 중얼거렸다.

"가요."

"그러죠, 궁주님."

아운 또한 내력이 담긴 주먹을 높게 치켜든 채로 고개를 끄덕였다. 그리고 동시에 두 사람이 다가오는 강시들을 향해 달려들었다.

먼저 달려 나간 것은 아운이었다.

그의 두 주먹이 벼락처럼 휘둘렸다.

번쩍!

주먹에 실린 기운이 단번에 강시들의 머리통을 노리고 날아들었다. 권풍에 휩쓸린 강시 몇 구의 머리가 단번에 으깨졌다.

그리고 그런 아운의 공격에 뒤이어 월하린의 검기가 허공을 수놓았다.

아름다운 검무(劍舞).

월하린의 움직임은 하나의 아름다운 춤사위를 보는 것만 같은 착각을 불러일으켰다. 걸음걸이 하나하나는 가벼웠고, 그와 함께 움직이는 손놀림은 화사했다. 그렇지만 그 끝에서 쏟아져 나오는 기운은 치명적이었다.

휘릭. 획!

검이 한 번 움직일 때마다 다가오던 강시들의 머리통이

터져 나갔다.

둘의 합공으로 순식간에 이십여 구에 달하는 강시들이 그대로 망가져 버렸다. 그 모습을 담장 위에서 바라보고 있던 노인이 맘에 안 든다는 듯이 혀를 찼다.

"쯧쯧, 역시 저 정도의 고수들에게 이 정도 강시들로는 안 되겠군."

이 강시들을 만들어 내는 데 적지 않은 돈이 소모됐다. 그런 강시들이 이런 곳에서 폐기되는 꼴을 보고만 있을 순 없었다.

노인이 뒤쪽을 바라봤다.

담장 건너에 있는 열 구에 달하는 강시들.

그렇지만 이 강시들은 앞에서 도륙당하는 것들과는 무엇인가 풍기는 분위기부터가 달랐다. 노인은 그 열 구의 강시들에게 짧게 명을 내렸다.

"가거라."

명령이 떨어지는 순간이었다.

열 구의 강시가 담장을 아무렇지 않게 뛰어 넘었다.

여태까지 월하린과 아운에게 밀려드는 강시들과는 움직임 자체가 달랐다. 둘이 상대했던 강시들은 움직임이 그리 민첩하지 않았다. 그런 데 반해 이 열 구의 강시는 마치 무공을 익힌 것처럼 빠른 움직임을 선보였다.

강시라고 해서 다 똑같은 강시가 아니다.

지금까지 월하린과 아운이 상대했던 강시는 사강시와 생강시다. 사강시는 죽은 시체를 이용해 만드는 강시, 그리고 바로 그 윗 단계가 생강시다.

생강시는 사강시보다 더욱 단단하고 뛰어난 능력을 지녔다. 그런 생강시보다도 위에 위치한 것이 바로 혈강시.

진정한 강시의 두려움은 바로 이 혈강시에서부터 시작된다.

그들은 보통 인간과 크게 다르지 않다.

자아가 없고 시키는 대로 따르는 건 다른 강시와 마찬가지였지만, 그들은 다른 강시와 다르게 공격을 피하고 막아내기도 한다.

신체 능력 또한 비교도 안 되어, 보통의 내공으로는 머리를 부수는 것조차 불가능하다. 더군다나 이 혈강시들은 살아생전 사용하던 무공도 사용하는데, 그로 인해 한때 무림에서 공포의 존재로 불리기도 했을 정도다.

오늘날에는 강시술이 사장되다시피 하여 그 모습을 감춘지 오래되었거늘, 그런 혈강시가 지금 이곳 환영무관에 모습을 드러낸 것이다.

가볍게 사강시와 생강시를 베어 넘기던 월하린은 자신에게 빠르게 달려드는 기척을 느끼고는 검을 세워 몸을 보호

했다.

그리고 그 순간 검의 옆면으로 주먹이 날아들었다.

쩌엉!

월하린의 몸이 그대로 밀려 나갔다. 발에 힘을 주며 밀려 나가던 몸을 멈추어 세웠지만, 그 충격이 너무 컸기에 지혈해 두었던 발목에서 다시금 피가 흘러내렸다.

"이⋯⋯."

월하린이 채 말을 잇기도 전에 혈강시가 그대로 달려들었다. 그의 양손이 빠르게 휘몰아쳤다.

팍팍팍!

거리가 워낙 좁혀진 탓에 검을 휘두를 수도 없었다.

월하린은 다급히 내공을 끌어올리며 날아드는 손을 마주쳤다.

손을 마주한 순간 월하린의 팔목이 저릿하다.

쇠몽둥이보다 더욱 단단한 혈강시의 신체 때문이다. 혈강시와 정면으로 충돌한 월하린의 목구멍으로 피가 역류했다.

"우웩."

억지로 내공을 일으키며 싸우던 그녀의 심장에서부터 엄청난 고통이 다시금 밀려들었다. 월하린은 피를 쏟아 내고는, 그대로 밀려드는 한기에 온몸을 부들부들 떨었다.

"궁주님!"

아운이 월하린에게 달려드는 혈강시를 향해 빠르게 몸을 날렸다. 그의 발이 정확하게 상대의 머리통을 후려쳤지만, 혈강시는 목이 돌아가기만 했을 뿐 전혀 아무렇지 않게 손을 휘둘렀다.

"으앗!"

손톱이 아운의 코끝을 스치고 지나갔다.

철판교의 수법으로 땅과 몸이 수평이 되게 누워 간신히 그 공격을 피해 낸 아운이 곧바로 발등으로 상대의 턱을 올려쳤다.

그러나 혈강시는 날아드는 공격을 자신의 양손으로 받아 냈다.

허나 아운의 공격은 그게 전부가 아니었다.

그대로 몸을 튼 아운이 회전하듯 혈강시의 옆구리에 주먹을 쑤셔 박았다. 혈강시의 몸이 그대로 몇 바퀴 땅을 굴렀다.

그렇지만 아무렇지 않게 일어나는 혈강시를 보며 아운이 표정을 구길 때였다.

"보, 보통 강시가 아니에요."

"괜찮으십니까?"

월하린은 고개를 끄덕였다.

그렇지만 누가 봐도 그녀의 상태가 그리 좋아 보이지 않는다는 건 알 수 있었다. 입 주변이 피범벅이 된 월하린의 얼굴은 마치 시체처럼 창백했다.

아운의 걱정스러운 시선에 월하린이 오히려 웃어 보였다.

"걱정하지 말아요. 아직 싸울 힘은 남아 있으니까."

거짓말이다.

사실 죽을 만큼 힘들었다.

다리가 풀려 당장에라도 주저앉고 싶었지만 그러지 않고 있는 건, 지금 이대로 앉게 되면 다시 일어날 수 없음을 너무나 잘 알았기 때문이다.

'내공을 쓰면 위험해.'

안다. 이미 몸은 한계치를 넘어서도 한참을 넘어섰다. 움직이지 않는 내공을 억지로 쥐어짠 탓에 심장박동은 평소보다 훨씬 빨라졌다.

피도 빠르게 돌아서 머리가 핑핑 돈다.

그리고 이제는 억지로 쥐어짜도 쉬이 내공이 움직이지도 않는다. 알지만 물러설 상황이 아니었다. 이 많은 강시군단을 아운 하나에게 맡기기엔 상황이 그리 좋지 않았다.

'내 몸이 멀쩡하기만 했다면……'

만약 그러기만 했다면 지금 같은 상황에서도 더 큰 힘이 되어 줄 수 있었을 것이고, 아버지인 월천후 또한 자신의 약을 찾겠다며 나갔다가 실종되는 일도 없었을 게다.

월하린은 자신의 몸이 너무나 원망스러웠다.

그렇지만 지금은 신세 한탄만 하고 있을 때가 아니었다.

어떻게든 내력을 쥐어짜야 했다.

정말 털끝만큼의 내력이라도 아운에게 보태 이 싸움을 끝내야만 한다.

그렇지만 이 싸움을 끝내려 하는 건 월하린만이 아니었다. 강시들을 조종하고 있는 정체불명의 노인 또한 매한가지였다.

'어서 끝내야겠군.'

처음부터 목표는 하나였다.

노인의 시선이 월하린에게 틀어박혔다. 그의 목표는 바로 월하린, 그녀다.

이 싸움을 빠르게 정리하기로 마음먹은 노인은 혈강시 투입에 이어 또 다른 강수를 두기로 결정을 내렸다. 그건 바로 허공에 수놓아져 있는 셀 수도 없이 많은 검들이다.

노인이 품 안에 있던 돌멩이 하나를 꺼내 어딘가로 휙 집어 던졌다.

그 순간 하늘이 흔들렸다.

쿠우우우우!

낮은 울음소리와 함께 울기 시작한 진법 안의 하늘. 그리고 하늘에 떠 있는 검들 또한 진동하기 시작했다. 그런 미묘한 움직임에 월하린과 아운은 변해 가는 주변의 기운을 알아차렸다.

하늘에 떠 있는 검들이 움직인다 생각하는 순간 앞으로 다가오던 혈강시들이 보다 빠르게 달려들었다.

아운이 재빠르게 달려드는 혈강시들을 주먹으로 쳐냈다.

퍼엉! 펑!

두 명을 밀어내며 동시에 양발을 휘둘렀다. 그렇지만 그 공격으로 혈강시들이 무너질 리 만무했다. 그리고 기다렸다는 듯이 하늘에 있던 검들이 유성우가 되어 떨어져 내렸다.

쏴아아아!

빗줄기처럼 떨어져 내리는 검.

놀란 아운이 고개를 치켜들었을 때다. 그런 아운에게 달려든 월하린이 검을 하늘 위로 휘둘렀다. 빠르게 휘둘려진 검 끝에서 다시금 검막이 형성됐다.

타다다당!

검이 검막을 연달아 두드렸고, 그럴 때마다 월하린의 표정은 고통스럽게 변해 갔다.

월하린이 소리쳤다.

"버텨 볼게요! 그러니 우선 혈강시를 막으세요!"

대답할 틈도 없었기에 아운은 고개를 끄덕였다.

그러고는 그대로 앞에 있는 혈강시들과의 싸움을 시작했다. 아운의 움직임은 혈강시보다 한 수 이상 위였다. 다만 문제는 그런 움직임으로 공격을 가해도 혈강시들이 죽지 않는다는 것이었다.

그렇게 아운이 혈강시들과 난투를 벌이는 틈에 월하린은 내력을 쥐어짰다.

'버텨 줘, 제발.'

내공은 아직 충분했다. 하지만 언제 멈출지 모르는 이 신체가 문제였다.

그랬기에 그녀는 간절히 바랐다.

위험한 순간을 넘길 때까지만 어떻게든 자신의 몸이 버텨 주기를.

두두둥!

계속해서 떨어져 내리는 검의 빗줄기.

월하린의 입에서 피가 조금씩 흘러내렸다. 그녀는 입술을 꽉 깨물었다. 앙다문 이빨 사이로 피가 연신 넘쳤지만 그래도 멈추지 않았다.

피를 뿌려 대던 월하린의 얼굴이 점점 딱딱하게 굳어 갔다. 그 이유는 억지로 버티고 있던 그녀의 검막이 조금씩 옅어져 가고 있는 탓이다.

'조금만! 조금만 더……'

바로 그 순간이었다.

스윽.

검 하나가 검막을 뚫고 그녀에게 떨어져 내렸다.

검이 어깨를 스치고 지나갔다. 월하린의 입에서 짧은 신음성이 터져 나갔다.

"으윽."

그리고 그걸 기점으로 해서 월하린의 내공이 거짓말처럼 사라졌다. 그와 동시에 허공을 막고 있던 검막 또한 모습을 감췄다.

검막이 사라지자 떨어져 내리던 검들이 그대로 월하린을 노리고 떨어져 내렸다.

이상하게도 검이 느리게 날아든다는 생각이 들었다.

그렇지만 피할 수 없었다.

인생의 마지막 순간처럼 모든 것이 느리게 흘러갔다. 월하린의 전신으로 검들이 빠르게 날아들었다.

모든 게 끝났다는 생각이 머릿속을 채우는 바로 그 순간이었다. 검은 물체 하나가 월하린의 앞을 막아서며 그대로 그녀를 향해 떨어져 내리는 검을 등으로 받아 냈다.

퍼퍼퍼퍽!

피가 터져 나갔다.

월하린이 놀라 소리쳤다.

"아, 아운 소협!"

월하린에게 떨어져 내리는 검을 몸으로 받아 낸 것은 다름 아닌 아운이었다. 그는 빠르게 호신강기를 불러일으키며 월하린에게 떨어지는 검들을 몸으로 받아 냈지만, 완벽하게 막아 내는 데 실패한 것이다.

아운이 수십 개의 검을 등으로 받아 낸 채로 실실 웃었다.

"더럽게…… 아프네요."

그 말을 한 아운이 그대로 앞으로 꼬꾸라졌다.

*   *   *

콰앙!

환영무관의 문이 박살이 나며 나뒹굴었다.

순식간에 문을 부수며 안으로 뛰어들어온 이는 다름 아닌 백호와 전우신이었다. 환영무관 내부로 뛰어든 둘은 월하린과 아운을 찾기 위해 내부를 마구 뛰어다녔다.

그렇지만 환영무관 내부는 조용했다. 그리고 어떠한 싸

움 흔적도 보이지 않았다.

전우신이 절망적인 표정으로 중얼거렸다.

"여기에 오기 전에 당한 걸까요?"

"바퀴 자국 봤잖아! 분명 여기까지 왔다."

백호가 확신 어린 목소리로 소리쳤다.

분명 이곳 환영무관까지 온 것은 분명한데 이상하게 흔적이 없다. 무슨 일이 있었다면 결코 호락호락 당할 두 사람이 아니다.

최소한 싸운 흔적이라도 있어야 할 터인데…….

이상하게 이곳에는 아무런 것도 없다. 심지어 오랜 시간 사람들이 드나든 흔적조차도 없었다.

들어온 건 분명하다. 그런데 아무런 것도 없다? 대체 이게 무슨 조화란 말인가.

백호는 초조했다.

"망할!"

백호가 참지 못하고 옆에 있던 나무를 발로 부숴 버렸다. 그런 백호에게 전우신이 말했다.

"두 사람이 그냥 당하지는 않았을 겁니다. 제 추측으로는 마차 바퀴 자국이 사라진 곳에서 이곳 환영무관으로 오는 중에 사라진 것 같습니다. 차라리 그곳을 중점적으로 다시 살펴보죠."

"……."

백호는 침묵했다.

뭔가 떨떠름했지만 전우신의 말대로였다. 이곳 환영무관에는 아무런 흔적조차 없다. 결국, 백호는 전우신의 말에 그러자는 듯 고개를 끄덕였다.

"나가지."

말을 마친 백호가 전우신과 함께 막 환영무관의 문턱을 넘어서려고 할 때였다.

백호가 발을 멈췄다.

"……멈춰."

"왜 그러십니까?"

전우신이 고개를 돌려 백호를 보며 물었다.

백호가 코를 킁킁거렸다.

"피 냄새가 난다."

"냄새라뇨? 전 아무런 냄새도 안 나는데요."

백호의 말에 전우신도 숨을 들이켜 봤지만 그 어떠한 냄새도 나지 않았다. 그러자 백호는 전우신에게 아무런 말도 하지 않고 몸을 돌려 다시금 환영무관의 내부를 향해 걸어갔다.

백호의 뛰어난 후각을 잘 아는 전우신이었기에 그는 황급히 뒤를 쫓았다.

백호가 빠르게 도착한 곳은 어느 공터였다.

발을 멈춘 백호가 나지막이 중얼거렸다.

"뭐지? 바로 이 앞에서 피 냄새가 나는 것 같은데."

백호가 바로 앞의 허공을 가리키며 말하자 전우신은 안색을 굳혔다. 바로 앞에서 피 냄새가 난다고 말하고 있지만 아무것도 없었다.

"백호님. 이렇게 가까이 있는데 피 냄새가 안 날 리가 없잖습니까. 뭔가 착오가 있으신 게……."

"조용!"

백호가 버럭 소리쳤다.

틀렸을 리가 없다.

지금 백호의 오감은 그 어느 때보다 더욱 집중되어져 있는 상태였다. 다른 일도 아니다. 월하린이 위험에 빠졌을지도 모르는 상황이었기에 백호의 오감은 평소보다 훨씬 뛰어난 능력을 발휘하고 있었다.

백호조차 놓칠 법했을 미약한 냄새.

그렇지만 극도로 예민해져 있는 오감으로 인해 백호는 이곳에 올 수 있었다.

백호가 중얼거렸다.

"분명 이 앞에 있는데. 그게 맞는데…… 왜 없는 거지?"

중얼거리면서 백호는 연신 머리를 굴렸다.

생각해 내야 한다. 이 피 냄새의 정체를 알아내야 그녀를 구할 수 있다.

백호가 손가락으로 자신의 머리카락을 움켜잡았다.

"으으!"

머리를 쥐어짜고 있던 백호가 갑자기 뭔가를 생각해 내고는 두 눈을 번쩍 떴다.

문득 예전에 있었던 일 하나가 생각났다.

그건 바로 유강과의 일이다.

당시 월하린이 납치되었고, 코앞에 그녀가 있음에도 불구하고 백호는 그녀를 찾지 못했었다.

그 이유는…….

백호가 입을 열었다.

"진법!"

"이 앞에 진법이라도 있다는 겁니까?"

"매화, 진법을 어떻게 깨고 들어가지?"

"너무 다양해서 말씀드리기 어렵습니다."

진법의 종류가 몇 가지인데 그걸 알 수 있겠는가. 더군다나 전우신은 진법에 능통한 인물도 아니었다. 어느 정도 이론적인 것만 알뿐 제대로 익혀본 적도 없다.

눈앞에 진법이 있다는 걸 알아차렸지만, 지금의 백호로서는 그것이 전부였다.

예전 유강이 만들었던 진법은 직접 주먹으로 모든 것을 깨부수다가 들어갔다. 물론 요행이었다. 그곳은 동굴이라 공간도 그리 크지 않았지만 이곳은 다르다.

환영무관은 넓다. 이곳에 있는 어떤 것이 진법을 이루는 매개체인지 알 도리가 없었다. 보이는 것마다 깨부순다고 해도 한 시진 이상은 족히 걸릴 게다.

그리고 이 진법 자체가 당시 유강이 만들어 두었던 것과는 질적으로 달랐다.

한 시진이라면 두 사람의 생사는 장담할 수 없었다.

전우신이 물었다.

"이 앞에 있는 게 확실합니까?"

"확실해."

"정말 그게 맞다면 물질적으로 큰 충격을 줘 보는 것은 어떨까요?"

"충격?"

백호가 되물었다.

확신은 없었지만 전우신은 자신의 생각을 밝혔다.

"말도 안 될 정도의 힘이 가해진다면 아주 혹시라도 일말의 가능성이 있지 않을까요?"

"……."

백호는 전우신의 말이 나름 일리가 있다고 생각했다.

그렇다면 진법을 외부에서 망가트릴 정도의 힘이라면 무엇이 있을까?

사실 진법으로 가로막힌 이곳에서 피 냄새를 맡았다는 것 자체가 말도 안 되는 일이다. 그건 백호가 인간이 아닌 요괴였기에 가능한 것이었다.

실질적으로 코앞까지 왔음에도 불구하고 전우신은 조금의 피 냄새조차 느끼지 못하고 있다.

요괴의 힘은 인간의 것과는 근본적으로 다르다.

그랬기에 진법 너머의 피 냄새를 미약하게나마 파악할 수 있었던 것이다.

백호가 자신의 손을 내려다봤다.

손톱이다.

'요기가 담긴 내 손톱이라면?'

인간의 힘이 아닌 요괴의 힘. 그렇다면 인간들이 만든 진법의 범주 안에서는 존재할 수 없는 것이기도 했다.

그렇기에 불가능한 것을 가능하게 만들 수 있을지도 모른다.

백호가 이를 악물었다.

고민을 하고 있을 여유가 없었다.

백호가 자신의 손을 가만히 내려다봤다. 수많은 고민들이 머리를 스치고 지나갔지만 결단은 빨랐다. 그 어떠한 것들도 월하린에 대한 백호의 걱정보다 앞에 설 수 없었다.

마음을 정하는 순간 백호의 귀에 걸린 흑련석의 검은빛이 천천히 흘러내렸다.

"백호님, 어떻게 하실 생각……."

말을 내뱉던 전우신이 백호를 보고는 놀란 듯 입을 닫았다. 검은 기운이 점점 백호를 잠식해 들어가고 있었다. 그리고 그것이 전부가 아니었다.

백호의 전신에 검은 줄무늬가 생겨나기 시작했고, 입술 위로 날카로운 이빨이 솟아났다.

백호가 천천히 입을 열었다.

"물러서라. 매화."

그 한마디에 전우신은 소름이 돋았다. 평소의 백호와는 다르다. 그에게서는 흡사 맹수를 마주했을 때와 같은 기운이 감돌았다.

변해 버린 백호의 모습에 전우신이 너무나 놀라 숨도 쉬지 못하고 바라보고 있을 때였다.

들어 올린 백호의 손톱은 길게 자라 있었다.

"배, 백호님?"

자신을 부르는 목소리에 백호가 힐끔 고개를 돌려 전우신을 바라봤다. 두 눈을 마주하는 순간 전우신은 다리에 힘이 풀려 주저앉고 싶은 걸 억지로 버텨 냈다.

꿈이 아니었다.

이 모습은 인간의 것이 아니다.

전우신이 놀라 멍하니 서 있을 때였다.

백호가 손톱을 들어 올린 채로 요력을 실었다. 더욱 날카롭게 빛나기 시작한 손톱을 들어 올린 백호가 낮은 울음소리를 흘렸다.

"크르르르릉!"

울음소리와 함께 퍼져 나간 미묘한 파장이 결국 전우신을 주저앉게 만들었다.

이런 반응을 예상했었다.

인간이니 요괴를 보고 놀라는 건 당연했다. 그리고 아마도 앞으로는 자신을 보며 두려움에 떨 거라 생각했다.

하지만 상관하지 않았다.

바로 이 순간 중요한 것은 월하린, 그녀 하나뿐이었다. 그녀만이 중요했고, 그녀만이 생각난다.

이유는 모르겠다.

다만…… 여태까지 이룬 모든 것이 망가진다 해도 월하린에게 무슨 일이 있는 것보다는 나았다.

백호의 손이 움직였다.

콰드드득!

요괴로 변한 백호의 손톱이 허공을 찢어발겼다. 그리고 그 찢어진 공간 사이로 월하린과, 그런 그녀를 지키기 위해 칼을 몸으로 받아 낸 아운의 모습이 들어왔다.

그 모습을 보는 순간 백호의 몸에서 요력이 폭발했다.

"크아아아!"

백호의 손이 그대로 하늘을 두 동강으로 갈라내 버렸다.

그리고……

째애앵!

진법이 깨졌다.

〈다음 권에 계속〉

DREAMBOOKS★